Três Chances

Obras da autora publicadas na Galera Record

Série **Desejos**

Vol. 1 — *Desejos*
Vol. 2 — *Três chances*

Alexandra Bullen

Três Chances
Desejos
Volume 2

Tradução:
LARISSA GOMES

1ª edição

—— **Galera** ——
RIO DE JANEIRO

2016

CIP-BRASIL. CATALOGAÇÃO NA FONTE
SINDICATO NACIONAL DOS EDITORES DE LIVROS, RJ

B954t
Bullen, Alexandra
 Três chances: Desejos vol. 2 / Alexandra Bullen; tradução de Larissa Gomes. – 1ª ed. – Rio de Janeiro: Galera Record, 2016.
 (Desejos; 2)

 Tradução de: Wishful thinking
 Sequência de: Desejos
 ISBN 978-85-01-08694-5

 1. Ficção americana. I. Gomes, Larissa. II. Título. III. Série.

15-24528
CDD: 028.5
CDU: 087.5

Título original:
Wishful thinking
Copyright © 2011 by Alloy Entertainment

Todos os direitos reservados.
Proibida a reprodução, no todo ou em parte, através de quaisquer meios. Os direitos morais do autor foram assegurados.

Adaptação da capa original: Igor Campos

Texto revisado segundo o novo Acordo Ortográfico da Língua Portuguesa.

Direitos exclusivos de publicação em língua portuguesa somente para o Brasil adquiridos pela
EDITORA RECORD LTDA.
Rua Argentina, 171 – Rio de Janeiro, RJ – 20921-380 – Tel.: (21) 2585-2000, que se reserva a propriedade literária desta tradução.

Impresso no Brasil

ISBN 978-85-01-08694-5

Seja um leitor preferencial Record.
Cadastre-se e receba informações sobre nossos lançamentos e nossas promoções.

Atendimento e venda direta ao leitor:
mdireto@record.com.br ou (21) 2585-2002.

Em memória de minhas avós:
Catherine Krokidas e Betty Bullen

A manhã em que Hazel Snow fez 18 anos começou como qualquer outra manhã.

Ou seja: um saco.

Para alguém que nasceu no fim de dezembro, não era nada fora do comum. Enquanto o restante do mundo dormia para se recuperar da ressaca do feriado, ainda com tempo para planejar a noite do Ano Novo, Hazel estava acostumada a dar boas-vindas à nova idade sozinha. Para ela, "dar boas-vindas" tipicamente envolvia tentar não pensar muito no dia, e buscar entusiasmo apenas o suficiente para esperar que o ano seguinte fosse no mínimo um pouquinho menos miserável que aquele que acabara de passar.

Este ano não era diferente. Depois de colocar o despertador na soneca três vezes, Hazel finalmente se arrastou para fora do futon encurvado em que estivera dormindo pelos últimos meses e esticou os braços longos e finos acima da cabeça.

O futon era para ser temporário. Foi o que Roy, meio-que-padrasto de Hazel, tinha dito quando a trouxera da cidade. Roy sempre dizia que as coisas eram temporárias, já que a vida dele era cheia de fases, e a qualquer dia, a atual também passaria.

Mas o futon, que fora achado num mercado de pulgas e com metade do estrado de madeira faltando, ainda estava lá. Assim como Hazel. Ela fizera um acordo com Roy, de terminar o ensino médio em São Rafael, a letárgica cidade do norte da Califórnia onde ele alugara um apartamento de porão, desde que ela economizasse para morar sozinha depois que acabasse a escola. Com menos de um semestre para terminar, e um constante torcicolo devido ao colchão cheio de calombos, a formatura era mais do que bem-vinda.

Hazel abriu as cortinas de xadrez verde e branco para deixar entrar a luz cinzenta da manhã. Um velho aquecedor na quina estalou e chiou enquanto ela colocava seu jeans preto desbotado favorito, ainda úmido nas pernas por ter caminhado em meio às poças no dia anterior. Ela não conseguia se lembrar da última vez em que não acordara com chuva.

Depois de escovar os dentes e prender um pouco das mechas do cabelo loiro na altura dos ombros, ela deu uma olhada no próprio reflexo. As raízes avermelhadas estavam crescendo de novo e ela fez uma anotação mental para arrumar outra caixa de Nice 'n Easy da próxima vez em que saqueasse a seção de produtos para cabelo da farmácia onde trabalhava. Até agora, passara todos os dias das férias de inverno lá, o que teria sido frustrante se Hazel tivesse outro lugar para ir.

E foi aí que ela se lembrou.

Teoricamente, fazer 18 anos não deveria dar a sensação de *alguma coisa*?

O olhar de Hazel se deslocou até o canto do espelho quadrado. Grudada no vidro havia uma Polaroid desbotada de uma mulher com um avental amarelo, um bebê de rosto gorducho agarrado em seu quadril. Era a única foto que Hazel tinha de si mesma com Wendy, a chef que adotara Hazel quando ainda era recém-nascida, e que morrera logo depois, quando o restaurante fora destruído num incêndio. Hazel não tinha nem um ano na época, e não se lembrava de nada a respeito da mãe adotiva. Mas ela sabia, de alguma forma, que ter 18 anos seria diferente se Wendy ainda estivesse por ali.

No andar de baixo, Roy estava assistindo aos melhores momentos do basquete, e abaixou o volume quando ela passou rapidamente, ao caminho da cozinha. Isso, ela imaginou, provavelmente era alguma espécie de presente.

— Bom dia — resmungou ele, coçando as extremidades de sua barba desgrenhada cor de ferrugem. Ele vinha tentando deixá-la crescer desde o início do outono e vivia perguntando o que Hazel achava. Era algo próximo do engraçado (só que não chegava a ser), como ele se mostrava interessado na opinião dela ultimamente. Todas as vezes em que vivera com ele antes, Hazel poderia ter passeado pela casa com um pandeiro grudado em cada mão e uma placa neon piscando na testa que ele provavelmente não teria lançado mais do que um olhar de canto de olho de sua eterna posição esparramada no sofá.

— Bom dia — murmurou Hazel de volta, pegando uma tigela do escorredor de louças e usando uma de suas mangas, furada por traças, para secá-la. Colocou uma porção de cereal e comeu, como sempre fazia, de pé diante da pia da cozinha, olhando pela janela.

— Posso te dar uma carona para o trabalho, se você quiser — ofereceu Roy do sofá, raspando com a colher o restinho de leite empoçado num canto da tigela.

— Não, obrigada — respondeu Hazel automaticamente, abrindo a torneira e enchendo um copinho descartável com água. Ela engoliu tudo de uma vez só, rezando para que a conversa sobre a carona tivesse acabado. Roy dizia que estava sóbrio há mais de um ano quando chamara Hazel de volta e, desde então, ela não o vira sequer no mesmo aposento onde houvesse um frasco de xarope para tosse. Mas isso não queria dizer que ela estava pronta para entrar num carro com ele de novo.

— Ok, ok — disse ele.

Roy dizia "ok, ok" quando não sabia mais o que dizer. O que significa que ele dizia isso o tempo todo. Ela ouviu o guincho das molas do sofá quando Roy se levantou, e sentiu que ele se movimentava pela cozinha atrás dela.

— Aqui — disse ele, de repente. Ela se virou para vê-lo depositar um envelope pardo na mesa da cozinha. Ele se arrastou em direção à porta, enfiando o boné dos Giants na cabeça. Tufos de cabelo escuro e encaracolado irrompiam por cima das orelhas, como samambaias cheias de folhas se esticando na direção do sol.

— Feliz aniversário, Hazel — disse ele para a maçaneta quando a puxou. Uma lufada de ar fresco e úmido invadiu cozinha criando uma atmosfera, e antes que Hazel pudesse dizer alguma coisa, se é que tinha algo a dizer, Roy já tinha ido embora

Hazel encarou o envelope, como se esperasse que ele começasse a falar ou saísse andando. Ela não conseguia recordar a última vez em que Roy sequer se lembrara de seu aniversário, que dirá ter marcado a data com qualquer tipo de gesto sentimental.

Hazel largou a tigela na pia e sentou-se à mesa, revirando o envelope nas mãos. Era maior que um envelope normal, e não tinha nenhuma marcação. Nenhum carimbo ou desenho brega como os que eram vendidos na farmácia. Ela passou o dedo pela aba, a respiração presa no fundo da garganta. Parte dela queria simplesmente jogar o envelope fora, talvez até mesmo tacá-lo direto no lixo, para que Roy pudesse vê-lo ali, intocado. Ele havia largado Hazel não uma, não duas, mas *três* vezes, com completos estranhos. Oito escolas diferentes, de Santa Cruz a Santa Rosa. Sete despedidas diferentes de amizades que ela nem se preocupava mais em cultivar.

Que cartão seria capaz de compensar tudo isso?

Mas ficar sem saber era demais. Ela deu um peteleco numa pontinha e rasgou o papel fino, abrindo uma fenda no meio do envelope e retirando seu conteúdo.

Não era um cartão, mas um pedaço de papel branco, dobrado duas vezes.

É claro que Roy não lhe comprara um cartão. Hazel revirou os olhos diante da idiotice da própria imaginação. Um quadrado de papel amarelo autoadesivo voou para a mesa, e Hazel se inclinou para lê-lo. Seu estômago deu um nó quando ela reconheceu o que só poderia ser a caligrafia desenhada de Wendy.

Entregar a Hazel em seu 18º aniversário.

Um zumbido distante preencheu os ouvidos da menina quando ela passou a mão pelo papel liso, desdobrando-o cuidadosamente.

Era um documento de aparência oficial, com uma fonte pequena e quadrada, e linhas sublinhadas. Certidão de nascimento estava escrito numa letra caprichada no topo. A data:

dezoito anos atrás, no dia de hoje. O hospital: St. Mary's, em São Francisco. O restante das palavras ficou embaçado como se estivesse em outra língua, seus olhos percorrendo a página para chegar ao fim.

Duas palavras, a pergunta com a qual vivera todos os dias e todas as noites, muito depois de ela já ter deixado de perguntar em voz alta.

Mãe. Biológica.

E nas duas palavras seguintes, a resposta:

Rosanna Scott.

1

Três meses depois

—Já fechamos.
Hazel ficou parada do lado de dentro de uma pesada porta de vidro, apertando os olhos para a escuridão cheirando a mofo daquele lugar que parecia uma tinturaria abandonada. Hazel tinha um pressentimento esquisito a respeito dessa coisa de costureira. Antes de mais nada, uma costureira? Já ouvira falar em alfaiates e estilistas, mas uma *costureira*? A palavra a fazia pensar em uma velhinha gorda com uma saia volumosa e a boca cheia de agulhas. Mas esta costureira, a que estava escondida atrás de um balcão de aspecto sujo, sentada em um sofá velho caindo aos pedaços e lendo um livro de capa brilhosa, não era velha nem gorda. Não, ela era jovem, apesar de não ter ficado imediatamente claro o quanto — talvez da idade de Hazel, talvez um mulher de trinta, de aparência jovem —, e parecia precisar desesperadamente de um cheeseburger.

Segundo, tinha a questão do cartão de visitas.

Fazia mais de três meses desde que ela descobrira o nome da mãe biológica, e quase o mesmo tempo desde que uma pesquisa no Google mudara sua vida. Porque, de acordo com a internet, Rosana Scott não apenas continuava morando em São Francisco, como também fazia parte de uma elite de artistas/filantropos, que por acaso organizavam um evento para levantar fundos num restaurante no Ferry Building, no domingo, dia 26 de março, às sete da noite.

Era lá, Hazel sabia, que conheceria a mãe. Como se a decisão já tivesse sido tomada por ela, sabia que precisava ir. E com a mesma clareza, sabia também o que ia vestir.

Não era como se tivesse um armário cheio de opções. Hazel tinha apenas um vestido, e era um golpe de sorte que ela o tivesse. Ela o encontrara há mais de um ano, em um bazar ao lado de uma escola particular chique no Haight. Na época, Hazel vivia com uma família adotiva na Oak Street, um casal de suíços mais velhos que tinham uma pousada para o tipo artistas-hippies-nada-jovens. Em sua caminhada para casa na volta da monótona escola pública em que estudava, Hazel passava pela Golden Gate Prep, e com frequência espiava através dos portões os alunos vestidos com roupas da moda, cada um carregando um laptop personalizado e entrando e saindo de carros que pareciam caros.

Num dia de primavera, ela reparara no bazar que levantava fundos para caridade ao lado da escola. Ela nem havia entrado na esperança de comprar alguma coisa. Mas o vestido a encontrou, debaixo de uma pilha de sapatos defeituosos no cesto das pechinchas. Era definitivamente mais colorido que qualquer outra coisa que ela já tivera (principalmente porque quase tudo o que tinha era preto), e ela nem tinha certeza de que caberia. Mas algo a respeito daquele vestido simplesmente não permitia que ela o deixasse para trás.

Então ela o comprou, levou para casa, pendurou no fundo do armário e imediatamente esqueceu de sua existência. Quando Roy a trouxera de volta a São Rafael, ela quase o deixara pendurado no armário, mas de novo, alguma coisa lhe dissera para colocar o vestido na mala. Ela não conseguia imaginar que algum dia teria uma desculpa para usar uma roupa tão reluzente, sofisticada e, no fim das contas, nem um pouco Hazel, mas ele começara a significar alguma coisa para ela. Então o jogou na mala, carregou-o para a casa de Roy, e encontrou um novo armário para jogá-lo no fundo.

Quando decidiu que iria para o evento de Rosanna, catou o vestido no armário e pendurou-o na porta, onde pudesse vê-lo. Porque agora ela sabia que era mais do que um vestido. Era um símbolo.

Quase tudo na vida de Hazel tinha continuado do mesmo jeito desde o dia em que descobrira o nome da mãe biológica: ela ia à escola, ia ao trabalho, evitava Roy, pegava o ônibus. Mas por dentro, uma grande transformação havia ocorrido. Ela estava diferente. E o vestido era a única coisa visível que a fazia lembrar das mudanças. Mudanças que apenas ela podia sentir.

O vestido era lindo — curto, mas não muito, com círculos brilhantes e de cores fortes, e um decote em seda que arrepiava seus pelinhos quando ela o experimentava —, mas não estava perfeito. Ela sabia da costura esgarçada quando o levara para casa; era o motivo pelo qual o vestido tinha sido tão barato. Mas somente naquela manhã, no próprio dia do evento no Ferry Building, foi que Hazel percebeu que, a não ser que quisesse conhecer a mãe com quinze centímetros do busto aparecendo, teria que levar o vestido para o conserto.

Quando viu o cartão de visitas pendurado por um fio a um alfinete na etiqueta, ela imaginou que era o nome do estilista que fizera o vestido: Mariposa Missionária. Mas de pé diante do armário naquela manhã, olhou mais de perto. Ali, sob o endereço, havia uma única palavra: costureira.

E assim ela foi parar naquela loja numa tarde de domingo, de pé em um aposento empoeirado com cheiro de naftalina, repleto de máquinas de costura e manequins sem cabeça, e que aparentemente estava...

— Fechado — repetiu a menina no sofá. — Sinto muito.

Mas ela não parecia sentir muito. Soava aborrecida. E foi nesse momento que Hazel decidiu que seu "pressentimento esquisito" estava certo. Ela pegara quatro conduções para chegar ali, e em questão de horas encontraria a única pessoa que sonhara em conhecer pela vida inteira. Hazel tinha apenas um vestido, que tinha um rasgo que deixava metade da pele aparecendo em um dos lados, que precisava desesperadamente ser emendado. E, na frente dela, esta *costureira*, rodeada por máquinas de costura, em uma loja dedicada a consertar vestidos, dizia que a loja estava fechada?

Hazel queria gritar. Claro que alguma coisa daria errado. Saber o nome da mãe pode ter mudado cada parte de Hazel por dentro, mas no mundo exterior, absolutamente nada estava diferente.

— Ótimo — bufou Hazel, ajeitando no ombro a bolsa preta e lisa de lona. Ela deu uma última olhada na loja estranha e vazia. O negócio não parecia estar em efervescência.

— Sabe — começou ela, palavras de raiva se segurando na garganta —, ter horários regulares de trabalho pode ser de grande ajuda. Quer dizer, isso se você tiver interesse em conseguir clientes de verdade.

Hazel girou nos calcanhares e começou a empurrar a porta, mas uma das grossas alças da bolsa ficou presa num gancho e a puxou de volta para o aposento. O vestido caiu da bolsa, os círculos acetinados brilhantes e alegres contra as tábuas empoeiradas e abafadas do assoalho.

As bochechas de Hazel ficaram vermelhas. *Ótimo*, ela pensou enquanto se abaixava para enfiar o vestido de volta na bolsa. *Simplesmente perfeito.*

— Espere. — De repente, dois tamancos começaram a se deslocar até o lugar onde Hazel estava abaixada ao lado da porta. — Esse vestido — disse a garota, apontando um dedo longo e esguio para a bolsa de Hazel —, posso vê-lo?

Hazel lentamente estendeu o vestido para a mão aberta da garota.

— Onde o conseguiu? — perguntou a menina, estendendo o material e segurando-o de um dos lados.

— No Haight — respondeu Hazel. — Um bazar de caridade. Acho que é parte de uma escola ou algo assim. Acho que gostei das cores... — Hazel mexeu os pés e deixou a voz sumir. Por que estava defendendo seu senso de moda para uma menina ranzinza com esses tamancos esquisitos e que, até bem pouco, estava basicamente interessada em fazê-la ir embora?

A garota a encarava com olhos que pareciam mais felinos do que humanos: pequenos, penetrantes, e quase dourados.

— Você precisa dele para quê? — perguntou ela, lentamente.

— Vou a um evento beneficente — disse Hazel. — É naquele restaurante no Ferry Building. O Slanted Door? — Ela inspirou profundamente mais uma vez, antes de acrescentar: — Vou conhecer minha mãe esta noite.

Era a primeira vez que Hazel dizia isso — cada uma dessas coisas — em voz alta, e as palavras pareciam grandes explosões em sua boca. Ela olhou para a ponta de seus tênis xadrez sem cadarço.

A garota estava em silêncio, e Hazel sabia que ainda a estava encarando. Finalmente, a menina se virou e, com seus tamancos pesados arrastando no chão, andou lentamente de volta para o sofá. Levara o vestido consigo.

— Pode voltar em duas horas?

Hazel encarou as costas da garota, a parte logo acima da cintura se curvando sob o suéter fino conforme ela depositava o vestido no braço do divã.

— Duas horas? — ela repetiu. — A-hã... quer dizer, sim. Claro. Tem certeza? — Hazel esperou que a garota se virasse de novo, que dissesse mais alguma coisa. Como ela não o fez, Hazel pôs a mão na maçaneta, com medo de que qualquer outra palavra pudesse fazê-la mudar de ideia.

— Ei. — Ela ouviu a voz atrás de si. A garota ainda estava de pé ao lado do sofá, de costas para Hazel enquanto falava. — Qual é o seu nome?

— Ah, desculpe. — Hazel ficou vermelha. — É Hazel.

— É um prazer conhecê-la, Hazel — disse a menina, pronunciando as palavras com dificuldade, como se estivesse compartilhando um segredo. — Meu nome é Posey. Nos vemos às três.

2

Vou conhecer minha mãe esta noite.

Hazel estava sentada num banco no Dolores Park, o sol do meio da tarde aquecendo sua nuca. Suas longas pernas estavam cruzadas e uma balançava furiosamente, sua bolsa estilo sacola e um enorme café gelado permaneciam aninhados entre suas duas mãos. Tudo o que ela podia fazer era se manter sentada, sua mente se revolvendo, centrada um único pensamento:

Vou conhecer minha mãe esta noite.

Ou, ao menos, era onde os pensamentos começavam. A partir daí, iniciavam um percurso razoavelmente linear, passando por quebra-molas previsíveis (*Mas e se ela não estiver lá? E se não quiser me conhecer? E se ela for horrível e má?*) até, no fim das contas, acabarem retornando ao ponto de partida.

Vou conhecer minha mãe esta noite.

Hazel sugou ruidosamente os últimos resquícios de gelo e jogou o copo plástico numa lata de lixo reciclável próxima. Antes de saber para onde ia, seus pés a conduziram para fora dali.

Ela passou como um raio por duas pistas de trânsito e virou para uma rua lateral, explorando distraidamente o interior da bolsa com uma das mãos. Os dedos aterrissaram num familiar estojo de plástico preto e ela imediatamente sentiu seus batimentos voltarem ao normal.

Sempre que se sentia ansiosa, ou confusa, ou inquieta, Hazel recorria à câmera, uma Polaroid vintage que um dia pertencera a Wendy. Tirar fotos não era tanto um hobby, estava mais para necessidade física. Quase do mesmo jeito com que os nossos pés se livram do cobertor de noite quando de repente ficamos com muito calor. Era instintivo. Algo que ela precisava fazer.

Na esquina da Rua 17 havia um sebo, com prateleiras exibindo livros mais baratos do lado de fora. Hazel passou duas vezes de um lado para o outro, antes de parar num canto. Abaixou-se na esquina e levou o visor quadrado à altura do olho direito, tirando um instantâneo das lombadas desgastadas.

— Sabe, eu acho que geralmente as pessoas gostam dessas coisas pelo que tem *dentro*.

Hazel olhou para baixo, para a longa e fina sombra atravessando a calçada a seu lado. Ela reconheceu os sapatos antes da voz. Eram amarrados na frente e maneiros, de um jeito meio vovô/old-school. Só havia uma pessoa que ela conhecia que podia se safar usando sapatos como aqueles.

— Jasper — suspirou ela, apoiando as mãos no chão para se levantar. — Você me assustou.

Ela se virou e viu Jasper Greene dando o sorrisinho que era sua marca registrada, as mãos enfiadas nos bolsos de suas calças jeans desbotadas. Jasper fora a primeira pessoa com quem Hazel havia falado na nova escola, no outono passado. Eles eram duas das únicas quatro pessoas que se inscreveram para a eletiva de Arte em suportes combinados, e com frequência faziam projetos juntos. Ele era um desses raros desvinculados que não se encaixam em nenhum grupo na escola e, por isso, parecia completamente confortável para conversar com qualquer um. Quer algum dos dois percebesse isso ou não, ele provavelmente era a coisa mais próxima de um amigo que Hazel encontrara recentemente.

— Quem, eu? — arquejou Jasper, dando um passo para trás. — Você é que está à espreita por aí, no maior estilo paparazzi. Era você correndo para se esconder atrás de uma árvore quando desci do ônibus?

Hazel revirou os olhos.

— O que é que você está fazendo aqui? — perguntou ela, sacudindo a foto Polaroid ainda embaçada. Ainda se sentia agitada, e se perguntou se não era culpa do café.

— Caminhão de Tacos na Harrison — disse Jasper, apontando com a cabeça para o fim do quarteirão. Seu cabelo escuro e enrolado caiu sobre os olhos, e ele o afastou. — É um ritual de domingo. E você?

— Nada — respondeu Hazel apressadamente. Jasper podia ser a única pessoa que ela conhecia há tempo o suficiente para conversar na rua, mas isso não queria dizer que ela sairia contando a história da sua vida. — Só dando uma volta.

— O que você tem aí? — perguntou ele, gesticulando para a foto que ela ainda sacudia em uma das mãos. Hazel a virou e mostrou a ele, dando de ombros. Era um close-up de três livros apoiados um no outro. Hazel fora atraída pela tipografia desorganizada e pelas costuras desgastadas.

— Maneiro. — Jasper sorriu. — A srta. Lew estava supercerta sobre você.

— Certa a respeito do quê? — Hazel enfiou a foto no bolso do suéter e apertou um pouco o tecido macio contra a cintura. A srta. Lew era a professora de artes deles, e a pessoa que exigira que Hazel se inscrevesse no processo seletivo de outono da faculdade de artes em Nova York. No fim das contas, Hazel se inscrevera, apesar de ter sido a srta. Lew quem preenchera os formulários, enviara o portfólio dela, e quem até fizera um cheque para cobrir a taxa de inscrição. Hazel fora aceita logo depois das férias de inverno. A srta. Lew estava em êxtase, e Hazel fingiu ficar contente, mas ela já sabia que não poderia ir. Nunca tinha saído do estado da Califórnia, quanto mais para o outro lado do país. E aliás, estudar artes para quê? Era bobo, sem falar de astronomicamente caro. Tirar fotos era algo que fazia por diversão, e para se manter sã. Não precisava de um diploma para isso. Muito menos de dívidas para o resto da vida.

— Ela disse que você é a fotógrafa mais talentosa que ela já teve na turma — falou Jasper simplesmente, olhando Hazel bem nos olhos. — Ela disse que você enxerga as coisas de um jeito diferente das outras pessoas.

A pele de Hazel formigou. Sempre se espantava ao saber que outras pessoas falavam sobre ela. Não pelo fato de que tivessem coisas legais a dizer, mas porque tinham chegado a notá-la. Talvez fosse porque ela mudava tanto de lugar, ou porque passava quase todo o tempo imaginando que a vida era diferente. Imaginando que sabia de onde tinha vindo, quem eram seus pais, como eram, o que faziam. Hazel não tinha a menor ideia de quem era realmente; sendo assim, como qualquer outra pessoa poderia conhecê-la?

— Tentei não me ofender — continuou Jasper, com um sorriso. — Felizmente, dizem por aí que Nova York é uma cidade bem grande. Acha que tem espaço para nós dois?

Jasper fora admitido na faculdade de cinema da NYU antes da época. Eles haviam trabalhado juntos num curta que ele fizera para se inscrever, e ele havia admitido que sempre quisera ser melhor em fotografia. Hazel achava que as naturezas mortas que ele fotografara no set ficaram muito boas, mas não tinha dito nada.

— Enfim — Jasper deu um suspiro dramático, como se falar com ela fosse um desafio. Hazel não tinha a menor ideia do porquê de ele se esforçar tanto. — Estou indo no SOMA, o museu de arte moderna de São Francisco, para dar uma olhada numa exposição nova — disse ele. — É de pássaros, acho. Ou árvores. Quer ir comigo?

— Não posso — respondeu Hazel, arrastando a ponta do tênis contra a prateleira de livros. — Eu preciso ir andando, na verdade.

Jasper inclinou a cabeça de lado, uma mecha de cabelo escuro sombreando seu rosto.

— Que tal mais tarde? Parece que tem um restaurante tailandês ótimo perto do museu.

Jasper estava sempre dizendo a Hazel que tal lugar era o melhor alguma coisa, ou que um outro era totalmente subestimado. Ela imaginava que ele devia fazer parte de todas as listas de e-mails e feeds de notícias da cidade, e não sabia se ele realmente queria passar um tempo com ela ou só ostentar quantos blogs lia.

— Não posso — disse Hazel novamente. — Tenho outros planos.

Jasper assentiu.

— Certo. Tudo bem. — Ele juntou as mãos e sorriu de novo, seus lábios se curvando em um enorme coração em torno de seus dentes brancos e perfeitamente certinhos. — Amanhã, então?

Hazel olhou para o relógio, um treco digital de plástico que ela ganhara numa máquina de jogos em Santa Cruz. Estava quase na hora de ir buscar o vestido.

— Amanhã? — repetiu ela, um mínimo tom de exasperação se infiltrando em sua voz. — Amanhã é segunda.

— Perfeito. — Jasper sorriu. — Pra começar bem a semana.

Hazel abriu a bolsa e enfiou a câmera lá dentro.

— Hazel — disse Jasper, baixinho.

— Oi? — respondeu ela, desprendendo o cabelo de baixo da alça da bolsa. — Desculpa, eu só estou meio com pressa, eu tenho que...

— Você vai ter que me dar uma chance algum dia — disse Jasper suavemente, sustentando o olhar dela de novo.

E, do nada, as bochechas de Hazel arderam como fogo. Ela olhou o relógio de novo, só que desta vez não viu nada além de um borrão de pele e plástico.

— Ok — disse ela, ajeitando de novo a bolsa e se apressando rua abaixo.

— Ok? — gritou ele atrás dela, uma risada em sua voz. — Amanhã, então?

Hazel colocou o cabelo atrás das orelhas e rezou para o sinal fechar, para que pudesse atravessar a rua. Depois de uma eternidade, finalmente fechou. Ela gritou por cima do ombro quando saltou para a faixa de pedestres.

— Tá, pode ser.

Jasper uniu as mãos por cima da cabeça, como um campeão de boxe no meio do ringue.

— Isso serve — gritou ele de volta. — Te vejo amanhã!

3

Hazel se trancou em uma das cabines do banheiro público do Ferry Building, e pendurou o saco de roupa da loja de Posey, ainda fechado, na porta. Ela ficou encarando o formato comprido e sombreado da embalagem, tentando pensar em razões para deixá-la fechada. Porque abri-la, ela sabia, a levaria a experimentar o vestido. Experimentar o vestido a levaria a usá-lo, e, uma vez que o colocasse, teria pouca escolha senão sair da cabine do banheiro, e sair do banheiro como um todo. E uma vez que estivesse do lado de fora, sabia aonde acabaria indo. Sua mãe estava em um restaurante a menos de um campo de futebol de distância dela. E uma vez que estivesse no mesmo lugar que a mãe — a mãe dela! —, provavelmente precisaria pensar em alguma coisa para dizer.

Mas antes, precisava se vestir.

Hazel correu os dedos pelo cabelo, puxando suas raízes castanho-avermelhadas e apertando a têmpora entre as palmas das mãos. Lembrou-se do ano que tinha passado com a irmã de Roy, Rae Ann, que vivia em um lago, no norte. Rae Ann estava determinada a ensinar Hazel a mergulhar, e gritava para encorajar Hazel enquanto esta continuava de pé nas docas. Hazel agarrara a ponta da tábua de madeira com os dedos dos pés e observou-os ir do vermelho, ao rosa, e ao branco. Ela aprendera a nadar apenas alguns meses antes e não conseguia imaginar nada pior do que se lançar de cabeça na água gelada e turva. Tudo dentro dela gritava para parar, dar meia-volta. Ir embora.

Eventualmente, ela desistira e mergulhara. O choque gelado da água fizera sua pele doer, e ela teve dificuldade para recuperar o fôlego por alguns instantes depois disso. Mas, no fim das contas, sobrevivera.

Hazel inspirou profundamente e abriu o zíper do pesado plástico cinza, colocando ambas as mãos dentro da embalagem onde estava a roupa.

De cara, o vestido já pareceu diferente. Não "diferente" no sentido de que Posey fizera um trabalho tão incrível que Hazel mal o reconhecia. "Diferente" no sentido de que era um vestido completamente diferente.

Hazel sentou-se na tampa do vaso. Ouviu um barulho esquisito, como alguém engasgando ou um riso arquejado, e precisou de alguns segundos para perceber que ela estava rindo.

Posey tinha lhe dado o vestido errado! Óbvio que tinha. *Óbvio* que Hazel não teria o que vestir. Óbvio que não conheceria sua mãe esta noite.

Uma onda de alívio percorreu todo o seu corpo. Ela recebera a dádiva de uma desculpa. Uma desculpa de verdade, algo total e completamente fora de seu controle.

Mas, rapidamente, a onda quebrou, e Hazel acabou balançando a cabeça.

Sério? Sua mãe, sua mãe biológica estava na sala ao lado, e ela não ia encontrá-la? Por causa do erro idiota de outra pessoa?

Ela arrancou o vestido do cabide e tirou os jeans, largando-os no piso xadrez. Enfiou o vestido pelos ombros, passou os braços pelas mangas, enfiou os pés nas sapatilhas sem graça que encontrara na Goodwill na semana anterior, e abriu caminho para fora da cabine.

O banheiro estava vazio, e havia espelhos nas três paredes, enviando o reflexo de Hazel para todos os lados, pelas camadas profundas de vidro. Hazel ficou parada na frente de uma fileira de pias de porcelana, a respiração presa nos pulmões.

Ela se virou.

Porque, apesar de saber que isso desafiava as leis da ótica, não tinha escolha senão presumir que o reflexo que via repetidas vezes pertencia a outra pessoa.

O vestido era estonteante. Agora percebia. Era de um verde-azulado brilhante, e curto, exatamente como o outro vestido. Mas em vez de terminar abruptamente em seus joelhos, meio que ondeava a partir dos quadris, dando a suas pernas pálidas, de joelhos levemente valgos, uma forma. A gola drapeada descaía de maneira confortável, e as delicadas mangas casquillo davam a seus braços, que geralmente pareciam palitinhos, a ilusão de um contorno elegante.

Só que mais que o aspecto do vestido, Hazel não podia acreditar na sensação. Geralmente, as roupas pendiam de seu corpo de um jeito desconfortável. Este vestido dava a sensação de ter sido feito especialmente para ela, mal tocando sua pele em certos lugares, e se acomodando como uma névoa materializada em outros.

Hazel girou, e observou a saia rodopiando atrás de si. Conseguia sentir os próprios lábios se apertando em um sorriso, e estava prestes a dar um segundo giro quando ouviu vozes baixas do outro lado da porta do banheiro.

Hazel correu até a pia e abriu uma torneira, bem na hora em que a porta do banheiro se abriu. Uma mulher pequena e delicada com um grosso cabelo loiro passou por ela, vestida de preto da cabeça aos pés, e balançando uma menininha contra a cintura. A menina devia ter dois ou três anos, seu cabelinho fino amarrado com presilhas de margaridas de strass.

— Lavar nossas mãos! Lavar nossas mãos! — gritava a menininha alegremente, batendo os dedinhos uns nos outros e esticando os braços gorduchos na direção da pia.

— Eu sei, eu sei, Bub — disse a mulher, enquanto ligava a torneira com o cotovelo.

Hazel esfregou as próprias mãos sob a água, tentando não encarar a cena. No espelho, seu olhar recaiu sobre o cordão da mulher, uma corrente simples, com uma pedra ou concha roxa no centro.

— Ela está nessa fase da água — disse a mulher, sem olhar para cima, e Hazel percebeu que estava falando com ela. — Não sei qual é a coisa dela com água.

— Coisa dela, coisa dela — cantarolou a menininha, batendo na água corrente. A mulher revirou os olhos e sorriu no espelho, bem na hora em que Hazel virou-se rapidamente, passando as mãos sob o dispensador automático de papel-toalha.

Hazel pegou a bolsa na cabine e começou a se dirigir à porta. Com o canto do olho, pôde ver a mulher se ajoelhando no chão, sussurrando suavemente conforme enxugava as mãozinhas da menina.

Normalmente, uma cena como essa deixava Hazel com vontade de bater em alguma coisa. Sem aviso, os pensamentos dela desviariam instantaneamente para todas aquelas coisas sem as quais tivera que viver. Todas as vezes em que havia enxugado as próprias mãos, todos os apelidos carinhosos que nunca ganhara. Seu sangue esquentaria, as veias em sua testa começariam a pulsar. Por que outra pessoa podia ganhar todas essas coisas que ela nunca tivera?

Mas não nesta noite. Nessa noite, quando a mulher de preto ajeitou a bainha da saia da menina, Hazel sorriu.

Finalmente, ela ia conhecer a mãe.

4

Hazel ficou de pé do lado de fora da sala de jantar elegante e repleta de janelas do Slanted Door, esperando por algum tipo de sinal.

Ela não sabia muito bem que *tipo* de sinal estava esperando. Talvez algo estilo Moisés abrindo os mares, em que a multidão de convidados abastados se dividiria ao meio, deixando um caminho desimpedido de uma ponta a outra do aposento. Um raio de luz, talvez, iluminando uma mulher específica, de pé com os braços abertos, esperando para abraçar a filha — a filha que ela havia abandonado, mas nunca esquecido.

O que Hazel viu, em vez disso, foi uma sala cheia de desconhecidos reunidos num restaurante quatro estrelas. Na verdade, se não fosse por um cartaz emoldurado, apoiado sobre um cavalete de madeira ao lado da porta, poderia se tratar de qualquer grupo sofisticado de pessoas que houvessem saído para jantar em um dia qualquer do fim de semana.

Hazel teve um novo vislumbre de sua aparência no espelho, as sombras trêmulas de seu rosto a encaravam de volta. O cabelo, apesar de ainda estar crescendo, tinha uma aparência lisa e sedosa, e até as pontinhas da franja estavam se comportando, pela primeira vez na vida. Seus olhos azuis, que ela sempre achara muito juntos, brilhavam e sobressaíam contra o tom claro da pele, e seu nariz, que normalmente era grande demais, parecia, de repente, elegante. Ela não compreendia, mas, de alguma maneira, até seus traços tinham mudado. Ela estava quase bonita.

Hazel apertou as mãos na frente da cintura para impedi-las de tremer, piscou para afastar uma ardência dos olhos, e deu um passo para dentro.

Burburinhos preenchiam a sala, e as pessoas se deslocavam em pequenos grupos em torno dos elegantes bancos de couro marrom. Um bufê de petiscos sofisticados estava montado perto de uma das paredes, fileiras de bolinhos e tempura em bandejas de prata brilhantes.

Hazel colocou o cabelo atrás das orelhas e aproximou-se do estande de recepção completamente desprovido de atendentes. O cartaz listava o nome da fundação em uma fonte grande, em negrito: Artes para todos. E, logo embaixo, uma fotografia colorida da fundadora e diretora: Rosanna Scott.

Era uma fotografia do rosto em estilo retrato, de uma mulher com um longo e grosso cabelo cinzento, o tipo de cinza que se parecia mais com prateado. Sua pele era macia e seus olhos verdes brilhavam, seu sorriso era simetricamente perfeito e brilhante.

Pela primeira vez na vida, Hazel estava diante de uma foto de sua mãe biológica, e o primeiro pensamento que lhe ocorreu foi: *dentes bonitos*.

Ela esticou os braços e apoiou as mãos na base da moldura preta de metal. Estava começando a se sentir tonta, e inspirou profundamente algumas vezes ao olhar em torno do aposento.

Onde estaria ela? O que estaria fazendo quando Hazel a visse pela primeira vez?

Uma densa multidão se reunira no bar. Hazel chegou alguns passos mais perto, e reparou que no centro do grupo havia um homem mais velho. Ele era de longe a pessoa com roupas mais casuais em todo o ambiente: jeans e uma blusa de botão azul-marinho. Seu cabelo grisalho parecia despenteado, e ele se apoiava com um dos cotovelos no bar, enrolando um canudinho em círculos em volta do copo.

Hazel ficou parada, com os braços tensos ao lado do corpo, ao lado de um arranjo de mesa de grandes lírios brancos. Na outra ponta do bufê, uma mulher mais velha de cabelos curtos e negros concordava ao acenar a cabeça enquanto um homem alto, de pele escura e cuja barba tinha manchas cinzentas, falava.

— É simplesmente horrível — dizia o homem. — Eu sabia que ela estava doente, mas não tinha ideia do quanto.

Hazel cruzou os braços e se afastou, desconfortável por entreouvir uma conversa tão íntima. Mas o casal estava se dirigindo à mesa perto dela, e a voz da mulher tinha um timbre alto, impossível de se ignorar.

— Tudo aconteceu tão rápido — suspirou a mulher. — Sabe, eu a vi no mês passado. Estava linda, como sempre. Rosanna era tão forte.

A respiração de Hazel ficou presa na garganta, o coração comprimido entre as costelas.

O que fora o *tudo* que acontecera tão rápido? E a mulher tinha dito *era*?

— Com licença, querida. — A mulher estava tocando o ombro de Hazel agora. — Você poderia me passar um prato?

Hazel olhou da mulher para a pilha de pratos ao lado de seu cotovelo, porcelana branca com listras de ouro envolvendo as bordas. Com movimentos robóticos, ela pegou um no topo e o entregou à mulher.

— Desculpe — Hazel se ouviu dizendo. — Você por acaso... você disse que...?

A mulher encarou Hazel, seu olhar acolhedor e compreensivo enquanto apertava o cotovelo da menina.

— Você era amiga da Rosanna? — perguntou ela. Atrás dela, o homem inclinava o jarro de cerâmica em miniatura sobre o prato, despejando um filete de um molho shoyu escuro e grosso sobre uma pilha grudenta de arroz branco.

— Hã, não. — A visão de Hazel ficou turva. — Rosanna?

A mulher continuou assentindo como um daqueles bonecos que sacodem a cabeça.

— Sim — continuou, selecionando dois pares de pauzinhos embrulhados em guardanapos de linho vermelho. — É maravilhoso que eles tenham decidido seguir em frente com o evento. Rosanna sempre trabalhou tão arduamente para realizá-lo a cada ano. E eu sei que ela gostaria que lembrássemos dela juntos.

Hazel sentiu os olhos se arregalarem, sua pulsação furiosa em seus ouvidos. Ela olhou ao redor da sala. Todos estavam vestidos de preto. O homem melancólico no bar recebia condolências. Não era uma festa. Era um velório.

O homem colocou uma mão pesada sobre o ombro da mulher e se inclinou, sussurrando algo a respeito de pegar uma mesa perto da janela. A mulher sorriu para Hazel e apertou seu cotovelo uma última vez antes de seguir seu companheiro para o outro lado da sala.

A barca estava prestes a sair quando Hazel correu para pegá-la.

Tinha saído do restaurante aos tropeços, atordoada, empurrando com força as portas duplas e abrindo caminho pela multidão de turistas que faziam poses para fotos conforme o sol passava por trás deles para mergulhar na baía. Sem pensar, tinha atravessado a doca em direção à barca que levava a Marin, só se lembrando da passagem quando o atendente apático na cabine lhe pediu que comprasse.

Já estava com o rosto molhado de lágrimas quando encontrou um lugar para sentar do lado de fora. O ar noturno estava frio e o vento soltava fiapos de seu cabelo, fazendo-os chicotear contra os olhos que ardiam.

Rosanna Scott estava morta.

Por todo esse tempo, tinham morado tão perto, talvez tivessem até sido vizinhas. Até onde Hazel sabia, podiam até mesmo ter pego o mesmo bonde. Ou paradas na mesma calçada. Sua vida inteira, a única pessoa pela qual vinha procurando estivera, literalmente, bem na esquina.

E agora ela se fora. Para sempre.

Era injusto, Hazel sabia. Mas ela nem pensava mais em termos de *justiça*. Já não sabia mais o que era justo. Quando cada um dos dias encontra novas e incríveis maneiras de te desapontar, você acaba esperando pela decepção. Mas ela não esperava que fosse doer tanto.

Sequer conhecera Rosanna. Mas agora que sabia que nunca poderia fazê-lo, sentia um vazio, mais nítido e profundo do que qualquer coisa que já havia sentido antes. Quando Wendy morreu, Hazel era muito pequena. Todo o relacionamento com a mãe adotiva era uma tapeçaria esburacada, desenhada através de lembranças nebulosas, um bocado de histórias do Roy, e a certeza de que Wendy já estava morta.

Apesar de Hazel só saber o nome de Rosanna há poucos meses, passara uma vida inteira imaginando que sua mãe biológica estava por aí em algum lugar, esperando para ser encontrada. Essa simples ideia era um conforto distante, como as sombras de uma cadeia de montanhas abraçando o horizonte deserto. A ideia de que, em algum lugar, bem do outro lado daqueles picos, tinha que existir algo além.

E agora essa ideia também estava morta.

Hazel reclinou-se contra a amurada de metal da barca. Não havia mais ninguém no convés, todos já tinham encontrado um lugar do lado de dentro da embarcação, onde estariam protegidos do vento gelado do oceano. Ela não sentia o frio. Deixou a cabeça cair entre as mãos e soluçou, lágrimas escorrendo pela frente de seu vestido costurado à mão.

Primeiro Wendy, então uma vida em que Hazel mal era lembrada, jogada de um lado para o outro como uma coisa sem importância. E agora isto? Quanto mais ainda teria de aguentar?

— Não é justo — sussurrou contra a curva do próprio cotovelo. — Eu só queria ter conhecido ela antes. — Hazel soltou o ar num soluço entrecortado, e cruzou os braços atrás dos joelhos. Sua pulsação era ritmada como um metrônomo em seus ouvidos, marcando o tempo entre cada fungada e soluço.

No começo, pareciam cócegas. Uma coceirinha, logo acima das maçãs do rosto. Achando que era uma lágrima presa nos cílios, Hazel levou a mão até o rosto. Mas as cócegas tinham sumido.

Em vez disso, sentiu algo flutuando até seu joelho, perto do padrão que as lágrimas tinham formado onde sua bochecha estivera pressionada contra o vestido.

Então ela reparou num pedacinho dourado, como uma etiqueta, na bainha da saia, logo acima do joelho. Afastou o tecido da pele e viu que era uma pequena borboleta bordada.

Engraçado, ela pensou. Não tinha reparado que havia algo ali antes.

E então aconteceu. Hazel teve certeza de que estava sonhando, porque parecia — e ela podia sentir, também — que a borboleta estava se movendo.

Hazel aproximou o tecido azul-esverdeado dos olhos e, sem dúvida, as pequenas asinhas douradas tremulavam, a borboleta se soltando do material sedoso do vestido.

Hazel se levantou, afobada. *Deve ser o choque*, ela pensou. *Deve ser a esse tipo de coisa que as pessoas se referem quando dizem que o luto deixa a gente louco.*

Mas bem quando estava voltando a respirar, sentiu um último esvoaçar contra o joelho, e observou com os próprios olhos arregalados a borboleta brilhante se soltar do vestido. Ela bateu as asas delicadas, pairando por um momento na altura de seu olho, e então se afastou por sobre a água, desaparecendo contra o sol que se punha.

Hazel balançou a cabeça e voltou a afundar contra a amurada, envolvendo a bolsa no colo. Fechou os olhos e deixou-se levar, bem no momento em que o barco se afastou da margem, o ruído baixo do motor ninando Hazel como uma canção.

5

A primeira coisa que Hazel notou ao acordar foi que ainda estava em um barco. E que era de manhã. Ou ao menos o pedaço de céu que conseguia ver do lugar onde estava, encolhida contra a amurada do barco, *parecia* ser de manhã: esmaecido, um azul desbotado salpicado com fileiras de nuvens. Ela realmente tinha dormido na barca a noite inteira? Ela deve ter ancorado durante a noite, mas quantas outras vezes atravessara a baía enquanto dormia?

Hazel correu os dedos pelo cabelo longo e grosso, desembaraçando mechas perto da nuca e fechando os olhos com força. Todo o seu corpo doía, em parte porque estivera apertada contra uma coluna e a lateral das barras de metal da barca, mas principalmente pela lembrança da noite anterior.

Cenas e rostos passavam em *flashes* por seus olhos fechados: o casal no bufê, a menininha com prendedores de margarida, a fotografia de Rosanna, congelada dentro de uma moldura...

Hazel suspirou e apoiou-se cuidadosamente sobre os pés trêmulos, colocando as mãos na amurada e olhando ao longo da água. Estava desorientada e deu uma olhada rápida por cima de cada um dos ombros.

A barca estava indo para Marin ou voltando para São Francisco? Ela virou o pescoço nas duas direções, mas não conseguia ver nenhuma das duas cidades. Nada das montanhas de Marin, com o alto pico do Monte Tamalpais se estendendo à distância. E, do outro lado, nem o porto ou nada que lembrasse as silhuetas dos prédios que formavam o horizonte da cidade. Na verdade, não via terra alguma. O que era praticamente impossível, dado que a baía entre o Porto de São Francisco e Marin era pontilhada de ilhas, e sempre há pelo menos uma ponte visível, o tempo todo.

Ela pegou a bolsa e a jogou no ombro, procurando na cabine do barco por uma porta. Mas bem no lugar em que a porta deveria estar, não havia nada além de uma parede sólida.

Hazel olhou em torno daquele convés nada familiar, um estranho som sibilante ecoando de repente em seus ouvidos. Não havia dúvida. Estava em outro barco.

Era parecido com a barca que ia de Larkspur para a cidade, mas quase três vezes maior. E enquanto a barca de Larkspur era basicamente um convés aberto com uma pequena cabine redonda no meio, este barco era quadrado e completamente coberto, exceto por uma estreita passagem que o circundava.

Como ela não tinha reparado na noite anterior?

Hazel esquadrinhou o convés à procura de alguém uniformizado, na esperança de encontrar o capitão do barco. Respingos gelados do oceano cobriam suas bochechas. Distante, uma silhueta de terra aos poucos se definia. Ainda não havia prédios, nada de porto. Apenas dunas ondulantes e um amontoado de casinhas de telhas brancas.

Onde diabos ela estava? E como é que conseguiria voltar para casa?

Hazel estava prestes a tentar o outro lado do barco quando ouviu uma risada acima de onde estava. Levantou o olhar para encontrar um pequeno alto-faltante encaixado em cima de uma janela, e andou na direção dele.

— Senhoras e senhores, aqui é o seu capitão — disse uma voz mal-humorada que ressoou nas caixas. Tinha algum tipo de sotaque, que Hazel reconheceu, mas não conseguiu dizer imediatamente de onde era. — Em apenas alguns minutos chegaremos a Oak Bluffs.

Oak Bluffs? Hazel nunca tinha ouvido falar desse lugar. Ficava ao norte ou ao sul de Marin?

— Motoristas, por favor retornem a seus veículos, todos os passageiros a pé, por favor, se dirijam ao lado da embarcação onde está a rampa.

Era um sotaque de Boston, Hazel percebeu, chocada.

— Obrigado e bem-vindos a Martha's Vineyard.

Os alto-falantes despejaram estática antes de o microfone ser desligado. Hazel os encarou, muda, balançando para a frente e para trás diante da enorme janela arredondada.

Martha's Vineyard?

Não tinha certeza de onde isso ficava, mas, por algum motivo, não conseguia pensar em nada além de quadras de tênis e presidentes. Martha's Vineyard não era o lugar onde os ricos iam passar as férias?

E não ficava do outro lado dos Estados Unidos, na costa Leste?

Hazel se virou para a água. O porto se aproximava, e ela reparou que estava repleto de barcos à vela. No centro, uma doca antiga e estreita estava preenchida por fileiras de carros, esperando para entrar no próximo barco.

Uma multidão se reunira no topo de uma escadaria estreita. *Deve ser a rampa de saída*, pensou Hazel, e abriu a porta para esperar na fila. Onde quer que estivesse, não podia continuar dentro de um barco para sempre.

Hazel foi para o fim da fila, atrás de dois homens mais velhos usando camisetas com borrões de tinta e botas pretas de borracha. Um deles estava lendo um jornal. Hazel olhou por cima do ombro do homem para ver o cabeçalho no topo da página.

Era o Boston Globe.

A fila foi se afastando escada abaixo, e Hazel deu um passo para o lado, desabando no último degrau, com as costas para a parede. Estava com o olhar perdido nos quadradinhos de tinta branca descascando na parede. Ela inspirou profundamente e soltou o ar devagar.

Devo estar sonhando, pensou, e fechou os olhos. *Tem de ser algum tipo de pesadelo, o tipo em que você percebe que está sonhando, mas mesmo assim não consegue acordar.*

Acorde, Hazel implorou em silêncio. *Acorde, acorde, acorde.*

Abriu um pouco um dos olhos e seu estômago deu cambalhotas diante da visão da parede, que não se movera. Jogou a bolsa no colo, fazendo uma careta quando ela aterrissou com um barulho. Sempre fora tão pesada?

Hazel colocou a mão dentro da sacola, automaticamente à procura da câmera. Seus dedos envolveram depressa as lentes quadradas, e ela suspirou, aliviada. Ao lado dela estava o saco para roupas da loja de Posey. Ela se lembrou de tê-lo amassado e enfiado dentro da bolsa no banheiro do Ferry Building na noite anterior. Só que agora, não parecia amassado. Nem vazio.

Hazel tirou o saco da bolsa e o colocou no colo. Ela abriu o zíper e um bilhete manuscrito esvoaçou para fora. Estava grampeado duas vezes na parte de trás de um cartão de visitas, idêntico ao que encontrara no vestido do bazar. Mariposa missionária. Ela separou o bilhete do cartão e o desdobrou.

Querida Hazel,

Como você provavelmente já notou, o vestido que lhe entreguei não é o mesmo que você trouxe à loja. Foi um vestido feito especialmente para você, e ele tem o poder de atender a um pedido.

Pedido que, se estiver lendo isto, você já fez.

Neste saco, você vai encontrar mais dois vestidos, cada um deles com o mesmo poder de realizar desejos.

Eis as regras:

Nada de falar sobre os desejos. *(É para o seu próprio bem. Nada descreve "maluca" melhor do que uma menina que acha que usa vestidos mágicos.)*

Um vestido, um desejo. *(E uma vez que já tiver feito um desejo com um deles, o mesmo vira apenas um vestido).*

Nada de repetir desejos. *(Que-té-dio.)*

Nada de fazer desejos pelo universo todo. *(Eu também adoraria alimentar os que têm fome, mas não é esse tipo de magia.)*

Nada de desejar por mais desejos. *(Duh.)*
E, por último, esses desejos foram concedidos a você porque você merece. Então use-os com cuidado e de todo o coração. Esses são os únicos pedidos que contam.

Eu te desejo o melhor!
(Desculpe... não deu pra evitar.)
Posey

Hazel ficou olhando para o bilhete em suas mãos, que agora tremiam. Um desejo? Que *desejo*?

O papel caiu para o degrau abaixo do dela, e quando se abaixou para pegá-lo, reparou num pequeno símbolo do outro lado.

Era a mesma borboleta que tinha visto na noite anterior, voando do vestido para o céu noturno. A borboleta que pensou ter imaginado.

Hazel fechou os olhos novamente e encostou a cabeça contra o vão da escada, se esforçando para voltar àquele momento no escuro. Estivera pensando em Rosanna. Dissera algumas palavras em voz alta, mas o que ela teria...

De repente, Hazel se pôs de pé, quase se chocando contra o homem com o jornal.

Queria tê-la conhecido antes.

Rosanna. Ela desejou que pudesse ter conhecido Rosanna. Será que isso poderia ter algo a ver com o motivo pelo qual acordara num barco que jamais vira antes, a cinco mil quilômetros de casa?

Não fazia o menor sentido. Rosanna estava morta. Como é que mandar Hazel a Martha's Vineyard traria sua mãe de volta?

Ruidosos barulhos mecânicos vinham de baixo, e Hazel foi lançada para a frente quando o barco encostou na doca. Na base da escada, a pesada porta de metal se abriu com um rangido, e um pedaço brilhante da manhã se filtrou por ela. Um homem de barba usando colete pôs-se de lado, indicando à multidão ansiosa que avançasse para a estreita plataforma de madeira. A fila andou, e Hazel desceu as escadas com cuidado. Logo que chegou ao patamar inferior, o homem de botas de borracha dobrou o jornal no meio e o jogou fora. O jornal aterrissou numa mesa baixa entre um dos bancos de couro, as letras em preto e cinza se destacaram contra a fórmica vermelha brilhante.

Hazel pegou o jornal para ver as letrinhas mais de perto. Seus olhos percorreram rapidamente a letra floreada até que, de repente, tudo desapareceu, a não ser a data:

Segunda, 29 de junho.

E o ano... não é este ano...

Mas dezoito anos no passado.

Hazel sentiu o jornal escorregar de seus dedos quando seus joelhos cederam, dobrando seu corpo ao meio contra as bordas implacáveis do banco.

Posey dissera que tinha realizado um desejo. Só não tinha mencionado que Hazel precisaria voltar no tempo para isso.

E não voltar a um tempo qualquer...

Mas ao ano em que tinha nascido.

6

Hazel ficou paralisada no fim da doca. Ela fora empurrada para a frente pela multidão alvoroçada, conforme a fila de passageiros se movia para fora do barco, descendo a rampa de metal. Uma doca de madeira recoberta levava até a rua, onde um guarda de trânsito impaciente agitava furiosamente um dos braços, guiando-os a atravessar a faixa de pedestres recém-pintada.

— Pode demorar o quanto quiser, princesa.

Hazel saiu do transe e viu que era a única pessoa parada no meio-fio. Ela queria se mexer, mas não conseguia. O bilhete de Posey estava amassado em sua mão, e ela o apertava com toda a força, como se fosse a única coisa que a mantinha ancorada ao chão.

Respire, Hazel ordenou a si mesma. *Apenas continue respirando.*

Ela se virou para olhar para o barco atrás de si, as enormes portas abertas como uma boca gigantesca, devorando fileiras de carros e passageiros que aguardavam para fazer a viagem de volta. Ela sabia que o barco não a levaria de volta para a Califórnia, mas ainda assim, parte dela queria subir a bordo novamente.

Respire, Hazel se lembrou mais uma vez. Ela captou o olhar do guarda de trânsito, que a encarava com uma expressão exausta, batendo pé na calçada. Ela não fazia ideia do caminho que deveria seguir, mas não podia ficar no meio-fio para sempre.

Conforme seguia a calçada pavimentada até a cidade, Hazel se permitiu dar algumas olhadas rápidas ao redor. À esquerda havia um extenso gramado, cercado por casas coloridas de estilo vitoriano. À direita, uma fileira de pensões por toda a extensão da água exibia placas pintadas com os dizeres SEM VAGAS, que balançavam à preguiçosa brisa.

Ela continuou em frente, passando por mostruários de cartões-postais e chaveiros personalizados, barraquinhas de madeira que vendiam frutos do mar, e pizzarias que enchiam o ar com o aroma pesado de gordura quente. Mais à frente, um letreiro neon piscava SALÃO DE JOGOS, e a barulheira de uma máquina de pinball escapava pelas janelas do segundo andar.

Hazel andou até a calçada terminar abruptamente em frente a um prédio de tijolos que tinha um formato semelhante ao de uma tenda antiga de circo. Uma musiquinha metálica se espalhava pela rua, e através das janelas inclinadas, Hazel pôde ver o borrão de um carrossel. De repente, a música de circo pareceu agourenta, e a menina percebeu que estava com medo. O que era este lugar? Como tinha ido parar ali? E o que deveria fazer agora?

Nem sabia que horas eram. Seu relógio estivera piscando com listrinhas horizontais desde que ela acordara no barco. Parecia o fim da manhã, mas quem sabia como era o fim de uma manhã em Martha's Vineyard?

Dezoito anos no passado.

Pontadas indistintas de fome incomodavam o estômago de Hazel, e a sensação familiar foi quase reconfortante. Ela não comia nada desde o almoço do dia anterior. Aliviada por ter uma espécie de plano, Hazel deu as costas para a doca e olhou para uma das agitadas ruazinhas transversais. Seus olhos aterrissaram numa tabuleta escrita em letras de forma: SORVETERIA DA MARTHA — COPINHO E CASQUINHA.

Estava cedo demais para tomar sorvete, mas parecia ser a única opção. E, depois de tudo pelo que passara até agora, tomar sorvete no café da manhã dificilmente seria a coisa mais esquisita do dia.

Hazel respirou fundo, entrando na sorveteria lotada. Um refrigerador com tampa de vidro, repleto de todos os sabores de sorvete que se possa imaginar, cobria a extensão de uma das paredes do lugar, cheio de tubos de coberturas coloridas. Nas paredes, desenhos em estilo cartum anunciavam os tamanhos e preços, e sundaes especiais com nomes como "Ronc Delícia". O cheiro adocicado de casquinhas de biscoito feitas em casa e de chantilly recém-preparado preenchia o ar.

Um grupo barulhento de crianças em colônia de férias, todas usando camisetas laranja iguais, jogava bolotas de guardanapo de um lado para o outro de uma mesa enorme e bagunçada. Eles pareciam ter entre oito e nove anos... o que significava que no futuro seriam essa mesma quantidade de anos mais velhos que a própria Hazel. O pensamento fez seu estômago dar um nó. Ela se perguntou se alguém tinha reparado nela. Será que dava para ver que ela era diferente? Será que ao menos conseguiam vê-la?

Uma mulher passou correndo, o cabelo loiro preso por um rabo de cavalo reluzente no topo da cabeça. Ela empurrava gêmeas de cabelos loiro-avermelhados num carrinho, seus cachinhos frisados úmidos por causa do calor. Conforme passavam pela porta, uma das meninas estendeu a mão toda melada, agarrando o vestido de Hazel e puxando-o de brincadeira.

— Violet! — repreendeu a mulher, afastando a mão da garotinha e virando-se para Hazel com uma expressão constrangida, os ombros encolhidos. — Sinto muito mesmo. Ela tem essa coisa com vestidos.

Hazel forçou um sorriso e observou quando a mulher empurrou o carrinho pela porta. Ela olhou para baixo, para as marquinhas de baunilha deixada pelos dedos em seu vestido. Eram de verdade, e ela também era.

— O que vai querer? — vociferou uma garota baixinha do outro lado do balcão. Hazel encarou em silêncio a garota, cujo cabelo cor de chocolate estava repuxado para trás em um coque desarrumado, atravessado lateralmente por um lápis amarelo-vivo.

— Oi? — A garota tentou novamente, falando mais alto. — Posso ajudá-la?

— Hã, claro — Hazel tentou responder, mas fazia tempo que não falava, e as palavras ficaram presas na garganta seca. As opções eram tantas que ela se sentia oprimida, e a ansiedade de ter que fazer o pedido havia diminuído seu apetite.

— Vocês têm ice tea?

A garota com o lápis no coque encarou Hazel por um longo momento antes de revirar os olhos escuros e pegar um copo descartável em uma pilha no balcão. Ela o fez deslizar pela bancada e fez um gesto com o cotovelo indicando a porta.

— A máquina de refrigerantes fica atrás de você — grunhiu. — Oitenta e nove centavos.

Hazel remexeu na sacola, enfiando a cabeça entre as alças para olhar melhor. Sua carteira precisava estar ali em algum lugar. Mas tudo o que conseguiu sentir foi a câmera, o plástico barulhento contendo os vestidos, e um monte de espaço vazio.

Atrás dela, a fila começava a ficar impaciente, e Hazel se encolheu diante dos dez pares de olhos penetrantes direcionados a ela, cavando buracos em sua nuca.

— Desculpe — murmurou Hazel para a garota do outro lado do balcão. — Acho que perdi minha carteira.

A garota pegou o copo de volta, fazendo-o deslizar pelo vidro do balcão, e o recolocou de cabeça para baixo no topo da pilha.

— Que pena — falou, sem nenhuma inflexão, antes de se virar para o próximo da fila.

Hazel cerrou os dentes, podia ouvir a força da própria pulsação. Ela se virou, mas viu que estava presa entre o vidro e os ombros largos de um garoto de pé bem atrás dela.

— Deixa comigo — intrometeu-se uma voz profunda. Hazel olhou para cima e viu um braço forte e bronzeado esticado na direção do balcão. Uma nota amassada de um dólar caiu no vidro e a menina do lápis olhou para cima com um suspiro irritado.

— Ora, se não é o príncipe encantado — bufou a garota, enfiando a nota dentro da caixa registradora e usando o quadril para fechar a gaveta com uma pancada. O garoto esticou o braço e ela colocou o copo na mão dele. — Próximo!

Hazel sentiu que estava sendo empurrada para fora da fila, o rosto ficando vermelho. O "príncipe encantado" ainda estava parado ao seu lado, e ela mal conseguia se convencer a olhar para cima. Ele tinha a voz firme e a postura sólida de alguém que era bonito e sabia disso.

— Pronto — disse ele, entregando a Hazel o copo descartável. Ela finalmente olhou para cima e viu que o garoto tinha um cabelo castanho desalinhado e simpáticos olhos da mesma cor, além de duas covinhas profundas com formato de estrela entre as fortes linhas de suas maçãs do rosto e mandíbula.

Bonito era pouco.

— Obrigada — murmurou Hazel, seguindo-o através da multidão até uma máquina de refrigerante no fundo do estabelecimento. — Não precisava. Estou com a minha carteira em algum lugar.

— Sem problema. — Ele deu de os ombros. — Acontece com todo mundo.

Ele se posicionou do lado da máquina de refrigerante e esticou a mão de novo, para recuperar o copo.

— Eu faço — insistiu ela, ajustando o copo embaixo do distribuidor de gelo. Pequenas lasquinhas de gelo escorreram por seu pulso. Suas bochechas pegaram fogo. Ela já conseguira se provar um desastre.

— Essa coisa é bem temperamental — comentou o garoto. Ele deu um tapa forte na máquina, que parecia velha, até que ela tossiu três ou quatro quadrados perfeitos de gelo.

Ele sorriu, as duas covinhas estreladas se aprofundando em suas bochechas. — Às vezes só precisa ser tratada com um pouco mais de amor.

O garoto deslizou por um banco acolchoado que ficava embaixo de um quadro de avisos repleto de anúncios feitos à mão. Ele fez um gesto convidando-a a sentar-se, e Hazel, hesitante, tomou seu lugar na pontinha do banco. Aceitar era mais fácil do que ter de inventar um motivo para não fazê-lo. Ela olhou para um rastro de farelo em cima da mesa, apertando o copo entre as mãos.

— É um belo vestido — disse o garoto, e Hazel imediatamente se arrependeu da decisão de sentar com ele.

A única coisa pior do que sentirem pena de você é fazerem graça com você. Ela olhou de lado para o rosto do garoto, pronta para revidar e ir embora.

Mas algo a impediu. Ele a encarava diretamente, mas não havia nada de intimidante em seus profundos olhos castanhos. Nenhuma pena, nenhum traço de que estava achando graça. Parecia que ele realmente queria dizer aquilo. Como se ele gostasse de conversar.

— É a primeira vez que você vem à ilha? — prosseguiu ele, recostando-se confortavelmente contra o pegajoso couro vermelho. — Você meio que está com aquela expressão de surpresa, do tipo nem-acredito-que-estou-de-férias.

Hazel riu, apesar de tudo. Se ele soubesse...

— Não que seja uma coisa ruim — emendou ele. — É que eu vejo isso todo verão. Você acaba aprendendo a detectar depois de um tempo, sabe?

— Claro. — Ela concordou, e torceu para que fosse convincente.

— E então? — perguntou ele. — De onde você é? Meu nome é Luke, aliás.

Hazel deu um longo gole no ice tea melado de tão doce, e o engoliu de uma vez.

— Hazel — apresentou-se. — Hazel Snow. Sou de...

Ela ainda estava se ajustando ao ritmo confortável da própria voz, esquecendo por um momento de ficar em pânico, quando alguma coisa atrás do ombro de Luke chamou sua atenção. Era um anúncio brilhante e colorido no quadro de avisos, e em meio à bagunça de ofertas escritas à mão — babás à procura de bebês e locatários à procura de apartamentos — ele se destacava como uma ferida escarlate, cravada num papel de boa qualidade. Os olhos de Hazel já haviam escaneado o texto impresso e pulado para o nome, destacado por um recuo, na base do papel:

CONTATO: ROSANNA SCOTT

Hazel se jogou pela mesa, quase sem reparar que seu ombro não esbarrara no de Luke por muito pouco. Ela agarrou um dos retângulos perfurados, que exibiam novamente o nome de Rosanna, desta vez ao lado de um número de telefone.

Ainda estava esticada por cima do banco, olhando sem reação para o papel em suas mãos, quando ouviu a risada de Luke.

— Se eu soubesse que você precisava tanto assim de um emprego, eu também teria comprado sorvete pra você. — Ele riu e se inclinou contra a janela.

Hazel voltou para o seu lado do banco, o pedacinho de papel já umedecido por causa das pontas de seus dedos.

— O quê? — perguntou ela, sem absorver completamente o que ele dissera. Ela olhou de novo para o pôster no quadro, e desta vez viu o que estava escrito em negrito no topo.

Procuro por ajuda doméstica! Anunciava o cartaz. Parecia ser um anúncio para alguém que cuidasse da casa.

— Oh, não, eu só... — Hazel começou a explicar, mas parou. O que mais poderia dizer? — Quer dizer, sim, eu preciso de um emprego — disse de repente, com firmeza. — Por quê? Você conhece este lugar?

Hazel esticou o pedacinho de papel sobre a mesa, o nome de Rosanna encarando-os de novo. Luke olhou para ele, as covinhas em forma de estrela voltando a se formar.

— É — disse ele, limpando a garganta. — Pode-se dizer que sim.

Hazel voltou a olhar para o papel, as pequeninas palavras impressas flutuando diante dos seus olhos. Seu coração encheu-se, martelando dentro do peito, e ela não conseguia acreditar em sua sorte.

— Conhece? — perguntou ela, rapidamente. — Sabe como chegar lá?

Luke olhou pela janela, apertando os olhos e mordendo o canto da boca.

— Eu poderia dar uma carona a você, mas vim andando até a cidade — disse ele. — Tem um ônibus gratuito, o ponto fica na rua em frente ao carrossel. É só pegá-lo até Chilmark e dizer ao motorista para deixá-la na mercearia. Você vai ver uma trilha à esquerda. É só andar até chegar à água e vai ver. Não tem como errar.

Hazel já tinha percorrido metade do caminho até a porta quando ele terminou as instruções. Ela só se lembrou de agradecer quando já estava na rua.

Ela se virou para ver Luke apoiado no vidro, uma das mãos erguida num aceno hesitante.

— Obrigada! — gritou ela para a janela, antes de sair correndo na direção do ônibus.

Hazel sentiu uma pontadinha nas costelas, e perguntou-se por um instante se o veria de novo, aquele príncipe encantado que aparecera para salvar seu dia. Mas o papel amassado em suas mãos a fez lembrar o motivo de estar ali. Ela estava prestes a encontrar o que estivera procurando.

Sua mãe estava à distância de um percurso de ônibus.

7

— É aqui

Depois de uma viagem barulhenta pelo que pareceram quilômetros em uma estrada longa, suja e esburacada, o ônibus freou até parar. O motorista, um homem alegre usando uma viseira molenga e vermelha, abriu a porta, e Hazel saiu para uma trilha de pedrinhas.

— Siga a trilha — instruiu o condutor de um jeito enfático, apontando para além do ombro de Hazel, para uma extensão de grama e céu. Logo além dos picos de um enorme e verdejante desfiladeiro, ela viu o oceano, de um azul profundo e pontilhado, pela espuma revolta das ondas.

— Se parar debaixo d'água, é porque foi longe demais.

Hazel agradeceu e continuou no mesmo lugar conforme o veículo se afastava pelo caminho de pedrinhas. Ela começou a descer a trilha, seus pés esmagando camadas de conchas do mar esfareladas, finas e de bordas pontudas, com indícios suaves de lilás no interior.

A casa era baixa e térrea, estendendo pelo gramado. Passagens cobertas ao ar livre ligavam diferentes seções, e cúpulas arredondadas se erguiam do telhado coberto por telhas de cedro branco. Hazel ficou de pé na entrada e desgrudou do corpo o material do vestido, agora úmido. Ela respirou profundamente.

Estava prestes a bater na porta quando ouviu um barulho atrás de si. Soava como uma porta de tela se fechando. Quando tentou apurar os ouvidos, notou que sons de uma música clássica suave flutuavam no ar, pontuados pelo ritmo do marulhar das ondas à distância.

Hazel voltou à trilha e seguiu o tensionar melódico das cordas de um violino. O cheiro de grama recém-cortada misturava-se à brisa salgada do mar e Hazel olhou para as montanhas ondulantes, para os jardins muito bem aparados, para a vista ampla da tranquila arrebentação. Na borda de um dos desfiladeiros, reparou numa aconchegante cabaninha de madeira, e dirigiu-se para lá.

Uma dor intensa apertou seu coração. Era o lugar mais lindo que Hazel já vira. E poderia ter sido seu lar. *Deveria* ter sido seu lar. Se ao menos sua mãe não a tivesse abandonado.

A porta de tela da cabana estava ligeiramente entreaberta, e Hazel espiou lá dentro. Consistia em apenas um aposento, revestido de painéis de madeira escura e com uma janela circular gigantesca, moldada no formato de um timão de navio, e que dava para o horizonte. As paredes eram cobertas por telas coloridas, algumas já emolduradas, outras ainda pela metade, com muitas outras amontoadas e encostadas umas às outras pelo chão.

Uma mulher estava de pé num dos cantos do quarto, de frente para uma moldura ao lado da janela. Era alta e magra, com ombros largos e longos cabelos loiro-escuros que cascateavam em ondas por suas costas. Seus braços estavam cruzados na cintura, e ela se apoiava levemente para trás nos calcanhares, encarando a tela vazia como se esperasse que ela lhe dissesse por onde começar.

Hazel ficou parada do outro lado da porta de tela, tímidas ondas de emoção varrendo para longe os pensamentos negativos. Mesmo que não tivesse visto a fotografia de Rosanna, saberia que esta era a mulher que passara a vida inteira esperando conhecer. Algo no fato de simplesmente estar perto dela fazia Hazel sentir-se aconchegada e completa, e ela estava com medo de falar. Com medo de fazer qualquer coisa que pudesse acabar com essa sensação.

— Dá para ouvir sua respiração, Buster — disse Rosanna, sem se virar. Hazel inspirou profundamente e se preparou para falar. Mas então Rosanna girou o corpo, a testa franzida se suavizando quando viu Hazel à porta.

— Oh, meu Deus, achei que fosse o cachorro — riu Rosanna, jogando um pincel em uma lata e esticando um braço para a porta. Ela usava um suéter largo, cor de mel, que pendia de seu braço como uma asa, e a calça jeans escura e meio amassada fora dobrada duas vezes por cima dos pés descalços bronzeados.

— Entre — acrescentou ela, sorrindo, e Hazel reconheceu imediatamente a fileira perfeita de dentes brancos e brilhantes. — Posso ajudá-la?

Hazel empurrou a porta de tela, abrindo-a, e deu um passo cauteloso para dentro.

— Oi — disse ela, ajeitando o cabelo atrás da orelha. — Eu só... eu vi o anúncio. Na cidade? E...

— Claro. — Rosanna assentiu e apertou as partes soltas do suéter em torno de sua cintura fina, dando alguns passos na direção de Hazel. — Isso é coisa do Billy, meu marido. Ele se empolgou um pouco com os pôsteres este ano. Juro que acho até que vi um deles no banheiro do veterinário. — Rosanna riu, uma risada curta e forte que balançava seus ombros. Uma parte de seu cabelo grosso e sedoso se agitou até seu queixo.

Hazel estava tentando prestar atenção, mas só conseguia se lembrar de piscar. A menos de um metro dela estava sua mãe biológica. A mulher cujo nome estava escrito em sua certidão de nascimento. A mulher para quem ela sussurrara boa noite no escuro, ao fim de todos os dias, imaginando o que ela estaria fazendo naquele exato instante, se perguntando se seriam parecidas.

Eram? Hazel se perguntou agora. Será que seu próprio cabelo, apesar de ser fino e ralo hoje em dia, algum dia seria tão cheio e longo? E, apesar de os olhos de Rosanna serem mais escuros e próximos do verde que os olhos azuis de Hazel, será que tinham o mesmo formato? Elas definitivamente tinham a mesma altura, o mesmo porte esbelto e, apesar de Hazel costumar se sentir desajeitada e desgraciosa, Rosanna portava-se confiante e segura.

— É o seu primeiro verão na ilha?

Hazel piscou e reconheceu o olhar questionador no rosto de Rosanna.

— Sim — conseguiu responder, apertando os cotovelos na frente do corpo. — Eu... eu moro na Califórnia.

As palavras escaparam antes que ela tivesse decidido se eram aqueles que queria dizer.

— Nós também! — exclamou Rosanna, colocando uma das mãos no ombro de Hazel. Seu toque era suave e gentil, e fez todo o braço de Hazel formigar. — Bem, durante metade do ano — prosseguiu Rosanna. — Na metade em que não estamos aqui. Billy dá aulas de ciência da computação em Stanford. Esta fazenda pertence à família dele há gerações, e costumamos vir todo verão para mantê-la funcionando. Eu sou artista...

Ela fez um gesto com os olhos, apontando os quadros.

— O que é evidente. — Ela riu. — E dou aulas também. Em Marin County, não muito longe de São Francisco.

Hazel tentou manter a expressão firme, mas sua cabeça ainda girava. Rosanna dava aula em Marin, o que explicava o motivo pelo qual Hazel fora entregue para a adoção em São Francisco, e não em Massachusetts. Seus olhos se desviaram para a barriga reta de Rosanna. Estavam no fim de junho. Se Hazel ia nascer em dezembro, ela tinha de estar dentro de Rosanna neste instante. A ideia provocou uma careta em Hazel, que rapidamente desviou os olhos para as pinturas na parede.

— Vou fazer algumas exposições em breve — disse Rosanna. As cores pastel das paisagens e os vários retratos cuidadosos de pessoas em diversos estados naturais giravam diante dos olhos de Hazel. — É parte do motivo pelo qual preciso de ajuda, na verdade. Além de alguém que cuide das coisas pela casa. Temos uma excelente caseira que fica aqui o ano inteiro, e há um casal de jovens que ajuda com a fazenda, mas sempre há muito a fazer. Essa vai ser uma temporada agitada, com muitas... mudanças, eu acho.

Hazel voltou a olhar Rosanna, que agora andava de um lado para o outro pela sala. Ela levantou uma cortina e olhou para fora, como se distraída por algo que tivesse visto na grama.

— Você tem alguma experiência com galerias de arte? — perguntou ela, um olhar distante no rosto.

— Galerias? — repetiu Hazel, sua mente ainda presa na palavra *mudanças*. Que tipo de mudanças? Será que Rosanna já sabia que estava grávida? — Não — respondeu, distraída. — Quer dizer, não tenho, mas...

— Não que isso aqui seja bem uma galeria, mas seria bom ter alguém por perto que pudesse me ajudar a montar, talvez trabalhar comigo na escolha das peças... — Rosanna se virou e estudou Hazel com um sorriso, logo reparando no vestido. — Você parece ter bom gosto.

Hazel ficou vermelha.

— Ah, bem, eu não sei... — Hazel deixou a frase incompleta, sentindo os olhos atentos de Rosanna no topo de sua cabeça. Essa era sua chance de passar um tempo com a mãe. Não podia desperdiçá-la sendo modesta. — Eu posso aprender — disse com firmeza, encontrando o olhar de Rosanna com a cabeça erguida.

— Fantástico. — Rosanna sorriu. — Você tem onde ficar? Está aqui com sua família?

Hazel negou veementemente e olhou para baixo, para o chão de cerejeira. O completo absurdo da situação se fez sentir repentinamente. Ela não conhecia absolutamente ninguém na ilha, e não tinha um centavo no bolso. No que estava pensando? No que *Posey* estava pensando quando resolveu mandá-la para o outro lado do país sem explicação, sem contatos e sem dinheiro?

— Não — finalmente conseguiu responder. — Meus pais estão viajando. Pela Europa. Estou aqui por conta própria.

Hazel prendeu a respiração, morrendo de medo de se mexer ou de olhar para cima. Era a primeira vez na vida que dizia as palavras "meus pais" em voz alta, e elas saíram de sua boca de uma forma tão desajeitada que Hazel achou possível ter acionado algum tipo de alarme de autenticidade. *Mentira! Impossível! Não existe!*

Mas se algum alarme tinha disparado, só Hazel conseguia ouvi-lo. Rosanna apenas deu de ombros.

— Não tem problema — insistiu, reparando na hesitação da menina e tomando-a gentilmente pelo braço. — Tem espaço de sobra na casa de hóspedes. Nada luxuoso, mas Jaime, nossa caseira, realmente conseguiu se sentir em casa. Você pode ficar por lá, e vamos pagar um salário modesto, além de oferecermos casa e comida.

Rosanna passou pela porta de tela, colocando a mão em concha na frente da boca e assoviando na direção das árvores. Minutos depois, um robusto labrador negro veio saltando por cima de um amontoado de árvores e aterrissou aos pés delas, arfando e escavando a grama.

— Buster, esta é... — Rosanna se interrompeu no meio do gramado e virou-se repentinamente para Hazel. — Nem perguntei o seu nome! Típico, Rosanna. — E ela riu, repreendendo-se.

— Não tem problema. — E com um sorriso: — É Hazel.

Rosanna assentiu como quem aprova, e passou o braço pelo de Hazel. Elas seguiram pelo caminho que ladeava a casa, a arrebentação estável das ondas indo e vindo contra a areia abaixo delas.

— Bem, Hazel — disse Rosanna, seus passos se sincronizando num ritmo confortável. Com um longo braço, ela fez um gesto amplo ao redor. — Bem-vinda ao lar.

8

Hazel sentou-se em sua nova cama, em seu novo quarto, com sacolas de papel cheias de roupas novas a seus pés. Ela deveria estar desfazendo as malas. A história que contara a Rosanna sobre a companhia aérea ter perdido sua bagagem soara quase verídica, e Hazel não podia acreditar no quão rapidamente um novo guarda-roupa fora colocado à sua disposição. E também não era qualquer guarda-roupa: pilhas e pilhas de jeans levemente surrados e blusas macias de algodão, e Rosanna insistiu que já pretendia mesmo se livrar de tudo aquilo.

Hazel esvaziou uma das sacolas em cima da cama e remexeu na pilha de suéteres que pareciam confortáveis. Cada um deles fora usado por Rosanna. Eram roupas de segunda mão doadas por sua mãe. Pela primeira vez na vida, Hazel ganhara roupas de segunda mão.

E pela primeira vez, lembrou-se, tinha mãe.

Hazel sorriu, seu coração satisfeito quando olhou pela alta janela do quarto. A casa de hóspedes era uma cabana pequena, mas projetada de maneira engenhosa, equilibrada no topo de um monte e com vista para o jardim. O teto inclinado era coberto por vigas de madeira escura e grossos painéis brancos cobriam as paredes, unidos como peças de um quebra-cabeça. Rosanna levara Hazel num curto tour pela cozinha e pela alcova no andar de baixo, insistindo que ela ficasse à vontade para se servir com o que houvesse na geladeira. Hazel ficara observando pela portinha de tela aberta enquanto Rosanna andava pela grama para voltar ao estúdio, ainda meio sem acreditar que qualquer parte disso pudesse ser real.

Agora Hazel afastou os olhos dos suéteres na cama. A cabana só tinha um quarto, que ela dividiria com a caseira. Rosanna não falara muita coisa a respeito de sua nova companheira de quarto, exceto que ela trabalhava na cidade durante o dia e que chegaria a qualquer instante.

O quarto mal parecia habitado. Não havia fotografias em porta-retratos, nenhum pôster nas paredes. Hazel abriu devagar as primeiras gavetas da cômoda, vendo camisetas bem dobradas ao lado de pilhas arrumadas de shorts e calças. Até o armário, em que havia pendurado os vestidos de Posey, parecia pertencer a um hotel. A maior parte dos cabides estava vazia, a não ser por um roupão e um único vestido branco de verão, apertado contra uma das extremidades do armário.

O único toque pessoal era uma colcha de retalhos colorida, muito bem dobrada ao pé da outra cama. Hazel ficou de frente para a cama e a tocou, pegando o tecido desbotado suave e bem surrado entre os dedos.

— Quer fazer o favor?

Hazel deu um pulo, e se virou para ver uma garota baixa parada na porta. Seus cabelos escuros eram longos, passando dos ombros, e os olhos pequenos e profundos estavam apertados em duas fendas de irritação. Se não estivesse com um lápis na boca, provavelmente Hazel não a teria reconhecido de primeira.

— Regra número um — murmurou a garota. Ela tirou o lápis da boca e se enfiou na frente de Hazel, arrancando a colcha da mão dela. — Minhas coisas são as *minhas coisas*. Não *suas coisas*. Ou seja: não toque nelas.

Hazel deu um passo para trás, suas panturrilhas batendo no estrado da cama. Ela afundou pesadamente no colchão e observou enquanto a outra garota voltava a dobrar o cobertor com movimentos calculados, precisos. Ela não podia ter muito mais de um metro e meio, e Hazel se perguntou como é que tanta crueldade podia existir dentro de uma pessoa tão pequena.

— Desculpe — murmurou Hazel, quando percebeu que a garota não ia dizer mais nada. — Eu... eu me chamo Hazel, eu...

— Ice tea. Eu lembro — cortou a garota, enquanto andava até o closet e puxava uma toalha dobrada de uma prateleira alta. — Me chamo Jaime.

Hazel olhou para o outro lado quando Jaime começou a tirar a camiseta da Sorveteria da Martha.

— Nem acredito — disse Jaime, como se estivesse falando consigo mesma. — Rosanna sempre diz que vai contratar outra pessoa, mas nunca realmente *contrata*.

Com o canto do olho, Hazel viu que Jaime se livrava do jeans cortado na altura dos joelhos, e se enrolava numa toalha.

— E aí, qual é a sua história? — perguntou a garota. — Fugiu de casa? Você não me parece uma desabrigada.

Hazel mordeu a parte de dentro da bochecha e sentiu que suas sobrancelhas se franziam.

— Desabrigada? — repetiu ela, a voz firme e na defensiva. — O que te faz pensar que não tenho casa?

Hazel detestava garotas assim. Nas quatro escolas diferentes em que tivera o privilégio de estudar até então, conhecera muitas delas: as meninas duronas e baixinhas que silenciosamente projetavam desdém e tinham sempre uma resposta espertinha para tudo. Na verdade, ela própria já fora confundida com esse tipo de garota, várias vezes. Mas Hazel acreditava que qualquer pessoa *realmente* infeliz geralmente se esforçava muito mais para esconder isso.

— Rosanna só aceita garotas que precisam de conserto — anunciou Jaime para uma cômoda alta. Ela tirou um par de meias brancas e roupas de baixo de algodão, enrolando tudo com uma das mãos.

Hazel se mexeu na cama, o colchão rangendo pesadamente sob ela.

— Tudo bem, não me conte — suspirou Jaime, fechando a gaveta com uma pancada. — Acho que teremos tempo de sobra para segredos. Você não ronca, ronca? — Jaime parou na porta e se virou para Hazel, seus olhos de aço frios e concentrados.

— Não — respondeu Hazel, friamente. A ideia de trocar confidências com Jaime era quase capaz de fazê-la rir. — E você?

Um canto da boca de Jaime se ergueu num meio sorriso enquanto ela virava na direção do hall.

— Vou levá-la para fazer o grande tour quando eu sair — gritou do banheiro.

O jato de água atingiu a cortina do boxe, o som ficando abafado quando Jaime bateu a porta.

Hazel esfregou a testa e suspirou, voltando à pilha de roupas novas em sua cama. Ela sabia que deveria continuar arrumando tudo, mas seus olhos ardiam e seu corpo doía. Ela levantou as pernas para passá-las em volta da bolsa e se encolheu contra a parede, olhando pela janela para a casa principal, que ficava do outro lado do gramado. Uma suave luz amarela saía das janelas e Hazel tentou imaginar Rosanna lá dentro.

Ela deixou a mente vagar, imaginando como seria ficar na casa principal, em vez de aqui com Jaime, que parecia determinada a tornar o tempo que passassem juntas o mais desconfortável possível. Mas não estava ali para fazer amigos, ela se lembrou. Estava ali para conhecer sua mãe.

Hazel sentiu suas pálpebras ficarem cada vez mais pesadas e se virou de lado, mechas de seu cabelo semitingido caindo na frente do rosto. Não faria mal descansar um pouco, só até Jaime sair do banho. Só um minuto, e então talvez pudessem começar do zero. Talvez depois de um banho e um cochilo as coisas parecessem diferentes.

9

—Hora de acordar, Bela Adormecida.

Hazel piscou os olhos algumas vezes quando Jaime abriu as cortinas, enchendo o aposento de raios de sol que transpareciam a poeira. Hazel se virou para ficar de frente para a parede. Sua nuca latejava um pouco, e ela precisou encarar os painéis que imitavam madeira por alguns instantes antes de se lembrar de onde estava.

— Já que você dormiu na hora do tour, acho que vamos precisar fazê-lo agora. — Jaime estava de pé ao lado da cama dela, enrolando um punhado de cabelo escuro e grosso para enfiar nele o lápis do dia anterior.

Hazel olhou para baixo e viu que ainda usava a camisa amarela e o jeans de Rosanna. Ela se apoiou nos cotovelos e piscou quando Jaime pegou um casaco de moletom na última gaveta da cômoda. Apesar de estarem no fim de junho, Hazel sentia um friozinho matinal se infiltrando pelas frestas da janela.

— Que horas são? — murmurou, enquanto se certificava de que não tinha baba nos cantos da boca.

— Não estamos de férias, loirinha — lançou Jaime, fechando o zíper de seu casaco de moletom azul-marinho e começando a andar até a porta. — Você está no meu mundo agora, e dormir *não faz parte* da programação. Me encontre lá embaixo em cinco minutos.

Jaime lançou a Hazel um falso sorriso e fechou a porta.

Hazel se deixou cair de volta na cama. Há menos de vinte e quatro horas, estivera andando por São Francisco, onde tudo era familiar e as coisas faziam sentido. Agora estava em um lugar diferente, em uma época diferente, dividindo o quarto com uma garota que fazia o *diferente* parecer algo a se desejar.

Hazel atirou os lençóis para o lado e pegou outra das calças jeans de Rosanna, e uma camisa de botão surrada. O tecido era macio ao toque, e tinha um leve cheiro de bronzeador. Hazel enterrou o rosto contra a gola, aspirando o cheiro da mãe o mais profundamente que podia. No banheiro, jogou água no rosto e olhou o próprio reflexo no espelho. Por força do hábito, olhou para o cantinho em que costumava ficar a foto de Wendy em casa, e se viu imaginando o que Roy estaria fazendo agora. Será que já estaria preocupado? Será que ao menos tinha notado que ela desaparecera?

Hazel secou as mãos numa toalha e correu escada abaixo. Jaime estava sentada nos degraus da varanda, mas disparou pelo gramado assim que a menina chegou à porta.

Hazel deu uma corridinha para alcançá-la. A propriedade parecia ainda mais imaculada do que no dia anterior: verde e exuberante, praticamente vibrando sob o sol. O ar estava fresco e agradável, e a grama úmida com o orvalho.

Ela seguiu Jaime até a casa principal e depois através da robusta porta de entrada. Do lado de dentro, a casa era elegante, mas modesta. Um lustre antigo as recebeu no vestíbulo, e Hazel percorreu com os olhos a ampla sala de estar, toda mobiliada em branco e com uma enorme lareira de pedra, até uma parede de janelas, que davam para a amplidão do oceano e do céu.

No fim de um corredor estreito, uma porta se abriu, e um homem andou na direção delas.

— Bom dia, Jaime — disse ele. Seu cabelo cor de canela estava desalinhado, e ele estava com o olhar focado e meio atordoado de quem passou horas sem fim olhando para uma tela de computador.

— Oi, Billy — respondeu Jaime, saindo do caminho para deixá-lo passar pelo corredor. — Esta é Hazel — acrescentou, relutante. — Ela trabalha aqui agora, acho.

Jaime se virou e atravessou o corredor principal, deixando Hazel sozinha com Billy no vestíbulo. Billy estendeu a mão, que Hazel apertou, praticamente incapaz de encará-lo nos olhos. Um buraco já se instalara na base do seu estômago. Era o homem do evento no Ferry Building. O homem parado sozinho no bar, olhando tristemente para seu drinque. Repentinamente, Hazel se lembrou por que ele estava lá. Ele perdera a esposa. No futuro, Rosanna estava morta.

— Prazer em conhecê-la, Hazel. — Billy sorriu. Suas feições eram pequenas e bem-marcadas, e pareciam um pouco perdidas na amplidão de seu rosto.

— Prazer em... em conhecer você também — gaguejou ela. Ficou ali sem fala, encarando o homem que eventualmente seria seu pai. Ela procurou por semelhanças. Os olhos dele eram azuis, como os dela, mas o nariz dele era menor e a pontinha era curvada para cima.

— Estou esperando — gritou Jaime, impaciente, de algum lugar no fim do corredor.

— Melhor você se apressar — sussurrou Billy, inclinando-se para perto. — Não se preocupe. A mordida não é tão ruim quanto o latido.

Billy piscou para Hazel e continuou andando até a sala de estar, assoviando para si mesmo enquanto pegava um jornal em uma mesinha de vidro ao lado do sofá.

Hazel sentiu o coração aumentar de tamanho e se virou para encontrar Jaime. Tinha um pai. Um pai de verdade, que fazia coisas clássicas de pai, como assoviar e ler o jornal.

Ela correu atrás de Jaime até a cozinha, um aposento gigantesco com paredes de janelas e uma vista límpida do oceano. Grandes lâmpadas industriais pendiam do teto, e uma longa bancada de mármore dividia o ambiente em dois. A geladeira de aço inoxidável estava aberta, e um homem de calça branca usando um avental preto estava agachado, olhando lá dentro.

— Emmett faz muffins todo dia de manhã — disse Jaime, apontando para uma cesta na bancada. — Espero que não esteja de dieta.

O homem na geladeira se levantou e se virou. Ele era pequeno e elegante, e se não fosse pelas linhas que marcavam os contornos de seus límpidos olhos verdes, Hazel pensaria que eles eram da mesma idade.

— Quem seria esta aqui? — perguntou Emmett, seu sorriso brilhante e travesso enquanto as palavras saíam rapidamente de sua boca, transformadas em canção graças à cadência lírica de um sotaque irlandês. — Outra para a cozinha, é? Ela é bonita suficiente, é sim. Vou ficar com ela.

Jaime pegou um muffin na cesta e o desgrudou da embalagem de papel.

— Quem dera — suspirou Jaime. — Infelizmente, Rosanna acha que sou eu que preciso de ajuda.

Emmett deu um sorrisinho.

— Provavelmente porque você está sempre saindo por aí com seu namoradinho — disse ele, dando de ombros inocentemente.

Jaime ergueu o muffin como se fosse jogá-lo do outro lado da cozinha, e Emmett fingiu se abrigar atrás do liquidificador.

— Falando em sair por aí — gritou ele de trás do esconderijo —, vamos fazer a fogueira de novo esta noite? Estou com os marshmellows e tudo para os seus adorados *s'mores*.

Hazel viu Jaime lançar a Emmett um penetrante olhar de alerta.

— Vem, loirinha — disse Jaime, abrindo a porta de vidro de correr.

Hazel mordeu o interior da bochecha e tentou não parecer irritada. Aparentemente a fogueira era um evento em que só convidados podiam entrar.

— Sempre que precisar de uma folga de Sua Alteza, é só vir me ver — disse Emmett quando Hazel passou por ele, e ela forçou um sorriso. Tinha a sensação de que ia aceitar o convite, e muito em breve.

Jaime estava a meio caminho do pórtico de pedra, do outro lado de uma longa mesa de vidro, quando Hazel se deu conta.

— Onde está Rosanna? — perguntou, no que esperava que fosse um tom casual, enquanto passavam pelo estúdio vazio. — Quando ela costuma pintar?

Jaime foi até uma clareira no bosque, onde a trilha de conchinhas terminava e um caminho irregular de terra começava.

— Sempre que está com vontade — murmurou ela, tirando alguns galhos mais compridos da frente. Um deles chicoteou de volta e quase atingiu Hazel bem no meio do rosto. Ela se abaixou rápido e passou a andar encurvada até que estivessem oficialmente fora da mata.

No fim do caminho, um volumoso celeiro vermelho assomava contra o claro céu azul. As gigantescas portas da frente foram abertas, revelando duas fileiras de baias de cavalos e metade de um cercadinho, no qual uma dezena de ovelhas e bodes pastava calmamente.

— Olha — disse Jaime, fazendo-a parar. — Eu sei que Rosanna disse que você ia ajudá-la um pouco no estúdio, e acredite em mim, não tenho problema nenhum com isso. Mas enquanto estiver comigo, seu trabalho é *aqui*. — Jaime apontou enfaticamente para o celeiro. — Entendido?

Hazel engoliu em seco. Ela realmente tinha viajado no tempo só para brincar de fazendeira com essa garota mimada e irritadinha?

Mas fora isso o que Rosanna tinha dito para ela fazer. Por enquanto, não tinha escolha. E estar perto da mãe faria tudo valer a pena no fim das contas.

— Entendido — murmurou ela às costas de Jaime enquanto a seguia pelo celeiro.

O cheiro de estrume e feno seco fez as narinas de Hazel arderem. O mais perto que já estivera de animais da fazenda tinha sido no galinheiro que ficava na casa do lago da irmã de Roy. Ela tinha ficado encarregada da tarefa de alimentar as aves pela manhã e, depois de um infeliz incidente com uma galinha que ficou irritada porque estava na época de pôr os ovos, Hazel passou semanas sofrendo com pesadelos em que era bicada em pedacinhos. Agora, ela encarou os bodes de aparência mal-humorada com suspeitas enquanto Jaime se virava bruscamente para subir uma estreita escada do lado de dentro.

— Aonde está indo? — quis saber Hazel. — Achei que o trabalho era no celeiro.

Jaime continuou sua subida ruidosa pelos estreitos degraus.

— Aqui em cima — falou, abrindo uma portinha lá em cima e entrando. — Os animais são departamento de Maura e Craig. Não lido com gado, ainda que seja uma fazenda fidalga.

Hazel olhou de volta para os cavalos nas baias, os olhos arregalados escuros e sem piscar.

— Fazenda fidalga?

— Não matam os animais para comer ou para nenhum tipo de produção. É tudo muito civilizado — disse Jaime, fazendo um gesto para Hazel segui-la até o fim da escada. — O que não torna o cheiro nem um pouco mais agradável aqui, mas você se acostuma.

Hazel olhou em volta pelo escritório. Era um lugar escuro, em que só cabia uma mesa, uma cadeira e fileiras de gavetas de arquivos na cor bege. Do outro lado da sala havia uma segunda porta, e Hazel olhou através dela para um longo e estreito corredor.

— É ali que o pessoal do celeiro mora durante o verão — explicou Jaime. — Caso esteja interessada.

Hazel franziu o nariz e balançou a cabeça, sentindo-se sortuda por ter ficado na casa de hóspedes. Mesmo que isso significasse passar bastante tempo com Jaime.

— Sente-se — ordenou Jaime, de pé com os braços cruzados na frente dos arquivos de metal. Hazel afundou na cadeira alta de rodinhas.

Jaime esticou o braço e puxou uma das gavetas de cima. Do lado de dentro, arquivos marcados pela cor estavam organizados e etiquetados em ordem alfabética.

— Billy quebrou a esteira ergonômica de novo — disse Jaime, passando rapidamente os dedos pelos arquivos. — Tenho certeza de que o manual está aqui em algum lugar, mas não tive tempo de encontrá-lo.

Jaime enfiou as mãos dentro da gaveta e retirou um arquivo gordo, repleto do que pareciam os manuais amarelos de cada um dos aparelhos eletrônicos que os Scotts já tinham comprado. Ela largou a pasta no colo de Hazel, e fez a cadeira rodar para trás até que Hazel estivesse encurralada entre a mesa e a parede.

— Divirta-se, loirinha — sussurrou Jaime enquanto batia a poeira das mãos e voltava a descer as escadas.

— É Hazel — gritou ela de volta, jogando a pasta em cima da mesa.

A cabeça de Jaime voltou a aparecer na curva, cachos escuros de cabelo pendurados na testa.

— Como é?

— Meu nome não é loirinha, é Hazel — repetiu Hazel.

— E lamento se não me quer aqui, mas Rosanna quer. Não sei qual é o seu problema.

— Problema? Eu não tenho problema — disse Jaime, sem entonação. — E ainda que eu tivesse, o que não é o caso, não imagino que você fosse entender. Fiquei sabendo de tudo sobre seus pais e a viagenzinha de férias para a Europa. Parece maravilhoso. — A voz de Jaime estava cheia de uma falsa sinceridade.

Hazel escutou o estrondo da própria pulsação em seus ouvidos, e tudo o que mais queria era empatar o jogo, lançar de volta a história real de sua vida, em que não tinha nem pais nem férias de qualquer tipo.

— Tem certeza de que não dá tempo de se juntar a eles? — perguntou Jaime, com um beicinho dramático.

As bochechas de Hazel estavam queimando, e ela se virou rapidamente para a pasta em cima da mesa.

— Até mais, loirinha — gritou Jaime antes de saltar pelas escadas. Através da única e embaçada janela do escritório, Hazel observou Jaime cruzar o descampado. Os carvalhos altos e viçosos ondulavam com a brisa, e não havia uma nuvem no céu. Ao longe, o oceano parecia listrado, a luz do sol refletida em faixas pela superfície.

Hazel suspirou e abriu a pasta.

Um lindo dia para lidar com a papelada.

10

Os olhos de Hazel estavam desnorteados e sua cabeça latejava. Depois que voltara para buscar o manual da esteira, Jaime rapidamente designara para ela uma lista sem fim de tarefas monótonas, que iam desde separar as contas ainda não pagas até testar uma caixa inteira cheia de cartuchos de impressora.

Hazel também estava morrendo de fome. Jaime trouxera um sanduíche de peru defumado para ela no almoço, mas aquilo tinha sido há horas. Ela não fazia ideia de até quando permanecer no escritório e começava a considerar a ideia de sair e checar, quando duas vozes flutuaram de trás da porta que dava no corredor. Ela deu um pulo da cadeira e olhou pela janela, como um prisioneiro na solitária, tão desesperada por uma conversa quanto por uma refeição decente.

Uma menina musculosa com rabos de cavalo trançados e loiros andou na direção dela, seguida por um menino esbelto de cavanhaque preto. Os dois pareciam ter vinte e poucos anos. Eles pararam na porta e estavam prestes a desaparecer novamente por trás dela quando Hazel irrompeu no corredor.

— Olá — disse ela, com um pouco mais de entusiasmo do que esperava. — Quer dizer, oi. Meu nome é Hazel. Eu... trabalho aqui agora. Com Jaime.

A garota deu um passo na direção dela e limpou as mãos nas laterais do macacão sujo.

— Ah, oi. Rosanna falou para esperarmos uma carinha nova. — Ela sorriu. Tinha o rosto salpicado de sardas. — Meu nome é Maura, e este é o Craig.

Craig acenou desajeitado, e se enfiou em um dos aposentos que davam no corredor.

— Desculpa, estamos atrapalhando você? — perguntou Maura, espiando por cima do ombro de Hazel para o escritório. — A hora da ração pode ser bem caótica.

— Não, de jeito nenhum — insistiu Hazel. — Eu estava começando a ficar meio maluca com a calmaria.

Maura riu, as tranças balançando atrás de sua cabeça.

— Estávamos indo para a praia para fazer uma fogueira — explicou ela. — É meio que uma tradição semanal. Você devia vir com a gente.

Em casa, Hazel era expert na arte de recusar convites, e raramente via alguém sem ser na escola ou no trabalho. Mas de repente, se viu grata pela simples possibilidade de estar perto de pessoas. Especialmente outras pessoas além de Jaime. Ela sorriu.

— Obrigada, eu adoraria.

— Legal. — Maura assentiu, se dirigindo para a porta. — Vou me limpar e nos encontramos com você lá embaixo?

Hazel confirmou e voltou a se fechar dentro do minúsculo escritório. Jaime provavelmente ficaria brava por ela não ter terminado tudo, e ainda mais irritada quando Hazel aparecesse na fogueira. Mas Hazel não se importava.

Na verdade, isso só a deixava com mais vontade de ir.

O sol já estava baixo no céu quando Craig as guiou, descendo um longo caminho de madeira. Mosquitos zumbiam em volta de suas cabeças, e Hazel esmagou um que a estava picando perto do tornozelo. O caminho terminava numa clareira na floresta, onde dez ou doze veículos já estavam estacionados, a maioria picapes e carros de porta-malas grandes surrados. Eles pegaram uma escada desconjuntada e velha que levava à praia, e Hazel lembrou-se de não olhar para baixo.

Na praia, Maura e Craig chutaram os sapatos para cima de uma pilha perto das dunas. Hazel fez o mesmo, deixando os dedos afundarem na areia úmida e fresca. A madeira já tinha sido reunida num buraco cavado na beira dos penhascos, e Hazel observou enquanto um grupo de caras mais velhos e de barba por fazer os ajeitava em uma pirâmide, tentando acender a base com um fósforo.

— Tem hambúrguer e cachorro-quente — disse Craig, apontando para o outro lado da fogueira, onde Emmett estava arrumando pedacinhos de comida num grill de carvão.

— Vegetarianos também, se você quiser — acrescentou Maura, se abaixando para enrolar a bainha do jeans.

— Obrigada — disse Hazel, olhando rapidamente pelo grupo enquanto seguia Craig até um isopor de plástico azul. — Rosanna e Billy vão vir?

— Duvido. — Craig deu de ombros enquanto pegava um punhado de cervejas do isopor e as oferecia para os outros. Hazel recusou educadamente enquanto Maura usava suas unhas imundas para dar duas batidinhas na parte de cima da latinha antes de abri-la.

— Eles deixam a gente fazer uma coisa só nossa de noite — explicou Maura. — A Rosanna é o máximo!

Hazel sentiu um misto de decepção e orgulho secreto. Ela queria saber mais. Se não podia passar tempo com Rosanna, pelo menos queria saber o máximo possível.

— Pensa rápido! — gritou uma voz familiar da beira do mar.

Hazel olhou na direção da água. A apenas alguns metros de distância estava o príncipe encantado em pessoa, o cara de cabelo castanho da sorveteria. Antes que ela conseguisse dizer qualquer coisa, ele atirou uma latinha de cerveja que viajou pelo ar num arco alto e impressionante em sua direção. Ela pegou com as mãos, o alumínio frio fazendo as palmas arderem.

— Oi, Luke — disse Maura quando ele se juntou ao grupo. O cabelo dele estava mais longo e desarrumado do que Hazel se lembrava, e mesmo no escuro, havia um brilho em seus profundos olhos castanhos.

— Criativo — brincou Craig, enquanto o cumprimentava com um high-five. — Jogar coisas na garota nova. Meio que um retorno ao jardim de infância.

Luke riu. Ele usava uma bermuda cargo larga, que ia até o joelho, e uma camisa verde-exército. Uma das mangas estava mais dobrada que a outra, e Hazel viu a linha em que seu bronzeado acabava por baixo dela. Ficou surpresa com o quão aliviada se sentia por vê-lo de novo — como se estivesse esperando que ele aparecesse.

— Oh, nos conhecemos há muito tempo — insistiu Luke, cutucando Hazel com o cotovelo. — Acho que as indicações que eu te dei funcionaram bem.

— Parece que sim — assentiu ela, e apertou mais os braços em volta do corpo. Maura e Craig foram caminhar na praia, e Hazel olhou para a areia, traçando uma linha com o dedão do pé.

— Então... — começou Luke. — Como está indo até agora?

Ele se acomodou na areia e deu um tapinha no espaço ao lado. Hazel se abaixou lentamente até o chão, enfiando os pés descalços por baixo das pernas. Desejou ter tido a ideia de pegar um suéter. O sol já tinha praticamente sumido por completo por baixo da linha da água, e o ar já começava a esfriar.

— Indo. — Ela deu de ombros. — Consegui o emprego.

— Eu tive o pressentimento de que você ia conseguir — disse Luke, e tomou um longo gole de cerveja. Hazel olhou para a latinha em suas mãos e deu uma batidinha com um dos dedos, como tinha visto Maura fazer. Ela estivera em poucas festas de verdade na vida, uma ou duas com os colegas universitários com quem trabalhavam na farmácia. Mas ela deu um gole inteiro, tentando não fazer careta. A cerveja era amarga, e não estava tão gelada quanto a latinha fazia parecer.

— Como conheceu Maura e Craig? — perguntou Hazel, engolindo com dificuldade. Ela fez pequenos círculos com a latinha contra a areia para mantê-la presa.

— É uma ilha pequena — respondeu Luke, antes de virar o rosto com um sorrisinho. — E o celeiro é menor ainda.

Hazel lançou um olhar penetrante para ele, que enfiava os cotovelos na areia.

— Você mora no celeiro?

— Moro. — Luke assentiu e esticou as longas pernas. As canelas eram bronzeadas e pareciam fortes, com uma camada de pelo loiro-escuro. — Procurei por você ontem, mas imaginei que estivesse ocupada demais com Jaime.

Como se estivesse esperando a deixa, Jaime passou por eles, de olho no progresso da fogueira. Estava com um moletom enorme e uma bermuda que na verdade eram calças cortadas, e Hazel reparou pela primeira vez que os joelhos dela eram ligeiramente dobrados para dentro, exatamente como os seus. Não que elas fossem ficar amiguinhas por causa disso nem nada.

Luke assoviou por entre os dentes, erguendo a latinha quando Jaime se virou. A garota começou a acenar para ele, mas logo enfiou a mão no bolso, no momento em que percebeu Hazel.

— Acho que eu estava certo — comentou Luke.

Hazel suspirou e deu mais um gole em sua lata. Desceu muito mais facilmente. Já até podia sentir uma leveza se espalhando por seu peito.

— Você trabalha na fazenda também? — perguntou Hazel. Ela estava tentando absorver o fato de que ele dormia a apenas alguns metros do escritório onde ela estivera enfiada o dia inteiro. Ela detestava ficar sem saber de coisas que estavam bem na frente dela. Fazia se sentir como se houvesse um código secreto que todo mundo conhecia, menos ela.

— Nah. — Luke balançou a cabeça, limpando a areia da parte de baixo das palmas das mãos. — Trabalho no iate clube, na cidade. Mas fico na casa de Rosanna todo verão, desde quando era pequeno.

Hazel sentiu uma breve pontada de ciúme. Será que todo mundo na propriedade morava com Rosanna e Billy desde sempre? Ela imaginou um Luke mais novo, brincando nas ondas, alimentando os animais, jantando com a família na mesa do jardim. Eles eram os pais *dela*, mas parecia que Luke e os outros já tinham alguma coisa com eles que ela jamais teria.

— E os seus pais? — perguntou Hazel. A pergunta veio com um tom mais áspero do que Hazel pretendera. — Quer dizer, onde você mora no resto do ano?

— Nasci na Virgínia, mas nos mudamos muito — explicou Luke. — Meu pai é advogado de defesa do exército. Consegui chegar até a sexta série antes de ele me mandar para um internato. Acho que eu devia agradecer. Depois de morar com ele, a escola foi brincadeira de criança.

— Para onde você foi? — perguntou Hazel. Ela sempre tinha se perguntado como seria ir para o internato. Soava meio legal, para dizer a verdade. Ao longo do ano escolar, ninguém tinha pais. Talvez ela se adaptasse bem.

— Alguns lugares. — Luke encolheu os ombros. — A maioria em Maryland e Washington. Levou um tempo até eu encontrar um lugar bom. Mas sobrevivi.

Hazel olhou para um pedaço de areia a seus pés. Ela sempre pensou que saber quem eram seus pais significasse ser automaticamente capaz de morar num só lugar para sempre.

— E você? — quis saber Luke. — Fiquei sabendo que é da Califórnia. Como acabou vindo parar aqui?

Hazel enfiou as mãos dentro das mangas compridas da camisa e deixou que o cabelo caísse para a frente do ombro, na esperança de esconder o rosto. Ela já contara a mentira algumas vezes a esta altura, mas ainda soava esquisito em sua língua.

— Meus pais estão viajando — disse, na voz que às vezes usava quando pediam para que respondesse algo na sala de aula quando não estava prestando atenção. Era uma espécie de falsa confiança, com a qual ela esperava poder esconder o fato de que não tinha a menor ideia do que estava falando. — Eu não tinha mais o que fazer.

Ao menos uma parte era verdade, e Luke pareceu acreditar no resto.

— E quando acabar o verão? — perguntou ele. — Vai voltar a estudar?

Hazel olhou para a água, e pensou nas paredes sem vida do colégio, a cafeteria anônima onde comia sozinha no almoço. Na noite da festa no Ferry Building, faltavam poucos meses para a formatura. Ela não tinha pensado muito no que faria depois. Tinha aquela escola de arte, mas ela continuava sem achar que valesse o preço da matrícula. E não conseguia se imaginar morando em Nova York.

— Não faço ideia — suspirou, e Luke riu. Um frisbee parou bem ao lado deles e Luke o pegou. Ele o jogou para um garoto atarracado e com cabelo cortado em estilo militar que acenava com uma das mãos por cima da cabeça.

— Bem-vinda ao time — disse Luke, limpando areia dos dedos. — Eu sempre achei que a esta altura eu teria uma ideia melhor do que quero. Não estou muito preocupado, mas minha mãe acha que estou jogando minha vida no lixo porque não fui para a faculdade.

— Você pensava em ir? — perguntou Hazel.

— Acho que sim. Quer dizer, definitivamente não vou me alistar, o que meu pai acha que eu deveria fazer — disse ele. — Não sei. Falei com Rosanna a respeito. Ela é a única que entende alguma coisa.

Hazel abraçou os joelhos contra o peito e apoiou o queixo no antebraço.

— Ela parece mesmo ótima — comentou, a mesma mistura de orgulho e confusão lutando dentro de si. Ela adorava ouvir as pessoas dizerem coisas boas sobre sua mãe. Mas um nó familiar apertava seu estômago. Se todas as coisas maravilhosas que ela ouvira fossem verdade, se Rosanna era tão compreensiva e generosa e gentil, então por que tinha abandonado Hazel? Agora que estava assistindo de camarote a tudo o que perdera, era difícil não se sentir ainda mais decepcionada.

Luke enfiou ainda mais os calcanhares na areia.

— Ela é incrível — respondeu, sem rodeios. — Não sei o que seria de mim se eu não tivesse este lugar para voltar todo ano.

Hazel se virou para encarar Luke, seu rosto, de perfil, brilhando na luz alaranjada das chamas que ardiam na fogueira. Ela nunca havia conversado dessa forma com ninguém, ainda mais um garoto. A ideia de que ele na verdade, no mundo real, tinha mais do que o dobro da idade dela, passou rapidamente por sua cabeça. Mas conversar com ele era tão fácil e confortável que era difícil se lembrar de que não era real.

Luke ficou de costas para a água, a parte branca dos olhos cintilando enquanto ele sustentava o olhar de Hazel. Ela queria desviar o olhar, mas não conseguia.

— Fico feliz por você ter visto o anúncio na cidade. — Ele sorriu, os olhos castanhos quentes e convidativos. — Eu sabia que a Tia Ro ia amar aquele vestido. — A mão dele se aproximou da dela, e ele a cutucou com o cotovelo de um jeito provocativo.

Hazel se encolheu ao toque, endireitando rapidamente a postura.

— Tia Ro? — repetiu ela.

Luke ainda estava inclinado na direção dela, os dedos dele roçando nas mãos de Hazel.

— Rosanna — disse ele, baixinho. — Ela é irmã da minha mãe. Eu tive um pressentimento de que vocês duas iam...

Hazel se colocou de pé em um movimento rápido, quase pisando na mão de Luke. Sem dizer uma palavra, ela se virou e correu para as escadas.

— O que houve? — Luke gritou atrás dela, se colocando de pé enquanto ela começava a ir em direção ao topo. — Aonde você vai?

— Preciso voltar — gritou Hazel por cima do ombro, cada batida de seu coração explodindo em suas orelhas. — Desculpe, tenho que ir embora.

Ela podia sentir Luke no seu encalço, e correu para aumentar a distância entre eles. Rosanna era tia dele. Ele era seu *primo*. Ela sentiu náuseas.

— Quer que eu acompanhe você? — perguntou Luke.

Hazel olhou de volta para ele mais uma vez. Os olhos arregalados de Luke intrigados e penetrantes.

— Está escuro.

Hazel parou, uma das mãos no corrimão que estava aos pedaços.

— Não — respondeu. Seus pensamentos giravam em círculos vertiginosos. — Preciso ficar sozinha.

Luke ficou paralizado, olhando para ela por um longo momento antes de enfiar as mãos nos bolsos e voltar a descer desajeitadamente os degraus na base da escada. Ele chutou a areia antes de se virar e andar de volta até a fogueira.

Hazel observou ele se afastar, a respiração curta e difícil. Ela terminou de subir as escadas, a luz fraca da lua sendo seu único guia enquanto lutava para encontrar o caminho.

11

Na manhã seguinte, Hazel seguiu Jaime até o celeiro, bocejando e arrastando os pés pela grama. Não tinha conseguido dormir muito. A cada vez que fechava os olhos, via o olhar ferido no rosto de Luke quando ela o deixara na fogueira. E então a sensação vertiginosa e nauseante voltava, espreitando de dentro de sua barriga. À luz do dia, era quase engraçado. É claro que o primeiro cara a quem se dera o trabalho de conhecer seria seu parente biológico. Óbvio.

— Rosanna quer sua ajuda hoje — disse Jaime, parando abruptamente diante do estúdio e abrindo com força a porta de tela. Hazel olhou para cima rapidamente, incapaz de conter o sorriso que se espalhava por seus lábios. Ela não conseguia definir o que a deixava mais feliz: a perspectiva de passar algum tempo com Rosanna ou a ideia de um dia inteiro sem Jaime.

— Ela precisa de você para colocar o preço em algumas peças para a exposição — acrescentou Jaime, inclinando-se sobre uma mesa baixa de mogno e remexendo numa pilha enorme de papéis.

— Exposição? — repetiu Hazel, enquanto Jaime erguia um pesado fichário preto e o jogava em suas mãos.

— Amanhã à noite — disse Jaime, já na porta. — Rosanna vai fazer uma exibição de arte na cidade. Ano passado veio um monte de gente, se bem que tenho quase certeza de que a maioria estava lá pela comida grátis.

Hazel assentiu e abriu o fichário. Páginas e páginas de planilhas e números estavam separadas por divisórias e abas coloridas. Hazel sentiu seu sorriso esmaecer conforme as letrinhas minúsculas embaçavam sua visão. Mais papelada. Que divertido.

— Tem adesivos na pasta — orientou Jaime. — É só correlacionar os números na lista de preços com os escritos na parte de trás das telas. Não é nenhuma engenharia espacial ou algo do tipo.

Jaime empurrou a porta de tela com o corpo e começou a andar na direção do bosque. Hazel observou até que ela estivesse fora de vista antes de deixar o fichário cair pesadamente de volta na mesa. Era a primeira vez que conseguia um tempo sozinha no estúdio, e não ia desperdiçá-lo encarando planilhas. Pelo menos, não agora.

Hazel ficou de joelhos ao lado da mesa e virou várias das pinturas de Rosanna, algumas finalizadas e emolduradas, outras em telas esticadas, esperando para serem montadas. Havia paisagens, muitas da fazenda e dos laguinhos do entorno, assim como retratos pessoais. Mas até as pinturas que mostravam cenários mais amplos pareciam focadas, de certa maneira, em uma pessoa, em um rosto.

Hazel pegou um quadro pequeno de um velho pescando em uma doca. As marcas de seu rosto eram profundas, e esmaeciam nas sombras do horizonte atrás de sua cabeça. Ela não conseguia acreditar quanta expressão Rosanna conseguira capturar em seus olhos negros e pensativos.

Pela primeira vez desde que acordara no barco, Hazel pensou em sua câmera. Nunca tirava fotos de pessoas; nunca. Não era como se ela passasse muito tempo pensando a respeito disso; a oportunidade nunca aparecera. A quem ela pediria? Com certeza não seria para algum estranho na rua. E nunca pensou na fotografia como algo que tivesse a ver com as pessoas nas fotos. Tirava fotos porque era o único modo de saber que ela mesma existia. *Eu estive aqui.* Tinha a ver com ancorar-se em um momento, quando todo o restante parecia distanciar-se, à deriva. Era uma conexão estranha, pessoal, e ela não conseguia imaginar que outra pessoa jamais pudesse estar envolvida.

Mas conforme seus olhos examinavam o rosto enrugado do pescador, Hazel não pôde deixar de se sentir inspirada. Os retratos eram tão poderosos. Talvez ela devesse tentar diversificar as coisas.

Hazel encostou o pescador de volta à parede e voltou a levantar, seu pé acidentalmente fazendo uma tela emoldurada cair para o lado. Ela a pegou e engasgou quando percebeu que era um retrato de Luke. Ele inclinado sobre a proa de um pequeno barco à vela, prendendo uma corda em torno de um gancho de metal, o maxilar retesado com a concentração. Mesmo vendo de lado, Rosanna conseguira realçar as covinhas e o brilho travesso em seus olhos.

Hazel rapidamente colocou a pintura de cabeça para baixo e arrancou o fichário da mesa. Estava na hora de começar a trabalhar. Ela não queria ter que se preocupar com coisas como adesivos e listas de preços quando Rosanna estivesse de volta.

Duas horas depois, quando todas as pinturas estavam etiquetadas e Rosanna ainda não tinha aparecido, Hazel cansou de esperar. Jaime não lhe dissera o que fazer em seguida, e ela estava de saco cheio de passar tanto tempo sozinha. Não tinha precisado de uma fada madrinha costureira — e de uma viagem através do país e do tempo, por falar nisso — para ficar fazendo mais dessas coisas.

Hazel deixou o fichário em cima da mesa e atravessou o gramado na direção da casa principal. Fez a porta de vidro deslizar para entrar na cozinha, secretamente esperando encontrar Emmett munido de mais guloseimas de café da manhã. Mas a casa estava em silêncio. O único som era o de um ventilador de teto circulando suavemente e o eco da arrebentação nas pedras.

Hazel estava prestes a desistir quando ouviu um murmúrio de vozes na outra ponta do corredor de entrada. Na ponta dos pés, ela seguiu por uma longa parede de fotos. Havia algumas de Rosanna e Billy, muitas de Billy e Buster, o cachorro, e uma de Luke com uma mulher que poderia ser gêmea de Rosanna — evidentemente a mãe dele. *Minha tia*, pensou Hazel com um arrepio de incredulidade. Havia até uma foto de Jaime, parecendo jovem e feliz, sentada num cavalo de carrossel.

O corredor envolvia uma das alas da casa e, conforme Hazel seguiu por ele, pisando com cuidado no chão encerado, as vozes foram ficando mais altas e intensas. Uma delas era muito mais alta e carregava mais raiva do que as outras, e Hazel percebeu que vinham de uma porta no fim do corredor. Ela viu uma sombra passar por debaixo da porta e virou-se rapidamente, mas era tarde demais.

A porta se abriu com violência e Jaime marchou para fora, suas bochechas coradas e os olhos escuros vermelhos e ásperos. Hazel deu um passo para o lado, com uma desculpa pronta de que precisava usar o banheiro. Mas Jaime a silenciou com o olhar enquanto passava.

Segundos mais tarde, Luke apareceu no corredor, as sobrancelhas e a boca franzidas, a expressão séria.

— Jaime — chamou ele. Mas ela já estava na porta de entrada. — Jaime, espera!

— Me deixa em paz! — Hazel a ouviu gritar através de uma janela aberta no vestíbulo. Dava para sentir a respiração de Luke em seu ombro, e os dois observaram juntos quando Jaime desapareceu em meio às árvores.

— Ela vai ficar bem — disse uma voz frágil atrás deles, e Hazel se virou. Rosanna estava de pé na porta aberta. Ela estava bem-vestida como sempre, com um cardigã de tricô trançado e jeans escuro, mas seus olhos pareciam cansados, sua pele retesada e lívida.

O aposento atrás dela era um que Hazel não tinha visto antes, e pelos volumosos computadores e pela mobília de couro escuro, ela imaginou que fosse o escritório de Billy.

Rosanna colocou a mão no ombro de Luke e o apertou.

— Só dê algum tempo a ela. — Seus olhos logo pousaram em Hazel e ela se interrompeu, como se considerasse se deveria ou não dizer mais alguma coisa, e então ela voltou para o escritório. A porta se fechou.

Hazel continuou grudada ao chão. Seu sangue rugia nas têmporas, e ela não sabia o que dizer.

Luke enfiou as mãos nos bolsos e ficou encarando a porta do escritório. Seus ombros estavam encurvados, e de alguma forma ele parecia menor do que na noite anterior.

— Você está bem? — perguntou Hazel. Ela sentiu que precisava dizer alguma coisa. Depois do jeito como havia fugido correndo na reunião da fogueira, era o mínimo que devia a ele.

Luke ergueu os olhos para ela, como se tivesse esquecido de que estava ali.

— A-hã — disse ele, forçando um sorriso. — Acho que só preciso de um pouco de ar.

Hazel assentiu e observou enquanto ele se afastava pelo corredor.

— Você vem? — perguntou ele da porta da frente.

Surpresa com o convite, Hazel correu para encontrá-lo na varanda da entrada.

Eles caminharam pela trilha até a praia, passaram pelas escadas de madeira no penhasco e seguiram para outro caminho no meio do bosque. Ele levava a uma clareira e um laguinho que Hazel reconheceu de uma das pinturas de Rosanna.

Hazel lançava olhares com o canto do olho para Luke enquanto caminhavam. A cabeça dele estava encurvada e ele não parecia ver nada além da parte de cima de seus chinelos de listras verdes.

— Desculpe — disse ele depois de um tempo, parando em uma doca de madeira toda torta que se projetava por cima da água. — Às vezes, tudo que eu preciso é dar uma caminhada.

Hazel parou ao lado dele e seguiu seu olhar pela doca. As águas do laguinho estavam paradas e pontilhadas de folhas de ninfeias. Parecia algo saído de um livro infantil.

— Tudo bem — disse ela. — Não é da minha conta. Não precisa dizer nada se não quiser.

Luke balançou a cabeça negativamente e olhou para cima, encarando-a. Seus olhos claros pareciam enevoados e tristes.

— Você vai acabar descobrindo — respondeu ele. — E você faz parte do que acontece aqui agora. *É da sua conta.*

Luke sustentou o olhar de Hazel por um momento antes de voltar a se mover, para o fim da doca. Hazel foi atrás dele, sua cabeça girando. Ela nunca havia sido verdadeiramente parte de alguma coisa antes. Ainda que fossem notícias ruins, ela não conseguia evitar uma minúscula esperança diante da ideia de estar incluída.

No fim da doca, eles se sentaram, os pés suspensos acima da água. O reflexo de uma alta fileira de árvores ondulava pela superfície do lago, e libélulas voavam em disparada por entre seus calcanhares. Luke remexia um galho que encontrara, quebrando pedacinhos com os dedos.

— Rosanna está doente — disse ele. — Está com câncer.

O coração de Hazel foi parar nos pés, e as palmas de suas mãos de repente ficaram geladas. Ela fechou os olhos, sua mente voltando para sua última noite na Califórnia. A conversa que escutara por acaso entre o casal no buffet.

"Aconteceu tudo tão rápido."

"Rosanna era tão forte."

A morte de Rosanna parecera repentina. Uma surpresa. Hazel nunca havia considerado a possibilidade de que ela já estivesse doente dezoito anos antes.

— Você tem... — A cabeça de Hazel era um turbilhão, e ela não sabia o que estava tentando perguntar. — Você tem certeza?

Luke confirmou.

— Faz um tempo que nós sabemos — explicou ele. — Mas agora está piorando. Ela precisa de mais tratamento, mas os médicos não têm certeza se vai funcionar.

Hazel olhou para além de Luke, para as árvores, o perfil dele embaçando-se até virar um borrão neutro. De repente, uma onda de alívio a percorreu, suavizando a dura linha que suas sobrancelhas formavam, relaxando os músculos que não percebera que estivera contraindo.

O tratamento vai *funcionar,* ela pensou. Os médicos estavam errados. Ela não ia piorar, pelo menos por um tempo. Rosanna tinha dezoito anos de vida pela frente. E quando a alternativa era amanhã, dezoito anos parecia um bom tempo.

Hazel rapidamente voltou a encarar Luke com os olhos arregalados e esperançosos.

Mas não havia absolutamente nada que ela pudesse dizer. Não tinha como explicar como é que sabia as coisas que sabia. Não sem parecer maluca.

— Sinto muito — finalmente conseguiu dizer. Ela *sentia* muito. Sentia não poder fazê-lo compreender que não era tão terrível como todos esperavam.

— Tem mais uma coisa — disse Luke, baixinho. — Eles vão vender a propriedade. Rosanna vai precisar ficar em São Francisco em tempo integral, até que o tratamento acabe. E depois disso, vai ser muito cansativo para eles ir e voltar o tempo todo. Minha mãe ficou até surpresa por Rosanna ter decidido fazer a viagem este ano — ponderou ele, olhando para a água. — Acho que eles queriam ter a chance de se despedir.

Hazel agarrou a beirada da doca com os dedos. Ela queria tanto dizer a Luke que ele não precisaria se despedir. Ainda não. Ela até queria correr até Jaime para dar as boas notícias para ela também.

— Jaime está tendo mais dificuldade para lidar, eu acho — comentou Luke, como se estivesse lendo a mente de Hazel. — Ela é a única de nós que mora aqui o ano inteiro. E ela e Rosanna sempre foram próximas.

Hazel assentiu. Ela se lembrava da maneira como se sentira quando correu para longe do Ferry Building e chorou no barco. Achava que não poderia haver nada pior do que perder alguém antes mesmo de ter a chance de conhecer essa pessoa. Agora ela se perguntava se estivera errada. Talvez conhecer fosse pior.

Luke se mexeu ao lado dela, inclinando-se para a frente para jogar o galho no lago.

— Enfim — disse ele. — Só achei que você deveria saber. Na verdade provavelmente foi por isso que contrataram você em primeiro lugar. Rosanna e Jaime vão precisar de muita ajuda para ajeitar tudo. Não vai ser fácil.

A voz dele era suave, mas havia um distanciamento no interior dela. Era como se estivesse falando com um colega de trabalho. Hazel olhou para ele. O brilho nos olhos ainda estava lá, mas parecia reprimido e longínquo. Ele se sentia desconfortável conversando com ela, e Hazel sabia o motivo.

— Luke — disse ela, virando-se para ele. — Sinto muito pela noite passada.

Ele ruborizou instantaneamente, placas rosadas se espalhando na superfície de sua pele macia e bronzeada. Seus olhos se desviaram de volta para o lago.

— Não se preocupe — murmurou ele. — Eu entendo.

Hazel soltou uma risada abrupta antes de conseguir se controlar.

— Não — disse ela. — Você não entende. Mas tudo bem. Eu só quero que saiba que não é o que você pensa. Você é... incrível. Realmente incrível. E é claro que eu vou ajudar. Vou fazer tudo o que eu puder, está bem?

Ele olhou para ela, a sobrancelha franzida em sinal de confusão.

— Claro — disse ele, hesitante. — Está bem. Obrigado.

Hazel voltou a olhar para o lago, mordendo o interior do lábio, seus pés balançando por cima da superfície da água.

— Tenho que voltar ao trabalho — disse Luke, colocando-se de pé. — Te vejo por aí?

Hazel olhou para cima e sorriu.

— Estarei por aqui — respondeu.

Luke abriu a mão num aceno e começou a andar em direção à praia.

— Luke? — chamou Hazel da doca.

Ele se virou.

— Oi?

Hazel engoliu em seco e segurou um fiapo de cabelo que estivera grudando em sua bochecha.

— Vai ficar tudo bem — disse ela. — Tá?

Luke assentiu e acenou mais uma vez antes de desaparecer por trás das árvores.

Hazel voltou a olhar para a água. Ela balançou os pés com mais força agora, e sentiu seus pés descalços roçarem na superfície fria e molhada.

Agora tudo fazia sentido. Rosanna já sabia que estava doente. Achava que não teria muito tempo de vida. Fora por isso que abandonara Hazel. Ela não queria que a filha crescesse sem mãe, e então fez o que precisava fazer. Encontrara uma nova mãe para ela. Era a única explicação possível. Por que outro motivo uma pessoa tão incrível, e tão obviamente pronta para ser mãe, não iria querer criar a própria filha?

Hazel deu um salto para ficar de pé. Pela primeira vez desde que havia acordado no barco, finalmente sentia que sabia o motivo pelo qual fora enviada de volta à ilha.

Mas antes, ia precisar de outro vestido.

12

O sol não estava com pressa de se pôr.

Hazel estava empoleirada na beirada da cama, os joelhos para cima e para baixo. Depois do jantar — no pátio, todos comeram tortas de caranguejo e uma salada de verão feitos por Emmett — Hazel correra de volta para a casa de hóspedes e abrira com um movimento rápido a porta do armário. Jaime tinha desaparecido antes da sobremesa, e Hazel estava aliviada. Ela não fazia ideia de que tipo de desculpa idiota teria inventado se Jaime a pegasse sentada sozinha, encarando a janela, e usando um vestido de gala.

Porque era exatamente isso o que esse vestido era: de gala. Feito de seda cor-de-rosa, tinha alguns detalhes sutis: uma fileira quase invisível de flores na bainha, e uma delicada corrente que pendia do fecho. Hazel tinha parado de respirar quando o tirou do saco. Era, sem discussão, a coisa mais bonita que ela já vira.

Mas seria um pesadelo explicar.

E foi exatamente por esse motivo que ela esperou escurecer. Quando o sol finalmente desapareceu por trás do horizonte incandescente, a sombra recobrindo os campos, Hazel correu de pés descalços para fora da cabana e seguiu pela trilha em meio às árvores.

Logo soube que estava indo para o laguinho. Era o lugar perfeito para fazer seu segundo desejo. Tinha sido ali que tivera a ideia, afinal de contas, e havia algo na imobilidade da água e na cobertura das enormes árvores que já parecia mágica.

Hazel seguiu a trilha até a doca onde se sentara com Luke. A lua estava cheia e branca no céu azul-escuro. Ela fechou os olhos, uma brisa suave fazendo a seda fria farfalhar contra suas pernas.

Estava pronta para fazer seu pedido. A tarde inteira estivera pensando nas palavras exatas, na construção de frase perfeita. Se ao menos Rosanna soubesse. Se soubesse que ainda tinha dezoito anos de vida pela frente, não ficaria tão assustada. E quando descobrisse que estava esperando um bebê — o que, se ainda não tivesse acontecido, ocorreria em breve — ela não a abandonaria. É claro que Rosanna iria querer ficar com ela. Hazel tinha certeza de que sim.

E tudo seria diferente. Hazel cresceria com seus pais de verdade. Seria amada e querida, e não passada de um lado para o outro como uma mala extraviada. Ela cresceria com respostas em vez de perguntas. Com uma ideia de que tipo de pessoa deveria ser. Era exatamente o que sempre quisera, e esta era sua chance de tornar isso realidade.

Hazel passara o dia relendo o bilhete de Posey mentalmente. Curar Rosanna não era um opção, era grande demais, "universal" demais. Mas e que tal desejar que Rosanna fizesse uma escolha diferente? Desejar que Rosanna ficasse com ela e a criasse, pelo tempo que fosse possível?

Hazel inspirou profundamente. Ela viu as palavras, acesas como vaga-lumes à sua frente. Estava prestes a sussurrá-las em voz alta quando ouviu um ganido baixinho vindo de trás dela na praia.

A princípio soava como um pássaro. Hazel abriu os olhos e se virou, esperando outro som. Mas tudo estava em silêncio.

Hazel voltou a virar-se para a água e fechou os olhos mais uma vez. Assim que inspirou profundamente para se estabilizar, o ganido distante voltou, desta vez seguido por um farfalhar de folhas.

Hazel ergueu a barra do vestido e andou de volta até a praia, o deque antigo estalando sob seus pés.

Os sons foram ficando mais altos, e Hazel os seguiu até a beirada do pântano. Logo atrás de um monte de faias havia um banco de metal enferrujado. Uma figura estava encolhida num cantinho, e dava para saber pela silhueta de cachinhos escuros e flexíveis que era Jaime.

Hazel parou bruscamente. Jaime não a tinha visto. Ainda dava tempo de dar meia-volta. Provavelmente ela queria ficar sozinha, de qualquer maneira. Jaime estava chateada e tinha guardado isso para si o dia inteiro. Talvez Hazel pudesse voltar furtivamente até a casa de hóspedes sem que a outra jamais soubesse que ela estivera ali.

Mas era como se seus pés se recusassem a se mover em qualquer direção que não fosse a do banco à sombra. E seu coração sabia o motivo. Ela mesma já tivera sua própria cota de lágrimas, e nem uma vez se sentira grata por ter de passar por isso sozinha. Mesmo alguma compreensão equivocada era melhor do que absolutamente nada.

— Jaime? — disse Hazel baixinho, aproximando-se com hesitação da outra ponta do banco de ferro forjado. Não parecia o assento mais confortável do mundo, e Hazel se espantou com o quão pequena Jaime se fizera parecer, encarapitada entre as largas barras de metal. — Você está bem?

A cabeça de Jaime estava enterrada na manga de seu suéter de capuz, e ela não se mexeu para responder:

— Pareço bem?

Hazel olhou de volta para o laguinho, o teto inclinado da cabana aparecendo do outro lado dele. Ela podia ter feito seu desejo e estar de volta no quarto a esta altura. Se ao menos tivesse seguido em frente.

— Quer que eu chame alguém? — perguntou Hazel. Talvez se pudesse colocar Jaime nas mãos de outra pessoa, de alguém com quem a garota realmente fosse falar, todos poderiam fingir que isto jamais acontecera. — Rosanna, talvez?

Jaime soltou o ar com desdém, seus ombros se movendo sob uma risada sarcástica, que gradualmente se transformaram em soluços mais baixos e longos. Hazel desviou o olhar. Havia algo em ver uma pessoa como Jaime chorando que parecia errado, quase como se não fosse possível. Era a primeira vez que Jaime baixava a guarda, ainda que por acidente, e Hazel sabia que já tinha ido longe demais para simplesmente ir embora a essa altura.

Hazel sentou-se lentamente no banco ao lado de Jaime. Apesar de saber que algumas pessoas eram do tipo "fique aqui do meu lado enquanto eu choro", tinha a forte sensação de que Jaime não era esse tipo de pessoa. Precisaria falar alguma coisa.

— Luke me contou sobre Rosanna — começou Hazel, a voz baixa e suave. Tão suave, na verdade, que quando Jaime não respondeu imediatamente, ela se perguntou se tinha conseguido ouvir. — Sinto muito — acrescentou, a voz desafinada e alta.

Jaime virou para o outro lado, a respiração instável e curta. Hazel apertou os joelhos um contra o outro e tentou de novo:

— Você mora aqui há algum tempo, não é? — perguntou. — Deve ser difícil pensar em ir embora.

— Não me importo em ir embora — respondeu Jaime bruscamente, fungando e atirando as mãos contra o canto dos olhos para limpar as lágrimas. — Não me importo com nada, entendeu?

A pulsação de Hazel acelerou em suas veias. Algo na voz de Jaime parecia tão familiar. Fria, perdida e distante. Era a voz que ouvira bem dentro de si nas noites em que estivera sozinha. Se convencendo de que nada era importante. De que ninguém se importava. Por que ela deveria se importar?

— Jaime — Hazel começou de novo, apertando o gelado apoio de braço do banco. — Eu sei que é assustador, o fato de Rosanna estar doente. E eu sei o quanto ela significa para você, mas...

— Você não sabe de nada — cortou Jaime, e virou o rosto para as árvores, seus ombros indo e vindo contra os joelhos dobrados.

Hazel ficou sentada em silêncio ao lado dela. Jaime estava errada; Hazel sabia de muita coisa. Mas não havia nada que pudesse dizer, e sua vaga compaixão obviamente só estava piorando a situação. Hazel suspirou, pronta para ir embora, mas algo a impeliu a tentar uma última vez.

— Olha, eu sei que você não gosta muito de mim. Mas se algum dia sentir que precisa falar sobre isso...

— Não preciso! — gritou Jaime de volta, erguendo a cabeça e virando-se para encará-la com os olhos selvagens, injetados. — Eu não quero falar sobre isso. E eu nem *conheço* você! Como eu poderia gostar de você? Só me deixa em paz!

O rosto de Hazel ardeu e ela se colocou de pé. Podia pensar em mil coisas que preferia estar fazendo em vez de tentar reconfortar Jaime no escuro. E agora ainda estava gritando com ela? Por tentar ser gentil?

Hazel sacudiu a cabeça e começou a andar até a doca. Estava na beira da água quando ouviu a voz de Jaime. A cabeça dela ainda estava pressionada contra a manga, então as palavras saíram abafadas e baixas. Hazel parou e virou-se.

— Você falou alguma coisa? — perguntou baixinho, meio que esperando ter imaginado.

Jaime levantou a cabeça e olhou para ela de novo. Seus olhos estavam arregalados e vazios, e seus ombros se ergueram quando ela inspirou profundamente para se acalmar.

— Se contar a alguém, eu mato você — disse ela. — Não estou brincando. Eu sei onde você dorme.

Hazel fez que sim. Ela sentiu que a pele em torno de suas sobrancelhas retesava-se, seus olhos queimando por ficar tanto tempo sem piscar.

— Está bem — disse ela, finalmente. — O que é?

Jaime olhou para além de Hazel, para a água. Seus olhos viram o reflexo da lua brilhando no laguinho, e sua pele parecia suave e macia. No silêncio, e sob essa luz, não havia dúvidas: Jaime era linda.

Ela inspirou profundamente mais uma vez e voltou a olhar para Hazel.

— Não estou chateada porque vou precisar me mudar. Não estou nem chateada por causa de Rosanna. Não estou *chateada* — disse, insistindo. — Estou grávida.

13

— Espere aqui — disse Jaime na manhã seguinte. — Se eu não comer nada, vou explodir.

Hazel ficou parada no porto, em frente a uma cabana recoberta de tábuas de madeira, observando entorpecida o fluxo de carros que saíam da barca, de volta para o continente. Ela havia concordado, na noite anterior, em ir com Jaime à clínica, sem perceber que isso envolveria tirar um dia de folga do trabalho, pegar o ônibus até a cidade, embarcar outra vez e esperar num ponto de ônibus pela maior parte da manhã.

Jaime voltou com uma barra de chocolate do dispensador automático e se jogou no banco de madeira.

— Não acredito que deixei você me convencer a fazer isto.

Hazel revirou os olhos.

— Você não pode simplesmente fazer um teste de farmácia — disse ela. Não que Hazel fizesse alguma ideia, mas com base em alguns filmes que vira na TV e um semestre incrivelmente desconfortável de aulas de Saúde do Corpo Humano, parecia que fazer um check-up era um próximo passo importante. — E se você estiver com muito medo de ir a uma clínica na ilha...

— Já disse, não é *medo* — sibilou Jaime. — Eu só não quero ter de lidar com isso. A secretária foi minha professora na quarta série. A enfermeira é madrasta da Maura.

Hazel chutou o chão empoeirado. Era um dia de sol espetacular, e a água brilhava. Parecia quase surreal que ela tivesse concordado em fazer a viagem com Jaime. Mas não era como se realmente pudesse ter dito não. Se tivesse qualquer outra pessoa que Jaime pudesse chamar, ela teria negado. Hazel não se achava a ponto de pensar que seria a escolha número um de Jaime.

O ônibus finalmente reduziu até parar na frente delas, e Jaime sentou-se bem na frente, encolhendo-se contra a janela. Hazel observou Jaime pegar um discman surrado — Hazel mal conseguia se lembrar de um tempo antes dos iPods — e ajustar os enormes headphones pretos sobre as orelhas. Hazel encontrou um assento vazio do outro lado do corredor.

Em parte, estava aliviada por não precisarem conversar, mas outra parte dela estava cheia de perguntas. Como isso tinha acontecido? Quem era o pai? Era o namorado que Emmett mencionara? Por que Hazel não o vira ainda?

Hazel olhou pela janela, recostando-se no assento quando o ônibus fez uma curva acentuada para sair do estacionamento. O que ela estava *fazendo* ali? Ela dificilmente poderia ser considerada uma pessoa qualificada para oferecer qualquer tipo de conselho, não que Jaime fosse pedir algum. Hazel só beijara um garoto na vida: Max, um vizinho em São Francisco que costumava convidá-la para jogar videogames enquanto os pais dele estavam no trabalho. Só acontecera uma vez, e não havia durado mais de um segundo. Ela evitou Max depois disso, pegando o caminho mais longo para atravessar o quarteirão sempre que precisava passar na frente do prédio dele, e isso era tudo.

Não fazia sentido. Ela estava começando a se acostumar à ideia de que tinha acordado no passado, do outro lado do país, e que tinha ganhado a chance de conhecer sua mãe biológica enquanto esta ainda estava viva. E agora aqui estava ela, passeando com Jaime, a única pessoa que vinha tentando evitar desde que chegara à ilha.

Não é que não se sentisse mal por Jaime. Ela se sentia. Não conseguia imaginar o que poderia estar passando pela cabeça dela. Rosanna estava doente, iam vender a propriedade, e agora isto? Mas, em grande parte, toda aquela excursão parecia uma gigantesca perda de tempo.

O ônibus freou com um barulho agudo, e Hazel seguiu Jaime até o meio-fio.

O Falmouth Center era um vilarejo antiquado, com lojas de suvenires e cafés parecidos com os de Vineyard. Mas apesar de Hazel não ter passado mais que alguns dias na ilha, já conseguia sentir a diferença de lá para o continente. Era uma questão de ritmo, talvez. Ou vai ver apenas o conhecimento intrínseco de que aquele pedaço em que estava era conectado ao restante do país, o que não era o caso com a ilha, onde a sensação era meio que a de flutuar. Ela não sabia o motivo, mas já sentia falta daquilo.

Jaime se enfiou em meio a duas pistas de trânsito, e Hazel correu para acompanhá-la. Do outro lado da rua havia um prediozinho de tijolos, recuado com relação à estrada, com uma placa oval balançando à frente. CLÍNICA PARA

Mulheres Grátis de Falmouth, estava escrito. Hazel ficou parada diante da placa, considerando-a com cuidado. Era uma clínica para mulheres gratuitas? Mas se tivessem colocado "grátis" depois de "clínica" ia parecer que só as mulheres daquela cidade poderiam usá-la.

— O que você está fazendo? — disse Jaime, bufando, do topo das escadas. — Por que simplesmente não põe um anúncio no jornal? Jaime Wells está grávida!

Hazel correu ao encontro de Jaime na porta. Ela estava parada com a mão na maçaneta, encarando os sapatos sujos. Vestia roupas de trabalho, calça jeans remendada cortada em bermuda, e uma camiseta azul e vermelha da Coca-Cola. Ela não parecia ter idade para entrar num filme de classificação etária a partir dos 13 anos sozinha, que dirá ter alguma razão para visitar uma clínica feminina. Gratuita ou não.

Hazel entrou na frente de Jaime e abriu a outra porta.

— Pronta? — perguntou, tentando ao máximo soar acolhedora e protetora.

Jaime revirou os olhos e esbarrou nela para entrar.

— Sai da frente.

A sala de espera da clínica era barulhenta e cheia, o que não era parte do plano. Jovens mães (a maioria não tão jovem quanto Jaime, mas definitivamente não oficialmente adultas) empurravam carrinhos e balançavam recém-nascidos descontentes no colo. Em um sofá baixo a um canto, uma mulher já no fim da gravidez estava estirada com uma toalhinha na testa. Basicamente poderia ilustrar o anúncio de alguma campanha de *Eu escolhi esperar* até depois do casamento.

Ou para sempre.

Jaime fez uma rápida inspeção da sala e, depois de se assegurar de que não reconhecia ninguém, foi até a recepcionista. Uma mulher pesada com cabelo loiro crespo e excesso de rímel entregou a Jaime um formulário em uma prancheta.

— Preencha isto e sente-se — ordenou entre goles de uma latinha de refrigerante de laranja.

Hazel encontrou dois assentos perto da porta. Ela se sentou em silêncio enquanto Jaime estudava o formulário, batendo furiosamente a ponta da caneta contra o clipe de metal no topo. Sentado na diagonal delas havia um casal jovem, da idade das duas. A garota tinha cabelo preto liso que ia até a cintura, e o garoto agarrava os braços da cadeira como se fossem as únicas coisas que o impediam de sair correndo. Tentavam desesperadamente evitar contato visual um com o outro ou com mais ninguém. Hazel engoliu em seco e olhou para o carpete cinzento e sujo. O casal parecia ter uma história para contar, e Hazel tinha bastante certeza de que não queria ouvi-la.

— Acho que é isso — disse Jaime, de repente. — Quer dizer, depois disso vou ter certeza absoluta.

Hazel olhou para ela, vasculhando o cérebro à procura de palavras de apoio.

— É melhor saber do que, hã... não... saber. — Foi sua moderada contribuição.

Jaime virou-se para encará-la. Tinha profundas olheiras sob os olhos, e seus cachos estavam arrepiados ao lado das têmporas. Ela parecia apavorada.

— Uau — disse, secamente. — Espero que não esteja considerando uma carreira em discursos motivacionais.

O estômago de Hazel deu um nó, mas logo os cantos da boca de Jaime se curvaram para cima, e ela começou a rir.

Era um som que Hazel não tinha ouvido antes, e talvez fosse o choque de vê-la rir, mas antes que soubesse o que estava acontecendo, Hazel estava rindo também. Logo precisaram cobrir a boca para manter o silêncio. Hazel de repente sentiu que podia respirar completamente de novo. Ela não percebera quanto tempo fazia que ela também não dava uma risada.

— Ok — disse Jaime, inspirando profundamente e expirando devagar. — É agora ou nunca.

Ela colocou o formulário no descanso de braço da poltrona e se levantou. A prancheta caiu no chão, e Hazel se abaixou para pegá-la. Enquanto a entregava para Jaime, algo chamou sua atenção, e ela continuou segurando por mais um momento.

— O que você está fazendo? — quis saber Jaime, puxando a prancheta com mais força.

Mas Hazel estava segurando firme. Ela encarou a letra de forma e, de repente, tudo ao seu redor pareceu ficar em silêncio. O choro agudo dos bebês sentindo-se desconfortáveis, as conversas sussurradas, a inócua música de elevador que vinha vibrando pelas paredes. Tudo se dissipou, e Hazel só podia ver duas palavras.

No topo do formulário, onde o nome de Jaime deveria estar, ela escrevera duas palavras. Duas palavras que Hazel já tinha visto antes.

Depois de nome do paciente estava escrito:
Rosanna Scott.

As duas palavras que haviam mudado a vida de Hazel uma vez estavam prestes a mudar tudo de novo.

14

— *E*stou interrompendo?

Hazel estava encolhida atrás de uma caçamba verde de lixo do lado de fora da clínica quando ouviu a voz de Jaime. Ela usou uma das mãos para se apoiar na parede de tijolos, obrigando suas pernas que pareciam chumbo a ficarem de pé.

Tudo o que tinha acontecido desde que saíra aos tropeços da clínica era um borrão. Ela se lembrava de observar as costas de Jaime desaparecendo por um longo corredor, e a próxima coisa de que se lembrava era de estar de joelhos atrás da caçamba de lixo, a respiração seca e entrecortada, pontinhos manchando sua visão.

Seu cérebro gritava com ela, pensamentos desconexos lutando para chamar a atenção.

Rosanna é minha mãe.
Rosanna não é minha mãe.
Jaime é minha mãe.

Simplesmente não era possível. Jaime era jovem demais. Jaime não tinha nada a ver com ela.

Jaime era meio escrota.

Mas um fato inegável sobre Jaime era que ela estava de pé atrás de uma cerca-viva baixa e aparada, seu rosto aparecendo em meio aos galhos enquanto encarava Hazel do outro lado.

— O que você está fazendo? — perguntou ela, sua voz ríspida e perplexa enquanto Hazel começou a andar lentamente pelo caminho estreito.

— Nada — Hazel murmurou, secando a boca com a manga de seu suéter fino de algodão. — Acho que fiquei meio enjoada da viagem de barco.

Jaime cruzou os braços, cortando ao meio a figura da garrafa de Coca-Cola em sua camisa. Ela revirou os olhos e enfiou a mão no bolso.

— Bem, parece que sou eu que vou ficar encarregada do enjoo matinal de hoje em diante — disse ela simplesmente, enfiando um maço de papéis dobrados nas mãos de Hazel. Jaime girou nos calcanhares e começou a andar, deixando Hazel para trás para desdobrar os papéis. Eram informações sobre a clínica, listas de coisas a serem feitas, horários marcados, e uma lista de livros de referência.

O que esperar quando você está esperando.

A cabeça de Hazel voltou a ficar entorpecida, uma dor aguda perfurando-a por um dos lados.

— Vamos lá, loirinha — gritou Jaime, já no meio da rua. — Temos um barco para pegar.

— Espera — disse Hazel, alto o suficiente para que pelo menos Jaime conseguisse ouvi-la. Um casal mais velho que passava em um conversível freou bruscamente quando Jaime se virou para subir de volta na calçada.

— Qual é o problema? — perguntou Jaime, bufando.

Hazel olhou para a papelada que tinha nas mãos antes de encarar o rosto de Jaime com um olhar cansado, mas penetrante.

— Rosanna — Hazel conseguiu dizer. — Por que você usou o nome dela no formulário?

Jaime cruzou os braços de novo e deu de ombros como se aquilo não fosse nada.

— Não sei — murmurou ela. — Acho que simplesmente fiquei nervosa. E não é como se Rosanna fosse vir aqui algum dia. Ela nem pode ter filhos.

Os olhos de Jaime iam de um lado para o outro da calçada, impacientemente, e Hazel sentiu o coração afundar ainda mais.

— Não pode ter filhos? — perguntou ela. — Por que... por que não?

A cabeça de Hazel latejava. Jaime precisava estar errada. Rosanna era sua mãe. *Tinha* que ser.

Jaime revirou os olhos e fez um gesto impaciente com as mãos.

— Não sei dos detalhes, Hazel, só sei que ela não consegue engravidar. Por que outro motivo ela manteria a todos nós por perto durante tanto tempo? Não tem *tanto* trabalho assim para fazer. — Jaime olhou de novo para o ponto de ônibus. — Podemos ir agora, por favor?

Hazel engoliu em seco, assentindo, entorpecida, e seguiu Jaime até o outro lado da rua.

Nenhuma das duas disse muita coisa na viagem de volta na barca. Jaime afundou-se em outro assento coberto, imediatamente catando à procura dos headphones, e Hazel foi dar uma volta no deque. De jeito nenhum ela conseguiria ficar sentada encarando a garota que, de repente, ao que tudo indicava, era sua mãe. Nem haviam começado a se afastar do porto ainda, e ela já estava com a sensação de que seriam os 45 minutos mais longos de sua vida.

Hazel subiu as escadas para o convés superior. Encontrou uma cadeira vazia na fileira da frente de assentos plásticos baixos, onde o vento era mais forte. Mal conseguia manter os olhos abertos contra as violentas correntes de ar, mas não se importava. Pelo menos tinha alguma coisa real contra a qual podia lutar.

Voltou a pensar na sala de espera lotada. Jaime usara o nome de Rosanna na clínica. O que significava que todos os registros médicos na clínica ficariam com esse nome. O que significava que quando o histórico fosse transferido para o hospital em que ela iria nascer, era o nome de Rosanna que ficaria em sua certidão de nascimento, não o de Jaime. Quer gostasse disso ou não, Jaime era sua mãe.

E ela não gostava, nem um pouquinho. Não sabia o motivo, mas a única coisa que conseguia identificar dentro de si, o único sentimento que conseguia nomear, era raiva. Ela estava furiosa.

Primeiro, com Jaime. Por ser tão descuidada. Jaime obviamente tinha tomado a decisão de transar com alguém sem usar proteção. Ou, no mínimo, não tinha usado direito. Não que ela tivesse muita experiência, mas Hazel não podia se imaginar sendo tão negligente.

Principalmente porque não conseguia imaginar nada pior do que, ainda tão jovem, acabar ficando presa a um bebê.

Parecia que tudo o que as pessoas faziam era mudar de ideia e cometer erros. Na escola, ela percorria os corredores de cabeça baixa, observando em segredo os casais do momento, de mãos dadas perto dos armários ou se pegando ferozmente em cantinhos escuros atrás da quadra. E apesar de saber que deveria ter uma parte de si, em algum lugar, que invejasse aquilo, normalmente Hazel só achava que era melhor assim. Porque ela também via quando, alguns meses ou mesmo semanas depois, os mesmos casais lançavam olhares afiados um para o outro no refeitório, depois que as coisas azedavam. E as coisas sempre, *sempre* azedavam.

E então, quando cada metade do casal decidia refazer todo o percurso, ela também observava tudo isso à distância. Segurar novas mãos, se pegar ferozmente com outras pessoas e fingir que desta vez seria duradouro.

Que tipo de pessoa ia querer trazer um bebê para o meio de uma coisa assim? No que Jaime estivera pensando? Não fazia sentido.

Rosanna fazia sentido. Rosanna deveria ter sido sua mãe. Elas eram parecidas. Tinham interesses iguais. Sem falar no fato de que Rosanna era casada e estável e, bem, com idade para ser mãe.

Quanto mais Hazel pensava a respeito, mais percebia que não estava brava apenas com Jaime. Estava brava com Rosanna também. Por que Rosanna *não* tinha engravidado? Por que Rosanna *não* podia ser sua mãe? Ela sabia que não era justo, e que definitivamente não era culpa de Rosanna, mas não podia evitar. Era como se sentia.

Hazel abriu os olhos e andou até a amurada. A silhueta da ilha começava a aparecer. Ela inspirou profundamente e entrou de novo. Jaime estava dormindo, seus joelhos ossudos encolhidos a seu lado no banco. Os cadarços do tênis de cano baixo estavam desamarrados e pendiam, quase encostando no chão de linóleo.

Sem pensar, Hazel procurou na bolsa pela câmera. Ela a tinha jogado em sua bolsa no dia anterior, depois de se sentir inspirada pelos retratos no estúdio de Rosanna.

Hazel colocou a câmera na frente do olho, enquadrando o rosto adormecido de Jaime no visor. Porém, como se fosse um ímã, seus olhos foram atraídos para o tênis desamarrado. Havia algo nos cadarços soltos que parecia tão triste, tão jovial.

Ela focalizou a imagem no quadradinho do visor e tirou a fotografia. Jaime nem se mexeu. Hazel abaixou a câmera e se sentou no banco. Com aquele clique, alguma coisa amolecera dentro dela. Não podia culpar Jaime por estar assustada. Talvez usar o nome de Rosanna fosse seu jeito de se proteger. De se manter à parte da situação, por quanto tempo pudesse.

Hazel conseguia se imaginar fazendo uma coisa assim.

Além disso, era difícil ficar com raiva de uma pessoa tão assustada e sozinha.

Especialmente quando essa pessoa estava prestes a se tornar sua mãe.

15

Com toda a atividade da manhã, Hazel se esqueceu completamente da exposição de arte de Rosanna naquela noite. Jaime tinha que fazer o turno da tarde na sorveteria, então Hazel pegou o ônibus para casa sozinha, chegando bem a tempo de ajudar Luke e os outros a colocar as coisas no caminhão e voltar para a cidade.

O *vernissage* era em um velho hotel no fim da rua principal, e Hazel, Maura e Craig passaram a maior parte da tarde pendurando quadros no saguão e pelos corredores cheios de curvas de todos os andares. A ideia era que os convidados passeassem pelos corredores até chegar ao salão do terraço, que estava enfeitado com pisca-piscas de luzes brancas, e com orquídeas cor-de-rosa que decoravam cada canto. Luke fora encarregado do bar, enquanto os demais atuavam como uma equipe de bufê.

Foi só na terceira viagem que Jaime e Hazel fizeram pelo elevador de serviço naquela noite, armadas com bandejas de torradas de camarão e miniquiches, que falaram pela primeira vez a respeito do que acontecera.

— Como você *está*? — Hazel finalmente conseguiu perguntar, encarando o próprio reflexo no vidro espelhado. Suas raízes castanho-avermelhadas apareciam bastante no topo do cabelo, que estava sem vida e parecendo palha por causa do sol.

— Não sei — murmurou Jaime. — Terrível. Um nojo. A mesma coisa.

Hazel encarou os números metálicos brilhantes conforme o elevador as levava para cima.

— Você leu alguma daquelas coisas? — perguntou ela. Jaime ameaçara jogar tudo para fora do barco quando estavam desembarcando, e Hazel a fez prometer que pelo menos daria uma olhada na coisa toda.

— De uma ponta a outra — respondeu Jaime, num tom ardiloso e falso. — Sabia que meu *bebê* já está do tamanho de uma bala de chumbinho?

Hazel sentiu um nó em sua garganta, seus joelhos virando geleia. Impossível continuar com isto. Bala de chumbinho? Era *ela* ali dentro. Como é que ela conseguiria agir normalmente quando estava vivendo em uma espécie de novela de ficção científica?

— Maneiro — Hazel se forçou a dizer, só que a voz saiu tão tremida que pareceu que ela estava engasgando.

— Total — respondeu Jaime friamente na hora em que o elevador parou com um solavanco. As portas começaram a se abrir com um ruído, mas Jaime enfiou o polegar num botão para mantê-la fechada.

— Escuta — começou ela, ficando séria de repente ao encarar Hazel olho a olho. — Obviamente não vou contar a ninguém sobre isto até... você sabe, eu ter pensado melhor a respeito. O que quer dizer que você também não vai falar pra ninguém. Sacou?

Hazel rapidamente concordou.

— Claro — respondeu. — Saquei.

— Ótimo — suspirou Jaime. Por um instante, seus olhos escuros se suavizaram, e Hazel quase pôde ver o próprio reflexo neles.

As portas se abriram, revelando pedaços roxos do céu do crepúsculo acima de suas cabeças. Hazel deu um passo para fora do elevador, mas Jaime a deteve com uma mão firme atrás de seu cotovelo.

— Espera — ordenou ela, puxando Hazel de volta. — Tem mais uma coisa.

Hazel se virou, passando a bandeja pesada para a outra mão.

— O que é? — sussurrou ela, olhando rapidamente dos vários convidados no terraço para Jaime.

Jaime respirou fundo e afastou do rosto alguns cachos que caíam sobre ele.

— É só — disse ela, tão baixo que quase parecia que não estava falando — obrigada. Por hoje. Tá?

E então ela saiu, esbarrando em Hazel e andando empertigada em meio aos grupos de mulheres em roupas de linho e homens em ternos de verão.

Hazel a seguiu pela multidão, parando para oferecer petiscos em pequenos pratinhos de papel. Ela sentiu os lábios formando um sorriso automático e fez o possível para puxar papo. Mas era impossível pensar em qualquer outra coisa.

— Você deve adorar trabalhar para Rosanna — diria um convidado, tentando puxar conversa. E Hazel assentiria, complementando em silêncio para si mesma:

Eu gosto. Eu costumava achar que ela era minha mãe.

— Eu adorei os retratos deste ano. Rosanna é tão talentosa, não acha?

Sim. Ela é. Mas não é minha mãe.

A noite passou como uma névoa. Depois do discurso de boas-vindas de Rosanna, Hazel escapuliu até o bar para pedir a Luke um copo d'água. Ele estava ocupado fazendo coquetéis e sendo charmoso. Parecia que todas as mulheres mais velhas do evento tinham decidido se postar nesta parte do salão, elogiando sua jaqueta cáqui limpa e a gravata de seda listrada, ou passando a mão nos cabelos castanhos já desalinhados.

Hazel serviu-se ela mesma com água de uma jarra, concordando secretamente com as admiradoras de Luke. Ele, sem dúvida, ficava bonito em roupas elegantes. O lembrete já familiar de que ele era seu primo apareceu... e foi quando ela percebeu que ele não era.

Ele não era seu primo porque Rosanna não era sua mãe. Ela e Luke não eram parentes.

A revelação foi tão súbita e intensa que ela logo começou a derramar água pelo próprio pulso. Devolveu a jarra de água e sacudiu a mão atrás do bar para secá-la, torcendo para que ninguém tivesse visto.

— Com sede? — perguntou Luke, com um sorrisinho. Ele estava indo pegar uma garrafa de água tônica no isopor quando viu Hazel se secando. — Use isto — disse ele, jogando para ela o guardanapo de pano que ele trazia enfiado no bolso de trás da calça.

Hazel pegou o guardanapo no ar e usou-o para secar o braço.

— O-obrigada — gaguejou.

Hazel sentiu as bochechas ficarem vermelhas e torceu para que ele não estivesse olhando para ela ainda. No dia anterior eram primos, e hoje ele a estava fazendo ficar vermelha? Era tudo esquisito demais para assimilar. Ela tomou alguns goles da água e correu de volta para o meio das pessoas.

Hazel acabara de reabastecer os pratinhos de queijo quando Rosanna a interrompeu no corredor do segundo andar.

— O que você acha? — perguntou ela, pegando um biscoito e jogando-o na boca. — Todo mundo está se divertindo?

Hazel fez que sim e olhou para baixo, para o piso acarpetado do hotel.

— Espero que sim — disse ela.

Ainda não tinha superado a raiva irracional que sentira no barco, e estivera evitando Rosanna a noite inteira. Toda vez que a via no terraço, conversando com os amigos, lembrava-se do que sentira quando se conheceram pela primeira vez. Todas as suas perguntas haviam sido respondidas. E agora ela tinha que começar a questionar tudo de novo.

— Vocês fizeram um lindo trabalho pendurando estes quadros — comentou Rosanna, fazendo um gesto para um de seus retratos na parede. Era de uma senhora em uma cadeira de praia. Usava um chapéu de sol enorme e mantinha-o na cabeça com uma das mãos, para protegê-lo da brisa do oceano.

— Este é o meu favorito — Hazel se ouviu dizer. Era verdade; ela vira o quadro no estúdio e o adorara de cara.

— Sério? — perguntou Rosanna, contente. — É Adele. Ela é fácil de pintar. O rosto dela é tão expressivo.

Hazel olhou de novo para a mulher na pintura. Rosanna tinha razão. Era como se um catálogo inteiro de emoções estivesse brincando nos traços do rosto de Adele. Havia surpresa, e até um pouco de medo, talvez por causa da repentina corrente de ar, mas também uma saudade esperançosa nos olhos, como se sentisse falta de alguém que ainda não conhecera.

— É como uma história — comentou Hazel abruptamente. — Você capturou um momento, mas tem toda uma história por trás. A história dela. É lindo.

Hazel rapidamente voltou a olhar para o carpete, sentindo-se repentinamente constrangida por ter falado demais. Ela sentia os olhos de Rosanna se movendo do quadro para o topo de sua cabeça abaixada.

— Passei no seu quarto para deixar mais algumas roupas esta manhã — disse Rosanna, e Hazel engoliu em seco. Ela não sabia que desculpa Jaime devia ter dado para terem faltado ao trabalho e se preocupou que pudessem ser pegas por estarem contando mentiras diferentes.

— Vi algumas Polaroides em cima da sua cama — prosseguiu Rosanna. — São suas?

Hazel soltou o ar, secretamente aliviada que Rosanna não estivesse interessada em um álibi.

— Oh — disse ela, lembrando-se das fotos que tirara dos jardins da janela da cabine. — Sim, acho que esqueci de guardá-las.

Rosanna assentiu.

— Você tem um olho incrível — disse ela, apertando gentilmente o cotovelo de Hazel. — Já as exibiu profissionalmente alguma vez?

Hazel sentiu um sorrisinho aparecer no próprio rosto.

— Profissionalmente? — repetiu ela. — São só Polaroides. Só gosto de brincar com a câmera por aí.

O sorriso de Rosanna esmaeceu levemente, e ela tirou a mão do braço de Hazel.

— É uma pena — disse ela. — Eu esperava poder incluir um pouco do seu trabalho em minha próxima exposição.

Os pratinhos de queijo deslizaram na bandeja, e Hazel inclinou-se para a frente para mantê-los no lugar.

— Oh — enrolou ela. — Eu não sei, quer dizer, eu nunca...

— Pense a respeito — disse Rosanna, virando-se para acenar para dois velhinhos em ternos cor de areia do outro lado do corredor. — Só cinco ou seis das suas preferidas. As que você achar que mais representam você. Me avise se mudar de ideia.

Rosanna começou a seguir pelo corredor para receber seus amigos. Hazel observou enquanto eles elogiavam as pinturas de Rosanna, permitindo-se por um momento imaginar que era seu próprio trabalho pendurado na parede.

A bandeja estava pesada em suas mãos, e ela começou a subir as escadas. *Seu próprio trabalho.* Soava tão pretensioso e formal, e um grande contraste com as fotografias bobas que costumava tirar. Quem algum dia iria querer comprar uma foto de cadarços?

Hazel balançou a cabeça, afastando o pensamento bem para o fundo da mente. Tinha outras coisas com que se preocupar, como com a bandeja cheia de queijo em suas mãos. Sem falar de Jaime, sua mãe biológica, que estava esperando por aquela bandeja, impaciente como sempre, o pé tamborilando no topo das escadas.

16

— Pode nos deixar aqui — gritou Luke da parte de trás da picape de Craig.

Havia tantas pinturas na exibição, e tanta gente da equipe de Rosanna trabalhando lá que tiveram que arranjar inúmeras caronas de ida e volta da cidade para conseguir fazer com que todo mundo chegasse em casa.

Luke e Hazel pegaram a primeira viagem, e se espremeram na caçamba da picape prateada de Craig, entre as telas não vendidas. Era a primeira vez que Hazel viajava na caçamba aberta de uma picape, e depois de superar o medo inicial de cair pela beirada, começou a curtir o soprar constante do vento no rosto. A sensação de estar do lado de fora no ar frio era boa, e a de tirar uma folga dos acontecimentos bizarros do dia, ainda melhor.

— Tem certeza? — perguntou Craig da janela, enquanto Luke saltava por cima da porta traseira do veículo. Depois que ele caiu no chão com um barulho, estendeu a mão para Hazel, ajudando-a a descer cuidadosamente pela beirada. — E quanto aos quadros? Posso levar vocês e eles até em casa.

— Você está brincando, né? — riu Maura do banco do carona. — É um milagre ele sequer ter deixado a gente trazê-lo até aqui.

Craig deu de ombros e Luke e Hazel acenaram do acostamento. Luke havia pego um bocado de pinturas do caminhão, e estava lutando para andar segurando-as na lateral do corpo.

— Posso ajudar? — perguntou Hazel, esticando uma das mãos.

— Não, acho que... — começou Luke, mas foi interrompido por duas ou três pinturas escorregando por sua perna. Hazel as pegou bem na hora em que iam atingir o caminho de cascalho. — Pensando melhor — disse Luke, sorrindo, —, seria ótimo.

Hazel levantou duas das pinturas com molduras menores e eles continuaram a seguir pelo caminho estreito que levava até a propriedade. Acima, as copas das árvores pareciam se agrupar em torno deles, as folhas do topo brilhando sob a luz fria da lua.

— Espero que não se incomode de andar — disse Luke, erguendo a voz acima do barulho oco de seus pés contra o cascalho. — Às vezes eu me esqueço de que nem todo mundo gosta disso tanto quanto eu.

Hazel sorriu. Há algumas manhãs, quando estava saindo da casa de hóspedes com Jaime para o trabalho, vira Luke no fim da entrada para carros, andando sozinho. E se lembrou do dia em que o conhecera, na sorveteria. Naquele dia, ele dissera que tinha andado até a cidade também.

— Você vai a pé para o trabalho todo dia, não é? — perguntou Hazel.

Luke confirmou.

— Eu sei que é loucura — disse ele, quase envergonhado. — No começo era porque eu não tinha carteira de motorista e detestava fazer os outros me darem carona. Mas agora isso é basicamente minha parte favorita do dia. É tranquilo e eu vejo todo tipo de coisas que eu nunca perceberia se estivesse dentro de um carro.

Hazel olhou para os pés deles no cascalho, ouvindo as palavras de Luke ecoarem em sua mente. Era exatamente como ela se sentia quanto às fotografias. Observar através das lentes era o único momento em que sentia estar realmente vendo o que havia ao seu redor, ainda que tivesse estado ali o tempo todo.

— E Maura tinha razão — continuou Luke. — Eu realmente pretendia ir a pé até em casa hoje também.

— E por que não foi? — perguntou Hazel, trocando de braço para apoiar melhor as telas.

— Não sei. — Ele deu de ombros com um sorriso sem graça. — Vi você subir na picape. Imaginei que seria um bom jeito de te forçar a passar um tempo comigo.

Hazel sorriu. Forçá-la? Desde quando se atrapalhara toda no bar, ela estivera esquematizando maneiras de ficar sozinha com Luke mais uma vez. Se ao menos conseguisse ser ela mesma perto dele, esperava que talvez pudessem começar de novo e fingir que toda a cena que ela fizera na fogueira não tinha acontecido.

Mas agora que estavam só os dois, ela não sabia por onde começar. O que é que *ser ela mesma* significava, afinal? Talvez devesse apenas continuar fingindo que eram primos. Definitivamente tinha sido mais fácil conversar com ele quando pensava que eram parentes.

Um tronco exposto serpenteava pelo meio da estrada, e o pé de Hazel ficou preso debaixo dele. Ela tropeçou, dando alguns passos para tentar recuperar o equilíbrio e lutando para não deixar as pinturas se espatifarem no chão.

— Calma — disse Luke, rindo. — Não estamos apostando corrida.

A voz dele era suave, mas Hazel teve vontade de sumir. Seu sangue queimava nas veias e ela queria tanto conseguir dizer alguma coisa normal. Mas os únicos pensamentos que passavam pela sua cabeça com certeza não faziam parte da categoria "normal":

Desculpe por ter corrido de você antes; eu achava que éramos primos.

Ou:

Eu ainda nem nasci.

Ou:

Adivinha só? Jaime é minha mãe!

Sua cabeça girava e ela começou a sentir lágrimas de frustração brotando em seus olhos. Luke parou e apoiou sua carga de telas na base de uma árvore de tronco retorcido.

— Espera aí um minuto — disse ele, pegando as telas que ela segurava e acrescentando-as à pilha. — Quero te mostrar uma coisa.

Luke se abaixou em meio a um par de árvores altas e esguias, segurando os galhos mais baixos para que Hazel pudesse passar em segurança. Eles seguiram uma trilha até uma clareira bem na beira de um penhasco. Não muito longe, Hazel pôde ver as luzes acesas da casa de Rosanna, a silhueta do celeiro, e até mesmo a luz da varanda da casa de hóspedes brilhando contra o céu noturno negro-azulado. Acima deles, uma tapeçaria de estrelas cintilava no espaço. E à frente, o oceano sem fim, recuando e desaparecendo em meio à cortina de escuridão que pairava no horizonte. Parecia o fim do mundo.

— Não é incrível? — perguntou Luke, sentando-se perigosamente perto da beira do precipício. Uma pedra de formato esquisito se soltou sob os pés de Hazel e caiu pesadamente na direção do oceano. Deslizou para dentro da água e foi engolida em silêncio por uma série de ondas famintas.

— Sempre me lembra a sensação de estar num barco, navegando — comentou Luke. — Também dá um pouco a sensação de estar voando.

— É — sussurrou Hazel, timidamente. Ela nunca gostou muito de altura. Roy até implicava com ela por fechar os olhos toda vez que passavam pela Golden Gate Bridge. Cuidadosamente, ela se abaixou na beira do penhasco, ao lado de Luke.

— Está tudo bem — brincou Luke, segurando o joelho dela no aperto forte de sua mão. — Estou com você.

Hazel sorriu e sentiu que relaxava aos poucos. De alguma forma, era verdade. Ela realmente se sentia segura perto dele.

— Escute — disse ele, depois de um momento de silêncio. — Eu sei por que as coisas têm sido tão estranhas. Então não se preocupe, está bem?

O estômago de Hazel se contorceu, e ela enfiou as unhas nas rachaduras úmidas em meio às pedras.

— Sabe? — perguntou ela, sua voz trêmula e baixinha. Será que ele a vira usando o vestido perto do lago? Será que encontrara a carta de Posey? Será que achava que ela tinha fugido de algum hospício?

Luke respirou fundo e juntou as mãos no colo.

— Jaime me contou — disse ele, finalmente. — Sei que ela está grávida. E que você a tem ajudado.

Hazel encarou uma faixa ondulante de luz da lua refletida na superfície vítrea do oceano. Sentiu-se imediatamente aliviada por não ter que tentar se explicar (e, sem dúvida, acabar falhando). Mas também estava chocada por Jaime ter confiado em Luke para contar sobre o bebê.

— Ela te contou? — perguntou Hazel. — Quando? Achei que ela não queria que ninguém soubesse.

Luke encolheu os ombros.

— Conheço Jaime desde que tínhamos dois anos de idade. Tomávamos banho juntos — disse ele, sem alterar a expressão. — Acredite em mim, sei mais sobre aquela garota do que qualquer cara deveria saber.

— Oh — disse Hazel, apenas. — Eu não sabia. — Ela estava feliz por não precisar guardar o grande segredo sozinha. E também gostava mais de Jaime de repente. Se Luke era amigo dela há tanto tempo, ela não poderia ser tão ruim?

Luke chutou suavemente as pedras e olhou para baixo, para as mãos em seu colo.

— Ela também me falou que foi bastante digno da sua parte ir com ela à clínica hoje, mas esse é o jeitão de Jaime — disse ele, olhando de lado para Hazel. — Não foi só *digno*. O que você fez foi realmente incrível.

O rosto de Hazel ficou vermelho e ela imediatamente virou para o outro lado.

— E eu só queria que você soubesse que entendo de verdade se só quiser ser minha amiga — disse ele, gentilmente. — De uma forma ou de outra, estou realmente feliz por você estar aqui.

Hazel sorriu. Sentia as batidas do coração disparando contra suas costelas. Ela virou o rosto de volta para Luke e viu que ele estava olhando diretamente para ela.

— Por Jaime — balbuciou ele de repente. — Quer dizer, estou feliz de você estar aqui por...

Antes que Hazel tivesse tempo de se convencer do contrário, já estava se inclinando na direção de Luke e encostando seus lábios nos dele. Ela se manteve pressionada contra ele por um momento, sentindo sua pele salgada e quente, antes de se afastar.

O rosto de Luke ficou congelado num meio-sorriso aturdido, a brisa do mar passando por seus cabelos castanho-claros.

— Por Jaime. — Ela terminou a frase para ele.

Luke riu, sua mão forte encontrando a dela no escuro.

Abaixo deles, as ondas quebravam e recuavam novamente, uma arrebentação contínua seguida pelo ritmo das pedrinhas sendo arrastadas na orla. Hazel olhou para cima, para o céu cheio de diamantes. Nunca imaginou que seu primeiro beijo *de verdade* seria sob um cobertor de estrelas, ao som do mar aberto, pernas balançando sobre o fim do mundo. Na verdade, nunca chegara a imaginar nada assim. Mas isso provavelmente não fazia diferença.

Imaginação nenhuma no mundo seria capaz de chegar nem perto da sensação de verdade.

17

Hazel ficou parada do lado de fora da sorveteria, um sentimento de desconforto na boca do estômago. Rosanna a enviara à cidade para cumprir algumas tarefas, e no caminho para casa ela decidira visitar Jaime no trabalho. Pareceu uma boa ideia na hora, mas agora ela estava repensando.

Ela e Jaime não tinham tido oportunidade de conversar desde a exposição da noite anterior — estava tarde quando Luke a acompanhou até a casa de hóspedes, e Jaime já estava dormindo. Hazel se remexera para um lado e para o outro, de vez em quando vendo Jaime de relance, enrolada como uma múmia em sua colcha de retalhos, o ritmo de sua respiração suave e constante o único som do quarto. Em algum momento da noite, no espaço nebuloso e confuso entre o sono e a vigília, tudo começou a parecer diferente. Tudo *estava* diferente. Jaime não era a colega de quarto teimosa que Hazel precisava aguentar. Jaime era sua mãe. E de repente, Hazel não estava com raiva. Não se sentia irritada. Se sentia sortuda. Ela ganhara a única coisa que sempre quisera.

Fora dada a ela a chance de conhecer a mãe.

Não que achasse que seria fácil. Era um novo dia, e a viagem à clínica já parecia parte de algum passado distante. E agora, aqui estava ela, aparecendo sem avisar, na tentativa de mostrar a Jaime o contrário. O que a fazia pensar que Jaime ficaria feliz ao vê-la? Só porque de repente Hazel tinha um motivo para querer se aproximar de Jaime, não significava que Jaime tinha qualquer interesse em se deixar aproximar.

Hazel fechou os olhos e se apoiou no vidro. Estava se esforçando para inspirar profundamente quando Jaime apareceu e se jogou no meio-fio aos seus pés.

— Não consigo mais — resmungou. — Esse lugar é como trabalhar no departamento de trânsito. Você imaginaria que as pessoas estariam mais bem-humoradas. É uma casquinha de sorvete, não uma multa.

Hazel sorriu. Surpreendentemente, era um alívio ouvir Jaime soar como ela mesma.

— O que você está fazendo aqui? — perguntou ela.

— Já estava na cidade, para Rosanna — disse Hazel. — Pensei em aproveitar pra vir dar um oi.

— Oi — balbuciou Jaime, mexendo num rastro grudento de sorvete seco perto de seu cotovelo.

— Você tem tempo para almoçar? — tentou Hazel. Ela não tinha calculado o plano completamente, e sabia que teria que pensar rápido. Talvez comida pudesse ajudar.

Hazel virou o pescoço para o lado e viu uma pizzaria na esquina, uma longa fila já se formando pela rua.

— Você deveria comer alguma coisa, sabe?

Ela começou a seguir pela calçada, desviando de um grupo de universitários, todos usando versões ligeiramente diferentes da mesma camisa marrom e cinzenta da Universidade de Massachusetts.

— Espera aí — ouviu Jaime dizer atrás de si. — De jeito nenhum. Não. Não. Não. Definitivamente não.

— Definitivamente não o quê? — perguntou Hazel, parando para se virar.

— Você definitivamente não vai ficar dando uma de mãe pra cima de mim — disse Jaime, cruzando os braços de maneira enfática na frente do peito. — Se eu quisesse uma entusiasta, teria dito a Rosanna.

— Como assim? — perguntou Hazel. — Eu só estava perguntando se você queria comer.

— Vou comer quando estiver com fome — replicou Jaime. — Só porque eu tenho uma... coisa crescendo dentro de mim, não quer dizer que de repente eu vou esquecer de como é ser humana.

Hazel não sabia o que dizer. *Uma coisa?* Um bebê não era uma coisa. *Ela* não era uma coisa. E ela só estava tentando ajudar.

— Tudo bem. — Hazel suspirou profundamente. Percebeu que qualquer tempo que conseguisse passar com Jaime precisaria ser nos termos dela. Mas os termos de Jaime eram melhores do que termo nenhum. — O que você quer fazer?

— Para começo de conversa — disse Jaime, se levantando do meio-fio e começando a andar na direção oposta. — Eu quero me afastar o máximo possível deste lugar.

Hazel acelerou o passo para acompanhá-la, seguindo Jaime pela doca e ao longo do porto, repleto de cafés ao ar livre e lojinhas barulhentas de aluguel de bicicletas elétricas. Andaram em silêncio na maior parte do tempo, mas de vez em quando Jaime apontava o melhor lugar para se comer mariscos fritos, a pizza mais gordurosa, e as armadilhas de turista, com as camisetas mais feias e os suvenires mais superfaturados. Depois de um tempo, voltaram ao cruzamento principal, bem perto do carrossel pelo qual Hazel passara quando tinha entrado sem rumo pela cidade.

— Os Cavalos Voadores — anunciou Jaime, orgulhosa. — É o carrossel mais antigo do país.

Jaime subiu os largos degraus da entrada de três em três, e Hazel a seguiu, o cheiro denso e amanteigado de pipoca saudando-as das portas abertas. Do lado de dentro, o carrossel era um redemoinho de cores e barulho, música circense e gritinhos de criança girando em ondas da plataforma em rotação.

— O objetivo é pegar o aro de latão — explicou Jaime, fazendo um gesto para um longo suporte de metal que saía da parede de telhas. Conforme o carrossel girava, as pessoas na fileira externa de cavalos esticavam o braço na direção dele, tentando pegar aros para jogá-los em um pequeno pino de metal cravado na longa crina do cavalo. Algumas pessoas pegavam apenas um aro, enquanto outros atacavam o suporte com dedos ágeis e famintos, conseguindo pegar três ou quatro de uma vez só.

— Acho que meu recorde foi sete ao mesmo tempo — comentou Jaime, radiante. — Faz uma eternidade desde que eu fui pela última vez.

— Vamos lá — sugeriu Hazel, para a própria surpresa. Nunca tinha andado num carrossel. A única vez em que tivera a oportunidade havia sido numa viagem para um festival de agricultura, organizado pela instituição em que morou por um ano, nos arredores de Santa Rosa. As outras crianças tinham ficado loucas com o carrossel, mas Hazel não via graça. Ele girava e girava e girava, no meio de um campo de futebol abandonado e empoeirado, ao som dos lamentos de uma música country que saía de uma caixa acústica em cima de uma cadeira dobrável.

Por algum motivo, ela soube na hora que agora seria diferente.

Elas esperaram em uma fila que dava voltas, e logo montaram em seus cavalos. Jaime foi na frente, em um cavalo castanho e marrom, pintado com algumas manchinhas, e o de Hazel era uma miscelânea de lilás e cor-de-rosa, com a crina cheia e loira.

O carrossel começou a girar com uma guinada, e Hazel rapidamente agarrou com os punhos a áspera crina amarela do cavalo. Lentamente, foi ganhando velocidade, até que o mundo ao redor começou a parecer borrado na visão de Hazel. Ela observou a figura de Jaime à frente, captando relances de seu rosto quando os cavalos viravam um pouquinho. Os cachos escuros de seus cabelos voavam atrás dela, e seus olhos estavam arregalados e brilhando. Jaime tinha exatamente a mesma aparência da fotografia na parede de Rosanna. Como se não houvesse nenhum outro lugar no mundo em que preferisse estar.

Hazel tentou imitar os movimentos de Jaime, mas estava se preparando demais, preocupada com a posição do corpo, e acabava errando completamente o dispensador.

Finalmente, ela encontrou um jeito de esperar até o último minuto e usar três dedos para pegar um aro de cada vez. Quando o garoto de cabelo vermelho na bilheteria anunciou que o aro de latão tinha sido acrescentado ao dispensador, Hazel já conseguia pegar até quatro aros a cada volta.

As pessoas ficavam cada vez mais sérias conforme o carrossel fazia suas últimas voltas, os rostos intensos e determinados ao darem tudo de si na hora de esticar as mãos para pegar os aros.

E então acabou. O menino na bilheteria foi até o suporte do distribuidor e o encostou de volta na parede, enquanto o carrossel parava lentamente.

Jaime jogou uma perna por cima de seu cavalo e desviou dos outros com um andar determinado, indo até onde Hazel tentava desmontar sem cair da plataforma. Jaime fazia uma cesta com a parte de baixo de sua camisa da SORVETERIA DA MARTHA, e uma quantidade enorme de aros sobressaía pelas laterais do tecido.

— Nada mal, né? — perguntou ela, antes de apontar para a pilha enorme de aros que Hazel pegara. — Você tem que colocar esses de volta.

Ela fez com a cabeça um sinal na direção de um enorme cesto de pano, onde um grupo de pessoas havia se reunido para jogar os aros dentro, com ecos de metal se chocando. Jaime olhou de volta para o cavalo de Hazel.

— Hazel? — disse ela, lentamente, balançando a cabeça. — Está vendo esse aro no topo da sua pilha? Mais escuro que os outros?

Hazel olhou para o topo de sua pilha e assentiu.

— É o aro de latão, sua lesma — riu Jaime. — Você ganhou!

O prêmio para quem pegasse o aro de latão era dar uma volta de graça, mas Jaime não tinha muito tempo antes de voltar ao trabalho. Hazel estava colocando o voucher carimbado no bolso quando viu Jaime esperando por ela nos degraus da saída, com dois enormes rolinhos de lagosta empilhados em um prato de papel no colo.

Hazel teve uma breve sensação de vitória e sorriu — Jaime decidira comer alguma coisa no fim das contas —, mas sabia muito bem que era melhor não comentar nada.

— Senta — mandou Jaime quando Hazel ficou parada ao seu lado nos degraus de madeira. Hazel se ajeitou ao lado dela, e Jaime ofereceu o prato. — Prepare-se para ficar maluca.

Hazel pegou um dos rolinhos. Era um pão normal de cachorro-quente transbordando de carne rosa-alaranjada de lagosta, salpicada com pedacinhos de caule de aipo, e fechado graças a bolotas de uma maionese cremosa.

— Cuidado — alertou Jaime, aproximando o prato do colo de Hazel. — É meio que um trabalho para as duas mãos.

Hazel aproximou o rolinho pastoso da boca e mordeu uma pontinha. A delícia em forma de manteiga e limão a preencheu, e ela revirou os olhos:

— Bom demais — balbuciou, limpando os cantos da boca. Não era apenas bom. Era incrível, e tinha exatamente o gosto que ela sempre achara que o verão deveria ter.

— É, é bom — disse Jaime, dando de ombros entre as mordidas. — O das docas em Menemsha é melhor. Mas é uma viagem para outro dia.

Hazel pegou um dos guardanapos que Jaime enfiara sob uma latinha úmida de Sprite. Elas comeram em silêncio por alguns instantes, de vez em quando se aproximando do corrimão, dando espaço para as pessoas que queriam ir para o carrossel lá dentro.

— Acho que *vou* mesmo sentir um pouco de falta deste lugar — suspirou Jaime de repente, mudando o ângulo do rolinho para conseguir dar uma boa mordida. Ela havia dito a última frase como se estivessem no meio de uma conversa, que por sinal Hazel não sabia que estavam tendo.

— Para onde você vai? — perguntou Hazel, incapaz de disfarçar o interesse em sua voz. A pergunta saiu num fôlego só, um guincho atrapalhado e agudo.

Jaime deu de ombros novamente.

— Não posso ficar aqui — disse. — Quando Rosanna e Billy venderem a propriedade, vou ficar sem emprego *e* sem lugar para morar.

— E quanto à sua família? — perguntou Hazel. Ela nunca ouvira Jaime comentar nada a respeito de onde viera. Na maior parte do tempo, dava a impressão de que tinha vivido com Rosanna desde sempre, e no restante do tempo, Hazel tinha a impressão de que não seria bom perguntar.

Jaime revirou os olhos.

— Família? — disse ela, bufando. — Vamos ver. Tem a *mamãe*, mas ela está na Índia desde que eu tinha quatro anos. Procurando por Buda ou pela flor de lótus perfeita ou por outra porcaria qualquer.

Hazel estava vidrada nas palavras de Jaime. Tinha uma avó, percebeu de repente. Uma avó ausente, distante e peregrinando por templos indianos, mas ainda assim, uma avó.

Jaime sacudia o sanduíche no ar, pedacinhos de lagosta voando para os degraus.

— Ou talvez possamos falar do *papai*. Eu poderia ligar para ele, mas teria que me certificar de encontrá-lo entre oito e oito e meia da manhã. É basicamente a única parte do dia em que ele está sóbrio o suficiente para se lembrar do meu nome.

Jaime sacudiu a cabeça.

— Também precisaria saber onde ele mora agora. Da última vez em que fiquei sabendo, estava dormindo no sofá de um amigo atrás de um posto de gasolina em New Bedford.

Hazel engoliu em seco e olhou para os degraus de madeira. A mãe de Jaime a abandonara, e seu pai era um bêbado. Não era exatamente a história de sua própria vida, mas era ridiculamente parecida. Talvez fosse verdade o que as pessoas diziam sobre a fruta não cair muito longe do pé. Se essa era a família de Hazel, o que isso dizia sobre ela própria?

Ela voltou a olhar para Jaime.

— Como encontrou Rosanna?

— Minha avó — disse Jaime. Seu olhar ficando afetuoso, e as notas de amargura na voz de repente dissolvendo-se. — Eu morava com ela na tribo até os onze anos.

— Na tribo? — perguntou Hazel, curiosa.

— Somos Wampanoag — explicou Jaime. — Norte-americanos nativos que chegaram primeiro nessa ilha, como em todos os outros lugares. Tem uma reserva em Gay Head. Não se preocupe, estão pensando em trocar o nome.

Hazel assentiu, tentando se concentrar em mastigar devagar e uniformemente. Mas seu estômago havia se enrolado feito um pretzel, e de repente ela teve medo de engasgar.

Se Jaime era Wampanoag, então *Hazel* também era.

— Ela era artista, como Rosanna — prosseguiu Jaime. — Ela fez a colcha que está em minha cama.

Jaime limpou algumas migalhas do colo. Hazel olhou para ela, lembrando-se do primeiro dia na ilha, quando Jaime a pegara xeretando no quarto. Jaime não gritara com ela só de maldade. Ela gritara porque a colcha era especial. Era a única família que lhe restara.

— Enfim, ela e Rosanna eram amigas — continuou Jaime. — E Rosanna prometeu tomar conta de mim quando a vovó morreu. Acho que é outra coisa boa a respeito desta ilha — disse ela, abraçando os joelhos contra o peito. — Mesmo quando você não tem uma família, ela te oferece alguma.

Os pensamentos se atropelavam no cérebro de Hazel. Era como se uma represa tivesse sido aberta e perguntas estivessem se derramando. Mas havia uma coisa que a deixava mais curiosa do que tudo. Era a única explicação possível para ela ser em parte americana nativa e ainda assim ter cabelo castanho-avermelhado, olhos azuis, e a pele tão pálida que praticamente brilhava.

— E quanto ao, hum... pai? — Hazel conseguiu perguntar. Sua boca estava seca e ela conseguia ouvir a própria pulsação latejando em suas orelhas. — O pai do bebê, quero dizer. Quem é?

Jaime fez uma bolinha com o restante dos guardanapos em uma das mãos e a lançou em uma cesta de lixo cheia na esquina. Os guardanapos bateram na borda de metal e caíram no chão.

— Quer dizer, você tem um namorado, não é? Emmett disse que... — instigou Hazel. Sabia que não devia ser tão enxerida, mas não conseguia evitar.

— Tecnicamente, sim — suspirou Jaime, levantando-se lentamente e se debruçando no corrimão para pegar o bolo de guardanapos. — Reid. Mas eu não o vejo desde que ele veio nos visitar, há uns meses. E ele não pode fazer muita coisa agora, do outro lado do Atlântico.

A cabeça de Hazel girava, sua pulsação ainda mais forte. Seu pai. Reid. Hazel tinha um pai que se chamava Reid. Quem era ele? Como ele era?

— O que ele está fazendo lá? — De todas as perguntas que queria fazer, essa parecia a menos suspeita.

Jaime suspirou mais uma vez e passou os dedos pelos cabelos cacheados e escuros. O que quer que estivesse pensando parecia machucá-la.

— Está trabalhando com futebol na Inglaterra — disse ela, e fez uma pausa antes de acrescentar com uma risada triste: — Como eles dizem, *football*. Ele vai jogar em Dartmouth no outono. Achei que ao menos teríamos mais este verão juntos, mas parece que era uma oportunidade que ele não podia recusar.

Hazel observou o olhar de Jaime se afastar em direção ao trânsito barulhento, que engarrafava na interseção à frente. Ela obviamente estava com a cabeça em outro lugar.

— Mas ele volta, não é? — perguntou Hazel. Sua voz transparecendo esperança.

Jaime encolheu os ombros.

— Eu acho que não — disse ela. — Ele é um garoto do mundo. O que me faz pensar que fui só uma aventura do momento.

Algo mudara na expressão de Jaime, e ela rapidamente desviou o olhar para o relógio.

— Merda — disse ela, levantando-se e pulando para a calçada. — Tenho que correr. Sorvete para as multidões e tudo o mais.

— Espere — disse Hazel, sem pensar. Ela queria saber mais. Tanto. Ela sabia que teria tempo de fazer todas as perguntas que se formavam dentro de si, mas já havia esperado dezoito anos. Agora que começara, não podia parar.
— Aonde você pretende ir? Quer dizer, depois que venderem a fazenda?

Jaime agarrou o corrimão de madeira e inclinou o corpo para trás, os cachos grossos soltando de seus ombros.

— Se eu conheço Rosanna e, vai por mim, eu a conheço muito bem, ela jamais vai me deixar fazer nada que não seja voltar com eles para a Califórnia. — Jaime deu de ombros. — E é por isso que eu estou adiando a hora de contar para ela. Isso, e toda a coisa de ela ficar muito empolgada.

Hazel engoliu em seco e se aproximou de Jaime no corrimão.

— E quanto ao bebê? — perguntou, baixinho. — Você já sabe o que vai fazer?

Jaime apoiou o queixo no peito, seus pequenos olhos negros de repente parecendo muito distantes.

— Pra dizer a verdade, não — disse ela, coçando uma picada de inseto inchada perto de seu cotovelo. — Quer dizer, vou tê-lo, se é isso que você está perguntando.

Hazel concordou. Estava aliviada, apesar de saber que era besteira. É claro que Jaime teria o bebê. Hazel já nascera.

— Mas provavelmente vou dá-lo para adoção — prosseguiu ela. — Não sou exatamente maternal, caso você não tenha percebido.

Jaime riu, uma risada áspera que não soava real. Hazel forçou um sorrisinho quando Jaime jogou as mãos para o alto e começou a descer o quarteirão.

— Veremos — disse ela. — Acho que não seria a pior coisa do mundo, morar em São Francisco — prosseguiu ela, olhando por cima do ombro. — Talvez sejamos vizinhas ou algo assim.

Hazel engoliu em seco e se reclinou contra os degraus.

— Oh — conseguiu dizer. — Claro.

— Vejo você em casa — gritou Jaime da faixa de pedestres com um braço acenando no ar, e Hazel ergueu uma das mãos num aceno hesitante.

Como ela seria capaz de fazer isto? Simplesmente ficar ali e observar Jaime tomar suas decisões uma por uma, que determinariam um curso específico de eventos que no fim a levariam a abandonar Hazel em São Francisco? Não parecia apenas impossível, mas indiscutivelmente injusto. Ela não havia desejado conhecer a mãe só para testemunhar todos os terríveis erros que ela cometera. Quem desejaria uma coisa dessas?

Uma mulher usando um vestido de verão vivamente estampado subia devagar os degraus para o carrossel. Ela segurava as mãos de duas crianças de bochechas avermelhadas, um garoto de mais ou menos quatro anos, e uma menina de mais ou menos dois. Os dois estavam esticando as mãos para os cavalos pintados quando a mãe se abaixou para ficar na altura deles, colocando suas camisas para dentro e preparando-os para subir no brinquedo junto com as crianças maiores. Hazel se virou para observá-los correndo, suas perninhas gorduchas, desviando de várias pessoas e batendo palminhas no ar.

Ela voltou a pensar em onde estava quando tinha aquela idade. Wendy se fora havia alguns anos. Roy acabara de desistir dela pela primeira vez, começando o programa de reabilitação e deixando Hazel com a mãe idosa dele. A mãe de Roy era uma ótima velhinha, mas com uma artrite terrível que a impedia de subir escadas direito. As primeiras lembranças de Hazel eram de ficar de pé no berço, de manhã cedinho, gritando para que alguém viesse pegá-la.

Havia dias em que ninguém vinha.

Aqui, as coisas teriam sido diferentes. Se Jaime tivesse encontrado um jeito de ficar na ilha, Hazel teria a chance de experimentar uma vida completamente diferente, uma vida cheia de casquinhas de sorvete, voltas no carrossel e rolinhos de lagosta na praia. Ainda que Rosanna fosse embora, havia algo na energia da ilha que tornava difícil de acreditar que Jaime não fosse ficar bem. A ilha tomaria conta delas, assim como fizera antes com Jaime.

Algo bem lá no fundo de Hazel mudou, e ela se colocou de pé de um salto. Havia desejado conhecer a mãe, mas isso poderia ter significado um monte de coisas. Ela poderia ter conhecido Jaime a qualquer momento, em qualquer lugar. Talvez houvesse um motivo para que tivesse sido enviada à época antes de todas as decisões terem sido tomadas. E talvez não fosse para ela simplesmente ficar sentada à margem, observando.

Talvez ela tivesse sido mandada de volta para fazer a diferença.

Talvez ela tivesse sido mandada de volta para acertar as coisas.

18

— Tem certeza de que quer fazer isto? — perguntou Jaime, deitada de lado em sua cama. Era uma tarde de sábado e Hazel já estava atrasada. Na noite anterior, ela e Luke tinham ido dar um passeio na praia depois do jantar. Eles estavam sentados à beira do penhasco assistindo ao pôr do sol quando a boca dele começou a tremer. Parecia que ele queria dizer alguma coisa, mas não conseguia encontrar as palavras. Finalmente, Luke contou a ela sobre a festa da independência que o iate clube dava todo ano no dia quatro de julho, que seria sábado à noite. E então ele perguntou se ela queria ir com ele, num encontro romântico.

Ela dissera que sim, é claro, se bem que a ideia de ficar puxando conversa com os gorduchos do iate clube tivesse embrulhado seu estômago o dia inteiro. E Jaime não estava ajudando.

— O que você quer dizer? — perguntou Hazel do armário. Ela estava de toalha, o cabelo molhado pesando nos ombros, enquanto mexia no segundo vestido de Posey para tirá-lo do saco em que estava pendurado.

— Quero dizer que espero que você esteja preparada para um verdadeiro festival de esnobismo. — Jaime balançou as pernas curtas na beirada da cama. Elas mal tocavam o chão. — E *realmente* espero que você não esteja com fome. Comer em público é uma enorme falta de etiqueta nesses negócios. Você provavelmente só vai conseguir pegar um ou dois *sticks* de cenoura disfarçando. Talvez uma azeitona, se tiver sorte.

Hazel pendurou o vestido na parte de trás da porta do armário. Só de ficar perto dele já sentia sua pele pinicar. Desde a conversa que ela e Jaime tiveram nos degraus do carrossel, Hazel tinha uma vaga ideia de como queria usar seu segundo desejo. Ela sabia que se encontrasse um jeito de fazer Jaime permanecer na ilha, ela eventualmente decidiria ficar com o bebê, e Hazel teria uma chance de mudar o passado.

Mas parecia muito para um único desejo. Ela deveria desejar que Jaime ficasse? Mas e se ela ficasse e ainda assim desse o bebê para adoção? Talvez devesse desejar que Jaime ficasse com ela, independentemente de para onde fossem. Mas como seria a vida de Hazel nesse caso?

As opções pareciam infinitas, e infinitamente complicadas. Ela sabia que aonde quer que os desejos a levassem, não poderia ser pior que a infância — se é que se podia chamar assim — a que fora condenada da primeira vez. Mas agora que ganhara a chance de um novo começo, queria ter a certeza de que faria do jeito certo.

— Qual é a desses vestidos? — perguntou Jaime de repente, e o estômago de Hazel se apertou.

— Nada de mais — murmurou Hazel. Ela sentia as bochechas ficando vermelhas e virou a cabeça para baixo, pegando uma toalha e esfregando no cabelo úmido. — São só vestidos.

— É, mas você estava usando esse aí na outra noite — insistiu Jaime. — E o verde quando chegou aqui. E por que os guarda num saco para roupas o tempo todo? São caros? Eles *parecem* caros.

Hazel revirou os olhos, ainda de cabeça abaixada e olhando para a porta. De repente se viu com saudades do tempo em que Jaime mal falava. A nova Jaime sem dúvida fazia um monte de perguntas.

— Não — insistiu ela. — Não foram caros. Ganhei de presente pouco antes de eu vir para cá.

Ela ficou impressionada com a certeza naquelas palavras. Era a verdade, afinal de contas. Só não mencionou toda a história de viagem no tempo e de fada realizadora de desejos. Nada de mais.

Hazel jogou o cabelo para trás e tirou o vestido do cabide, colocando as pernas dentro da saia.

— Pode fechar pra mim? — perguntou, e ouviu o estrado da cama ranger quando Jaime ficou de pé em seu colchão, esticando as mãos para a parte de trás do pescoço de Hazel.

Hazel correu as mãos pelo material frio que se moldava em seus quadris. Abriu os braços e girou.

— O que acha?

O rosto de Jaime se iluminou, e pela primeira vez desde que Hazel a conhecera, ela de fato sorriu.

— Parece uma maldita princesa de contos de fada — disse ela, chutando a porta do armário para fechá-la e revelando o espelho de corpo inteiro preso à parede atrás dela.

O vestido era tão maravilhoso quanto Hazel se lembrava, e até mais agora que tinha a desculpa perfeita para usá-lo. A seda rosada era elegante, e ao mesmo tempo combinava com o verão; simplesmente era o vestido certo para usar em uma festa ao ar livre. Era quase como se Posey tivesse visto o futuro — ou o passado — e feito o vestido especificamente com o evento do iate clube em mente.

— Não acredito que vai desperdiçá-lo com Luke — brincou Jaime. — Já te contei que ele chupava dedo até os sete anos, né?

Hazel riu, levantando a bainha do vestido para enfiar os pés num par de sandálias de Rosanna. Ali, exatamente no mesmo lugar em que estivera no primeiro vestido, estava a borboletinha bordada.

— O que é isso? — perguntou Jaime, se inclinando para a frente para olhar de perto. Hazel rapidamente deixou a saia cair e apertou o tecido contra o corpo.

— Nada — disse rapidamente. — Só uma etiqueta.

Jaime sentou-se de novo na cama e se encostou no canto onde duas paredes se encontravam, cruzando as pernas e se jogando em uma pilha de travesseiros.

Hazel girou de novo, admirando seu vestido no espelho. Ela não conseguia parar de pensar no desejo. Quando o faria? O que diria? Só tinha mais dois desejos; não podia se dar o luxo de estragar este.

Jaime pegou alguma coisa na mesinha de cabeceira que ficava entre as duas camas. De uma pilha torta, ela ergueu um livro encapado em plástico e o abriu em seu colo. Era um dos manuais de gravidez que Hazel pegara emprestado na biblioteca no dia anterior. O coração de Hazel parou quando ela se lembrou estar parada na fila, com vontade de encolher ou sumir, e se sentindo como uma grande degenerada. A bibliotecária lançara um rápido olhar para cima, com um sorrisinho torto, e Hazel pôde sentir que estava sendo julgada.

Pobre Jaime, pensou Hazel. Para ela, o julgamento havia durado apenas dois minutos. Jaime passaria por isso durante nove meses, e possivelmente por mais um tempão depois disso.

Tinha que haver uma maneira de Hazel melhorar as coisas. Tinha que haver alguma coisa que fizesse Jaime feliz. Talvez até alguma coisa que a deixasse animada por ter o bebê e por ficar na ilha para criá-lo ela mesma.

Subitamente, uma ideia totalmente formada atingiu Hazel, e ela lançou um olhar rápido pelo armário. Afastou o saco de roupas, revelando o único vestido de verão de Jaime e puxando-o do cabide.

— Vamos lá — disse ela, de repente, jogando o vestido branco em cima das pernas esticadas de Jaime. — Não temos muito tempo, e você ainda tem que tomar banho.

— O quê? — balbuciou Jaime, sem tirar os olhos do livro. — Do que você está falando?

— Você vem com a gente. Não tenho tempo para discutir — disse Hazel, com tanta convicção que mal podia reconhecer a própria voz. — E você está com cheiro de estábulo. Vai. Banho. Agora.

— Introdução às ostras — anunciou Luke. — Observem e aprendam.

Luke, Hazel e Jaime tinham se instalado ao lado do longo bufê na varanda de entrada do iate clube. O prédio do clube, uma construção antiga e de ângulos retos que se erguia acima do porto de Edgartown, estava iluminado por pisca-piscas vermelhos, brancos e azuis, e a longa varanda estava salpicada de bandeiras dos Estados Unidos e cheia de outros apetrechos patrióticos.

A multidão era um mar de ternos listrados e vestidinhos com babados, as mulheres encostando de leve as bochechas cobertas de pó de arroz umas nas outras para se cumprimentar, os homens agitando copos de uísque e dando tapinhas animados nas costas uns dos outros. Do lado de dentro, as paredes estavam repletas de fotografias formais em preto e branco, mostrando barcos e seus donos em gerações passadas. Hazel olhou em volta na varanda e suspirou. Não podia deixar de concordar com Jaime quanto ao fator esnobismo.

Mas ela definitivamente estivera errada quanto à comida. O bufê era bem-servido, e nem de longe ignorado. Convidados serviam prato atrás de prato das belas saladas de fruta, verduras frescas e espigas de milho ainda soltando fumaça. E, no fim da mesa, havia um bar de frutos do mar frescos, um balcão infinito de moluscos: ostras e mexilhões, tudo já retirado da concha e arrumado em meio a fatias de limão e tigelinhas de molho.

Luke escolheu duas ostras e entregou a menor a Hazel.

— Desculpe, Jaime — disse ele, enquanto enchia o prato dela com frango grelhado e salada. — Nada de frutos do mar crus pra você.

Jaime encolheu os ombros e se serviu de um copo de sidra.

— Ficar grávida é um saco — suspirou, de olho nas taças de champanhe que os outros dois tinham conseguido surrupiar.

— Certo — disse Luke, salpicando as ostras com um pouco de suco de limão e uma grande bolota de molho vermelho. — Aqui vamos nós.

Em um único movimento rápido, ele jogou a cabeça para trás, levou a concha à boca e sugou a ostra em um trago barulhento.

— Tão simples e tão bom — suspirou ele com um sorriso malicioso. — Sua vez.

Era um desafio. Hazel olhou cuidadosamente para Jaime, que a incentivou a prosseguir com um movimento de suas grossas sobrancelhas negras. Hazel ainda estava preocupada com a parte do *cru*, sem falar da aparência meio escorregadia da criatura balançando dentro de sua concha recurvada. Mas ela sabia que Jaime e Luke não a deixariam em paz até que tivesse experimentado ao menos uma.

Ela fechou os olhos e encostou uma borda da concha nos lábios, virando a ostra para dentro da boca. Era gelada e úmida contra sua língua, primeiro dando um susto em Hazel, mas depois de escorregar por sua garganta, deixou para trás um gosto refrescante e salgado, e ela se surpreendeu ao descobrir que quase gostava daquilo.

— O que achou? — perguntou Jaime.

Hazel sorriu.

— Nada mal — respondeu, dando de ombros casualmente, como se engolisse coisas vivas todos os dias. — Tem gosto de oceano.

— Essa é a minha garota — riu Luke, passando um braço em torno dos ombros de Hazel.

Hazel tomou um golinho do champanhe quando desceram os degraus da varanda em direção à praia particular do clube.

Uma pista de dança tinha sido delimitada por uma corda na areia, e uma banda de quatro metais tocava em um palco improvisado perto da entrada. Luke acenou para alguém que ele conhecia do trabalho, e Jaime ficou presa numa conversa comicamente inoportuna com um dos cozinheiros que cuidava das frutas, que ela conhecia da escola. Era a chance perfeita para Hazel se retirar.

— Já volto — sussurrou para Luke, e voltou na direção do prédio do clube, como se estivesse à procura do banheiro. Mas no último instante, deu a volta pela varanda, se certificando de que não podia ser vista da pista de dança.

Hazel se apoiou no corrimão, fitinhas de serpentina grudando num dos lados de seu vestido. Seu coração batia acelerado. Ela sabia que este desejo era arriscado. Podia se realizar de um milhão de jeitos diferentes. Ou talvez nem sequer funcionasse. Mas ela precisava tentar. Se não fizesse nada, Jaime definitivamente voltaria a São Francisco com Rosanna, onde teria o bebê e o daria para adoção.

E a vida de Hazel seria exatamente a mesma.

Ela fechou bem os olhos. O vento fazia cócegas em seu rosto; o ar tinha cheiro de oceano e fumaça de carvão da churrasqueira. Agarrou o corrimão e respirou fundo.

— Eu queria — sussurrou baixinho. — Eu queria que meu pai estivesse aqui. Agora.

Hazel abriu os olhos e olhou para a bainha do vestido. De repente, sentiu um farfalhar já conhecido e observou a pequena borboleta dourada bater as asas delicadas, afastando-se do vestido para o céu.

A borboleta ficou suspensa no ar por um instante, como se estivesse tentando se orientar no ambiente novo e nada familiar, antes de sair voando em meio a duas vigas de madeira na varanda. Hazel desceu correndo os degraus da varanda para a praia, seguindo a luz brilhante que se afastava sobre a água.

Ela andou lentamente em meio a pequenos grupos de convidados, as sandálias de saltos finos afundando na areia grossa. Seguiu o caminho da borboleta acima de sua cabeça, até que ela parou em um dos longos píers de madeira do iate clube. Na outra ponta do deque, Hazel pôde ver as silhuetas de Jaime e Luke, sentados com os pés na água. Luke tinha surrupiado uma garrafa de champanhe, e a estava segurando no colo enquanto eles observavam as estrelas.

A borboleta a estava levando de volta a eles.

Os dentes de Hazel estavam tão trincados que sua mandíbula começou a doer. Ela deu mais um passo na direção do deque, mas parou quando sentiu alguma coisa — ou alguém — encostar em seu braço.

— Com licença. — Uma voz suave pediu educadamente, antes de ultrapassá-la na direção do deque. Era um jovem alto usando uma camisa de botão com as mangas enroladas, e estava caminhando até o fim do píer.

Hazel olhou para cima e reparou que a borboleta tinha descido um pouco e estava batendo as asas com mais intensidade, exatamente acima da cabeça do garoto. Ela traçou um breve oito no céu antes de avançar pela água e desaparecer em meio às últimas nuvens alaranjadas do pôr do sol, que pairavam no horizonte.

19

— Lamento, mas vou ter que confiscar essa garrafa.

O garoto estava de pé no fim do deque, com os braços cruzados, falando em uma voz falsamente oficial. Hazel o seguira em silêncio, seu coração batendo forte contra suas orelhas.

Luke se virou primeiro, lançando um olhar assustado para a garrafa de champanhe roubada sobre o deque, antes de uma expressão surpresa tomar conta de seu rosto.

— Reid? — balbuciou ele, e Jaime se virou instantaneamente, levantando-se de um salto e derrubando o copo de sidra aos seus pés. Seus olhos brilhavam e ela se jogou nos braços abertos do garoto.

— Reid! — berrou ela, seus bracinhos pequenos apertando a nuca dele. — O que você está fazendo aqui?

Hazel se sentia aquecida da cabeça aos pés, observando seus pais se abraçarem. Esta era sua mãe. Este era seu pai. Eles estavam juntos. *Ele tinha voltado.*

Jaime se soltou do abraço de Reid, seu rosto ficando vermelho quando ela se lembrou que não estavam sozinhos. Ela olhou por cima dos ombros dele e viu o olhar de Hazel.

— Esta é Hazel — disse ela, fazendo um gesto rápido para trás do garoto. — Ela trabalha com a gente na casa da Rosanna.

O garoto se virou e estendeu uma das mãos. Pela primeira vez, Hazel conseguiu vê-lo bem. Ele era alto e magro, com um nariz longo e uma linha do queixo bem-marcada. Seus olhos eram azul-claros e seu cabelo um castanho-escuro avermelhado.

Em outras palavras, eles poderiam ser irmãos gêmeos.

— Oi — balbuciou Hazel, estendendo a mão e sentindo os dedos de Reid envolverem os seus. — É um grande prazer conhecê-lo.

Reid sorriu.

— Igualmente — disse ele. — Tenho certeza de que Jaime te disse todo tipo de coisas horríveis sobre mim. Foi por isso que voltei, na verdade. Para me defender.

Jaime deu um soquinho no ombro dele, enquanto Luke e Reid faziam um high-five por cima da cabeça dela.

— Achei que você tinha ido embora para sempre — disse Luke.

— Também achei. — Reid deu de ombros, deixando uma das mãos envolver Jaime pela cintura, e puxando-a de volta para o lado dele. — Consegui fazer a primeira sessão, mas foi muito difícil ficar longe.

Jaime revirou os olhos e bateu nele com o quadril de brincadeira, mas o rosto dela brilhava. Seu olhar encontrou o de Hazel, que sorriu.

Os garotos conversaram sobre os planos para o verão, as vozes ficando indistintas enquanto Hazel encarava o pai. Reid. Nunca conhecera ninguém com esse nome antes. Soava importante, como o alter ego cotidiano de algum super-herói. Seu pai, o super-herói.

Dava para se acostumar com isso.

Da praia, o som dos metais da banda viajavam na direção deles. Alguém estava fazendo um pronunciamento, e Luke olhou para cima.

— Os fogos de artifício devem começar daqui a pouco — disse ele, pegando a mão de Hazel. — E tinham me prometido uma dança.

Luke levou Hazel para longe do deque, dando uma piscadela esperta. Reid gritou algo sobre encontrar com eles mais tarde, e Hazel se virou para ver ele e Jaime diminuírem à distância. Estavam sentados na beirada do deque, Jaime com a cabeça no ombro de Reid. Mesmo de longe, ela já parecia uma pessoa diferente. Parecia inegavelmente feliz.

Quando chegaram à pista de dança arenosa, Luke girou Hazel para longe e a puxou de volta. Seu vestido girava perto dos tornozelos, e ela sentia o calor intenso das mãos dele em suas costas.

— Já comentei o quanto você está linda esta noite? — sussurrou Luke. A banda tocava alguma coisa de andamento rápido e festiva, mas ainda assim eles dançavam lentamente, e Hazel não estava nem aí.

— Só umas dezessete vezes no carro — riu Hazel. Ela olhou de novo por cima do ombro dele, para o deque. Não sabia dizer o que era mais espantoso. O fato de que seus pais, seus pais de verdade, estavam aconchegados um contra o outro, a menos de cem metros de distância, ou o fato de que um garoto de quem ela gostava tinha dito que ela estava bonita. Dezessete vezes.

— Eu estava começando a pensar que Jaime nunca ia sair daquela fossa — disse Luke, seguindo o olhar de Hazel. Reid e Jaime agora dançavam, balançando sob um céu repleto de estrelas refulgentes. Reid estava inclinado, seus joelhos dobrados e os braços longos envolvendo a cinturinha de Jaime.

— Reid parece legal — disse Hazel. — Faz tempo que você o conhece?

Luke deu de ombros e a girou novamente.

— Não muito — respondeu ele. — Os pais dele são sócios do clube. Eu achava que ele era só mais um garoto metido desses que aparecem no verão. Mas Jaime parece realmente gostar dele. E ela não é exatamente fácil de agradar...

— É — disse Hazel, rindo. — Eu reparei.

Luke riu e girou Hazel mais algumas vezes, seus corpos se ajustando ao ritmo confortável de um movimento tão próximo. Ela não conseguia acreditar no quão fácil estava sendo, se deixar relaxar nos braços dele.

A música terminou e pessoas ao redor deles pararam de dançar para aplaudir. Houve um enorme barulho acima de suas cabeças e Hazel olhou para cima, para ver uma explosão de luzes no céu. Os fogos de artifício tinham começado.

— Vocês se importam se assistirmos com vocês? — Reid apareceu atrás deles, o braço de Jaime apoiado no dele. — Está ficando perigoso por lá. — Uma chuva de fagulhas brancas caiu do céu para a água.

Os quatro encontraram um longo banco na areia e se espremeram, lado a lado. Hazel sentou-se entre Luke e Jaime.

Explosões de vermelho, branco e azul eletrizaram o céu acima deles, e Hazel sentiu que Luke apertava o seu ombro. Ela olhou para ele e sorriu.

— Feliz verão, Hazel — disse ele, e se aproximou para beijá-la.

Mais tarde naquela noite, depois dos fogos de artifício e dos brindes com champanhe, Hazel teve a primeira festa do pijama de sua vida.

Não com um garoto, não foi desse tipo. E não era a primeira vez em que compartilhava um quarto, é claro. Já passara várias noites no mesmo quarto que Jaime antes dessa. Sem falar de todos os inúmeros colegas de quarto que tivera nos lares para crianças órfãs, ou nos vários primos adotivos dos quais fora forçada a se aproximar ao longo dos anos.

Mas isto era diferente.

Quando chegaram em casa, Hazel e Jaime correram para colocar os pijamas, sem nem tomar nenhum cuidado especial para ficarem de frente para a parede ou se cobrirem estrategicamente enquanto tiravam a roupa. Escovaram os dentes ao mesmo tempo, dando risadinhas ao revezarem para cuspir na pia. E então desligaram as luzes e pularam para a cama.

Hazel observou quando Jaime puxou a colcha da avó até o queixo. O quarto estava escuro, mas pela janela aberta entrava justamente a quantidade necessária de luar para Hazel ter certeza de que havia um sorriso fixo no rosto de Jaime. Ela parecia uma pessoa completamente diferente, como se seus traços tivessem sido rearranjados e suavizados. Hazel de repente se sentiu mal por ter desgostado tanto de Jaime no começo, quando ela estava enfrentando todo tipo de coisas complicadas. Coisas sobre as quais Hazel não fazia a menor ideia.

— Esta noite aconteceu de verdade — disse Jaime, suavemente, suas pálpebras pesadas e quase fechando. — Não é?

Hazel sorriu no escuro.

— Espero que sim — disse, virando de lado.

— Sabe o que Reid me disse? — perguntou Jaime. Seus olhos se abriram e ela encarou o teto. De vez em quando, suas pernas balançavam por baixo do cobertor, como se ela estivesse animada demais para ficar quieta. — Depois dos fogos, quando estávamos sentados na praia? Ele disse que pensava em mim o tempo todo. Disse que era como se uma parte dele estivesse faltando quando não estávamos juntos.

A voz de Jaime era fria e calma, como se ela ainda não conseguisse acreditar que a garota de quem Reid estava falando fosse ela. Hazel sabia exatamente como ela se sentia.

— Eu não fazia a menor ideia de que ele gostasse de mim tanto assim — disse Jaime. — Quer dizer, a gente se divertiu no verão passado. E quando ele veio me visitar nesta primavera. Mas eu tive certeza de que tinha acabado. Pensei que quando ele fosse para Dartmouth no outono...

Jaime se sentou e olhou para Hazel, passando os braços descobertos em torno dos joelhos.

— Eu só nunca poderia imaginar que as coisas fossem ser assim — considerou ela. — Acho que eu não queria me dar falsas esperanças.

Hazel sorriu no escuro. Ela fizera o desejo perfeito. Ter Reid de volta ia mudar tudo, para todos eles. Jaime teria o bebê na ilha, e ela e Reid o criariam juntos. Hazel esfregou os pés, sem conseguir ficar parada.

— Jaime? — perguntou Hazel de repente, apoiando-se em um dos cotovelos. — Você já pensou sobre quando vai contar a ele? Sobre o bebê, quero dizer?

Hazel rolou de volta para a cama, e encarou o teto, exalando um longo e pesado suspiro. Hazel esperou não ter estragado o momento.

— Ainda não — disse Jaime, suavemente. — Mas vou saber quando for a hora certa. Estou com essa sensação de que tudo aconteceu desse jeito por algum motivo. Como se todos os meus desejos estivessem se realizando, ou algo parecido. Sei que parece loucura...

Hazel fechou os olhos e voltou a colocar a cabeça no travesseiro.

— Não — sussurrou através de um sorriso, sua voz pesada de sono. — Não parece loucura mesmo.

Eram quase três da manhã quando as duas finalmente adormeceram, não porque tinham ficado sem assunto, mas porque estavam exaustas demais para continuar falando. Hazel ficou acordada por alguns minutos a mais, ouvindo os sons suaves da respiração de Jaime.

E então Hazel dormiu como nunca antes, como se tivesse estado em uma longa e cansativa jornada, e finalmente estivesse de volta à própria cama, braços e pernas pesados encontrando pontos familiares num colchão quentinho. Finalmente, seu lar.

20

— Será que dá pra parar de se mexer, por favor? — disse Hazel a Luke, com uma risada na voz.

Era sábado, algumas semanas mais tarde, e o primeiro dia inteiro de folga que Jaime tirava em quase um mês. Ela acordara Hazel cedo, revirando suas gavetas para encontrar roupas de banho, e insistindo que era a única chance que teriam de fazer um encontro duplo na praia. Não precisaram de muito esforço para convencer Luke e Reid, e depois de um tempo parados no estacionamento lotado da praia mais popular de Chilmark, o quarteto tinha estendido cobertores numa parte mais afastada da macia areia branca.

Reid já estava se jogando em ondas que tinham a altura dele, Jaime fora dar uma volta pelas extensas falésias de argila vermelha que pairavam logo atrás, e Luke estava se remexendo em cima de uma toalha enquanto Hazel tentava tirar a foto dele.

— Não estou me mexendo — insistiu Luke, se apoiando dramaticamente em seus cotovelos e virando o rosto de um lado para o outro. — Só estou tentando ficar no meu melhor ângulo.

Hazel revirou os olhos e puxou Luke de volta para uma posição sentada.

— Não preciso do seu melhor ângulo — suspirou ela. — Preciso que fique quieto.

Desde que Rosanna tinha oferecido a Hazel a chance de incluir algumas de suas "obras" na próxima exposição, ela estivera tentando decidir que tipo de fotos tirar. Claramente não podia mandar as cópias das imagens aleatórias e despretensiosas que sempre acabava tirando. Se quisesse impressionar as pessoas, e ser uma artista *de verdade*, do jeito que Rosanna era, teria que tentar uma nova abordagem.

E foi quando ela se lembrou dos retratos. O rosto expressivo do pescador no estúdio, a história que havia nos olhos da velhinha. O que ficaria melhor ao lado das pinturas de pessoas importantes da vida de Rosanna do que as fotografias das pessoas importantes da vida de Hazel?

E, feliz ou infelizmente, ela decidira começar com Luke.

— Agora, por favor, pare de se mexer — implorou Hazel, e Luke dobrou os joelhos, forçando um olhar artificial. — Só olhe para a água e finja que está vendo alguma coisa que te assuste.

Luke se virou para Hazel, suas sobrancelhas cor de areia arguidas.

— Quê? Por quê?

— Anda — insistiu Hazel. — Se eu quiser que Rosanna coloque meu trabalho na exposição, ele tem que ficar bom. Você pode, por favor, levar isto a sério?

Luke pigarreou e virou-se de volta para o oceano. Hazel aproximou o visor do olho e focalizou o rosto de Luke no enquadramento. Ela observou quando a sobrancelha dele ficou pesada, seus olhos castanho-claros apertados e preocupados.

— Legal — disse ela, suavemente. Pressionou o botão com o dedo, e bem na hora em que tirou a foto, os olhos de Luke se arregalaram, sua mandíbula despencou, e ele gritou.

— Tubarão! — berrou ele. — Todo mundo para fora da água.

Hazel deixou a câmera cair de volta em seu colo e virou-se para a água. As ondas estavam quebrando na praia, e além delas, a água estava clara e tranquila, decididamente sem nenhum tubarão. Reid era o único que estava nadando, e ele era ainda mais incrédulo do que Hazel, ou então estava ocupado demais pulando as ondas que se aproximavam para escutar o aviso falso de Luke.

Hazel olhou de volta para Luke, que estava com um sorriso perverso, suas covinhas em forma de estrela se agitando em suas bochechas.

— Desculpe — disse ele, dando de ombros. — Estava tentando encontrar motivação.

Luke esfregou a cabeça no pescoço de Hazel de um jeito brincalhão enquanto ela balançava a foto até secar. Ela tentou não sorrir, mas falhou.

— Ei, loirinha — falou Jaime, atrás deles. Hazel virou-se para vê-la abaixada à beira das falésias de argila vermelha. — Vem aqui. Quero te mostrar uma coisa.

Hazel se colocou de pé, chutando um pouco de areia na toalha de Luke quando passou.

— Obrigada pela ajuda — disse ela, com uma voz fria, enfiando a câmera e a foto que ainda estava secando dentro da bolsa, e andando até a praia. Talvez tivesse mais sorte com Jaime.

Hazel andou até a beira das falésias, onde Jaime estava agachada na areia, as grossas faixas de uma roupa de corrida toda preta aparecendo por baixo de sua camiseta muito larga dos Boston Celtics. Hazel tentara convencer Jaime a usar um biquíni, mas a garota estava certa de que Reid notaria que seus quadris tinham crescido ligeiramente. Ainda não estava pronta para contar a ele sobre o bebê, e ainda não queria correr nenhum risco de que ele descobrisse por conta própria.

— Dá uma olhada nisso — disse Jaime, descrevendo um traçado em uma das paredes rochosas com uma das mãos, enquanto Hazel se sentava ao seu lado. — Se olhar com cuidado, pode descobrir todo tipo de coisa aqui. — A voz dela estava melancólica. — Minha avó costumava me trazer a este lugar para passear o tempo todo.

Hazel franziu os olhos na direção das fendas escuras escondidas na parede de rocha arenosa.

— O que estamos procurando? — perguntou ela. Tudo parecia terra e pedrinhas para ela.

— Qualquer coisa que pareça fora de lugar — respondeu Jaime, dando de ombros. Ela percorreu um contorno da parede com a mão, e quando a puxou de volta, sua palma da mão seca estava coberta por uma fina camada de lama vermelha esfarelada. — Algumas pessoas acham que a argila tem propriedades de cura. Mas eu só gosto de ver o que fica escondido dentro.

Hazel estudou o rosto de Jaime conforme ela perscrutava cuidadosamente a superfície das falésias. Cada dia com Jaime era inédito e surpreendente. Desde que Reid voltara, havia uma leveza nela, um senso de humor que não existia antes.

Mesmo quando estavam trabalhando juntas na propriedade de Rosanna, ela estava mais paciente e menos neurótica quanto a deixar tudo pronto. E apesar de passar a maioria das noites de folga com Reid, em jantares na cidade ou na casa dele, a cada noite antes de dormir, ela e Hazel repassavam os eventos do dia. Era como ter uma irmã, ou como Hazel sempre sonhara que ter uma irmã deveria ser.

Apenas que, nesse sonho, sua irmã não era também sua mãe. Mas na maior parte do tempo, Hazel não pensava nisso. Ela estava se divertindo demais para pensar muito em qualquer coisa, na verdade, exceto que tudo estava indo tão bem. E se continuasse a ir bem, e Reid e Jaime ficassem juntos, então talvez, quando Jaime tivesse o bebê, eles ficassem com ela e a criariam eles mesmos. Se as coisas funcionassem como Hazel esperava, ela não teria nada além de mais bons momentos por vir. Talvez pelo resto de sua vida.

— Olha! — arfou Jaime, afastando camadas de areia e puxando o que parecia uma pedra pequena e triangular. — É um dente de tubarão.

Jaime abriu a mão e Hazel olhou lá dentro. O dente era delicado e rachado, com pequenas linhas negras percorrendo sua superfície escamosa e irregular.

— Tem um monte desses aqui, e eles têm milhares de anos — disse Jaime, fechando os dedos com força em torno do artefato. — Pontas de flecha também. É como se toda a história da ilha estivesse congelada no tempo. Tudo o que você precisa fazer é procurar.

Os olhos de Jaime se desviaram para o longe, e Hazel se perguntou como deveria ser se sentir tão conectada a um lugar. Ter uma história construída dentro da própria terra em que se andava todo dia. Mais do que apenas família, era a história de um povo. O povo de Jaime.

E agora, o povo de Hazel também.

Hazel enfiou a mão na bolsa e pegou a câmera de novo. Sem pensar, mirou com as lentes o dente na mão aberta de Jaime. Os dedos de Jaime tinham uma crosta de argila e areia e o dente branco de bordas irregulares brilhava em meio às linhas na palma da mão dela.

A câmera cuspiu a imagem, e até Hazel pegá-la não tinha se lembrado que deveria estar fazendo retratos.

— Não se mexa — ordenou, e deu alguns passos cautelosos para trás, afastando-se do lugar onde Jaime estava.

— O que você está fazendo? — perguntou Jaime, escondendo de novo o dente de tubarão em sua pequena mão.

— Apenas finja que não estou aqui — disse Hazel, enquadrando o rosto de Jaime no visor. Mas Jaime rapidamente enterrou a cabeça na manga da camiseta, bem na hora em que Hazel bateu a foto.

— Eu pareço uma baleia — disse Jaime, bufando, enquanto escapava para outra seção das falésias, mais próxima da praia. — Nem todos os momentos precisam ser preservados para a posteridade, você sabe.

Hazel suspirou e enfiou a foto no bolso da sacola. Ela não precisava olhar para a imagem embaçada para ter certeza de que tudo o que conseguira capturar fora um borrão de dedos rosados e cabelo negro.

— Câmera legal — disse uma voz de repente por cima do ombro de Hazel. Ela se virou para ver Reid de pé, enrolado numa toalha e pingando na areia.

— Obrigada — disse Hazel, olhando para cima com os olhos franzidos na direção dele, e se movendo para sua sombra longa e esguia. — Pena que eu não consigo fazer ninguém ficar parado.

Reid sorriu e se ajoelhou na areia ao lado dela.

— Nem olhe para mim — disse ele, secando as mãos na toalha. — Já faço isso o suficiente para o meu pai. Ele é um grande nerd da fotografia.

Reid estendeu a mão e Hazel entregou a câmera a ele. Ela observou enquanto ele girava a máquina nas mãos. Desde que voltara, Reid passara quase todo o tempo com Jaime, então era raro que ele e Hazel tivessem uma chance de conversar sozinhos. Era fácil esquecer que ele era muito mais do que apenas o namorado de Jaime. Ele era o *pai* de Hazel, e ela ainda não sabia quase nada sobre ele.

— Ele é fotógrafo? — perguntou Hazel, afastando o cabelo dos olhos. — Seu pai?

— Ele tenta ser — respondeu Reid, levando o visor a seus olhos azul-claros. — Está mais para colecionador. Tem umas fotos realmente incríveis no estúdio dele. Devíamos todos dar uma passada lá mais tarde para vê-las.

Hazel olhou para seus dedos descalços na areia, tentando imaginar o homem que Reid estava descrevendo. Seu avô. Seria possível que ela tivesse herdado os genes de amante de fotografia dele?

De repente, Hazel ouviu um clique familiar. Ela olhou para cima e viu que Reid tinha tirado uma foto dela.

— Ei! — reclamou ela. — Não é justo.

Reid deu de ombros, algumas gotas de água pingando das pontas de seu curto cabelo avermelhado e aterrissando em seus ombros cheios de sardas.

— Todo fotógrafo precisa ser fotografado de vez em quando — disse ele, com um sorriso. — Se não, como é que vão saber que você esteve aqui.

Reid ficou de pé e jogou a toalha na areia, revelando sua bermuda com listras azuis e brancas, ainda molhada.

— Se liga nisso — sussurrou ele para Hazel, e deu a volta nela com a ponta dos pés. Ela se virou bem a tempo de vê-lo puxar Jaime pela cintura.

— Nããão! — guinchou Jaime, esticando a mão de volta para as falésias quando Reid a puxou até a beirada da água. — Meu dente de tubarão!

— São só pedras — riu Reid. — Vão estar aqui quando você voltar.

Jaime atacou os ombros dele com seus pequenos punhos fechados, seu cabelo escuro caindo em torno do rosto, um largo sorriso de orelha a orelha. Reid a jogou em uma onda, molhando a camisa dela e a deixando de olhos arregalados e rindo enquanto tentava recuperar o fôlego.

Hazel limpou alguns grãos de areia das lentes da câmera e a enfiou de novo na bolsa antes de voltar para o cobertor.

— Não me faça ir até aí — gritou Luke da água. Ele estava mergulhado até a cintura na corrente agitada, acenando para que ela entrasse.

Hazel balançou a cabeça em desafio, uma palpitação animada já a fazendo prender a respiração.

— Tudo bem — disse Luke, correndo até ela. — Foi você quem pediu.

Antes que soubesse o que estava acontecendo, Luke estava ali, enfiando os braços ao redor de seus joelhos e jogando-a por cima do ombro como uma boneca de pano. Enquanto ele corria na direção do oceano, Hazel soluçou satisfeita, observando as falésias quicando atrás deles. Ela prendeu a respiração quando a areia foi ficando mais grossa e escura sob os pés descalços de Luke. Água branca das ondas se juntou em torno dos calcanhares dele, e em pouco tempo os dois estavam caindo juntos no frio eletrizante.

Segundos mais tarde, quando os dois voltaram à superfície ao mesmo tempo, ainda estavam segurando no ombro um do outro, o nariz a centímetros de distância. Ficaram desse jeito por um longo momento, piscando e arfando, nenhum dos dois querendo ser o primeiro a soltar o outro.

Depois da praia, depois que seus dedos já estavam enrugados, seus trajes de banho cheios de areia, e suas bochechas com sardinhas e marcadas pelo sol, Reid sugeriu que fossem até a casa dele para jantar.

— Meus pais estão em algum negócio de caridade — explicou ele, enquanto deixavam o estacionamento da praia. — Mas tenho certeza de que os cozinheiros estão em casa.

Hazel olhou para Luke, ao lado dela no grudento banco de trás. *Cozinheiros?*, fez ele com a boca, sem emitir som, e Hazel deu um tapinha na coxa dele. Ela não se importava com quem fizesse a comida; o pai dela os estava convidando para sua casa no jantar. Ela ia, e ponto final.

Seguiram de carro com as janelas abertas, através de fazendas em plena atividade, propriedades exuberantes e laguinhos escondidos. Conforme Reid começou a fazer a curva em uma interseção perto da pista de pouso pavimentada no meio de um campo em que a plantação crescera demais, Jaime se inclinou para a frente no assento do carona.

— Vai em frente — disse ela, apontando para o para-brisa. — É mais rápido.

Reid continuou a fazer a curva e balançou a cabeça.

— Acho que sei o caminho, James — brincou ele. — *É a minha casa.*

— Sua casa, talvez — replicou Jaime, com um sorriso teimoso. — Mas é a *minha* ilha. E você está fazendo o caminho errado.

Reid riu e ligou o rádio, percorrendo estações de estática até encontrar algo que parecia rock clássico. Jaime fez careta e rapidamente mudou de estação, parando em uma coisa mais pop. Ela aumentou o volume e começou a balançar o cabelo no ritmo da música quando os olhos de Reid encontraram os de Hazel no retrovisor. Ele lançou um sorriso acanhado para ela, e Hazel sorriu de volta.

Era a sua primeira viagem em família, ainda que *ela* fosse a única a saber disso.

Reid entrou em uma rua secundária que envolvia os picos rochosos da costa. À beira da estrada se enfileiravam antigas casas em estilo vitoriano, muitas das quais pareciam restaurantes ou hotéis. Reid virou uma curva acentuada para uma entrada de carros e desligou o motor.

— Lar, doce lar — disse ele, enquanto saíam do carro. A entrada era ladeada por cercas-vivas altas e muito bem-cuidadas, e uma fileira de arbustos de roseiras cor-de-rosa envolviam a varanda de entrada, que dava a volta em toda a casa.

Do lado de dentro, uma escadaria em espiral levava ao segundo andar, que se erguia acima de uma sala de estar formal, completa, contendo inclusive um piano de cauda de tamanho reduzido, e móveis com pés de garra. Jaime correu para o banheiro; ainda não tinha chegado à fase dos estranhos desejos alimentares para os quais os livros já tinham preparado ambas, mas estava nem no momento da necessidade constante de ir ao banheiro.

— Uau — arquejou Luke, se aproximando do piano e apertando algumas das notas mais agudas. — Tem certeza de que não tem problema estarmos aqui?

— É claro. — Reid jogou a toalha em cima de uma cadeira de encosto alto da mesa da sala de jantar. — Meus pais estão acostumados. Na verdade eles não são tão sérios quanto parecem.

Reid ergueu os olhos para uma moldura dourada pendurada acima do piano. Era o retrato de um casal sofisticado, de pé diante de uma fogueira incandescente. O homem era alto e elegante, e usava um lindo terno, e a mulher era *mignon* e com cabelos vermelho-escuros. Aos pés deles, dois golden retrievers de pelo brilhoso estavam parados calmamente sobre um tapete oriental.

Hazel encarou a pintura de olhos arregalados. Aqueles eram seus avós. Aqueles eram os cachorros de seus avós.

— Ei — disse Reid de trás dela, assustando-a. — Quer ver as fotografias das quais eu estava falando?

Hazel fez que sim e seguiu Reid até as escadas. Luke se sentou cuidadosamente no banco lustroso do piano. Hazel pôde perceber que ele estava tomando muito cuidado para não quebrar nada, nem pingar em cima de alguma coisa cara. Ao passar por ele, apertou seu ombro numa tentativa de tranquilizá-lo.

Reid a guiou escadas acima, depois por um longo corredor, e através de duas grossas portas de vidro. O estúdio do pai dele era uma sala oval, repleta de prateleiras de livros e com uma mesa escura de mogno no centro.

— Aqui estamos — disse ele, acionando um interruptor atrás da porta. Uma dezena de luminárias estrategicamente dispostas acendeu-se, iluminando com perfeição as fotografias emolduradas que cobriam cada centímetro quadrado de parede.

— Ele tem um pouco de tudo — disse Reid, andando lentamente ao redor do aposento. — Edward Weston, Cartier-Bresson — listou ele, apontando para uma foto de um grupo de crianças brincando em um chafariz. Hazel teve a sensação de que já tinha visto aquela, provavelmente em um dos livros de mesa de centro que folheava durante horas nas livrarias, mas que nunca pudera comprar.

Hazel se aproximou das fotos, passando lentamente de uma para a outra. Ela demorou-se diante de uma imagem comprida em preto e branco de uma praia num dia nublado, a linha irregular do litoral cortando a diagonal da moldura de cima para baixo.

— Esse é um Ansel Adams original — disse Reid, de pé ao lado de Hazel com os braços cruzados.

Hazel fez que sim e se aproximou mais para ver o título da obra.

— *Rodeo Beach* — leu em voz alta. — Eu já fui lá!

Ela observou mais atentamente a imagem da praia. Já fora àquele lugar, logo do outro lado da Golden Gate Bridge em Marin County. Algumas vezes com Roy e uma ou duas com diferentes pessoas dos lares que compartilhou. Não era longe da cidade, ou do apartamento de Roy em San Rafael, mas o trânsito no túnel estava sempre engarrafado. Na maioria das vezes, Hazel tinha sido forçada a ir, e se sentia pronta para ir embora assim que chegava. A praia de que se lembrava não se parecia em nada com o litoral imaculado que via agora, através das lentes de Ansel Adams.

— É o favorito do meu pai — disse Reid, apontando outras paisagens de aparência similar. — Ele sempre disse que o oeste dos Estados Unidos é o sonho de qualquer fotógrafo. Eu acho que ele queria que morássemos lá.

Hazel suspirou baixinho, olhando para Reid enquanto ele ia para trás da mesa do pai. Quantas vezes ela não desejara viver em qualquer outro lugar? Hazel ainda não conseguia acreditar que, de um jeito estranho e acidental, seu desejo se tornara realidade.

— Eu não sei — disse Reid, parando em frente à janela de sacada no fundo do escritório. — Se eu fosse fotógrafo, teria dificuldade em sonhar com qualquer coisa melhor do que isto.

Hazel olhou por cima do ombro dele. A janela dava para o oceano, e um longo e antigo píer abria caminho na direção do horizonte. Havia um farol branco e rústico no topo de um pequeno morro. Ele estava certo: era uma foto esperando para ser tirada.

— Reid! — gritou Jaime lá de baixo. — Como se liga a TV? Tem tipo, duzentos controles remotos!

— Estou indo aí — gritou ele de volta, e voltou para o corredor. — Pode ficar por aqui pelo tempo que quiser — disse por cima do ombro. — Só apague as luzes quando sair.

Hazel observou Reid se afastar, seus braços longos e esguios balançando ao lado do corpo conforme ele se apressava até a escada.

— Ei, Reid — chamou ela. — Obrigada. Isto é realmente incrível.

Reid sorriu.

— Sem problema — disse ele, dando de ombros de um jeito amistoso.

Reid desceu a escada e Hazel se virou de volta para o estúdio. Ela não saberia explicar direito, mas sentia-se, de alguma forma, mais sólida. Como se tivesse passado a maior parte da vida apenas flutuando por aí, e agora estivesse presa a algo real. Talvez fosse a maneira como Jaime se sentia a respeito da ilha e suas pontas de flecha. Estavam em seu sangue. Faziam ela ser quem era.

Hazel deu uma última olhada na coleção de seu avô, apagou as luzes, e correu escada abaixo para se juntar aos outros.

21

— Estou aqui atrás — gritou Rosanna do fundo do estúdio. Hazel estava equilibrando em uma das mãos duas canecas de café feito em prensa francesa e, na outra, um prato com os muffins de Emmett. Andou cuidadosamente pela grama alta que fazia cócegas e encontrou Rosanna no pátio.

— Eu deveria estar fazendo as malas, eu sei — suspirou Rosanna. Era o início de agosto, e eles estavam bem no meio dos preparativos para a enorme mudança através do país. Jaime e Hazel passavam a maior parte do tempo empacotando as coisas do escritório e fazendo planejamentos para a viagem, apesar de se esforçarem ao máximo para não falar sobre o que isso significava.

Rosanna tinha ficado de lidar com o conteúdo de seu estúdio, e de preparar a festa de fim-do-verão-e-despedida que estava planejando dar na propriedade. Mas ultimamente parecia que ela estivera pintando mais do que arrumando as malas.

Naquele dia, tinha armado um cavalete do lado de fora e encarava a seção do penhasco onde um pequeno amontoado de abrunheiros se curvava na direção do oceano, seus galhos de flores brancas pendurados como pingentes de gelo.

Hazel pôs o café e os muffins na mesinha baixa de vidro e olhou por cima do ombro de Rosanna para a tela. Tinha a impressão de que a súbita inspiração era o jeito que Rosanna achara para adiar o inevitável — a mudança, a realidade de sua doença —, mas qualquer que fosse sua origem, o resultado era uma coleção de paisagens de tirar o fôlego. Ela mal começara a esboçar as linhas dos penhascos e do horizonte, mas Hazel já podia ver que estava tentando alguma coisa nova.

— Vim para cá de manhã cedo e algo no jeito como a luz atingia as árvores não me deixou voltar para dentro — disse Rosanna. — Às vezes, quando fico presa nos retratos, gosto de tentar uma coisa diferente. É como apagar um quadro-negro.

Hazel olhou de novo para a pintura de Rosanna. Sabia exatamente como ela se sentia. Depois de mais uma semana de tentativas frustradas de tirar fotos de seus amigos, finalmente decidira mudar de rumo. E desde que Reid lhe mostrara a coleção do pai — a coleção do avô dela —, começara a pensar que talvez paisagens falassem a ela também. Para todo lado que se virava havia uma vista linda, e tudo o que conseguia ouvir era a voz de Reid em seu ouvido. A ilha realmente era o sonho de um fotógrafo, e ela fora uma tola de não tirar vantagem do que estava bem na frente do seu nariz.

Rosanna se sentou em uma das cadeiras de ferro forjado e pegou um muffin quentinho.

— Hummmm — aprovou ela, saboreando um pedaço. — O que você acha que eu precisaria fazer para convencer Emmett a ir para a Califórnia conosco?

Hazel sentou-se na cadeira diante de Rosanna e pegou um pedaço esfarelado do prato. Hoje era de amoras silvestres com gotas de chocolate branco, o sabor intenso das amoras se misturando ao gosto doce e sutil do chocolate.

— Tenho a sensação de que ele vai estar bem cansado de mim, uma vez que tivermos terminado de preparar o menu para a festa — considerou Rosanna. — Eu disse a ele que não precisávamos fazer tudo aqui na casa, mas ele insistiu.

Hazel deu um gole em seu café e observou uma gaivota sobrevoar a beirada do penhasco, pescando tesouros no oceano abaixo.

— Falando da festa — continuou Rosanna, pegando sua caneca e percorrendo com o dedo o anel de água quase apagado que a caneca deixara no vidro. — Já resolveu quais obras vai querer mostrar?

Hazel engoliu um pouco de café.

— Na festa? — perguntou, seu estômago dando uma cambalhota de ansiedade. — A festa de despedida? Vai ser uma exposição também?

Apesar de a exposição estar sempre no fundo da mente de Hazel, Rosanna não dissera nada mais específico a respeito, não desde que haviam conversado no hall do hotel. Agora que era de verdade, com uma data de verdade, e com pessoas de verdade que pretendiam ir, o fato de que ela concordara em participar parecia real, também. Real e assustador.

Rosanna fez que sim.

— Por que não? — Ela sorriu. — Que desculpa melhor para tentar se desfazer de um monte de quadros do que uma mudança para o outro lado do país?

Hazel engoliu em seco e olhou para baixo, para seus pés descalços sobre a grama. Ela estivera trabalhando duro para conseguir algumas fotografias sólidas, mas ainda não tinha nada pronto para mostrar a Rosanna.

— Eu não sei — respondeu Hazel, suavemente. — Não tenho muita certeza de que alguma coisa que eu tenho é boa o suficiente. Quer dizer, se eu tivesse com meu portfólio em casa, as coisas que minha professora usou para me ajudar a entrar na faculdade de arte...

— Espera um instante. — Rosanna ergueu um de seus longos dedos. — Você vai para a faculdade de arte?

Hazel deu de ombros.

— Não cheguei a decidir de verdade — disse ela. — Mas fui aceita para um programa em Nova York.

— Você vai para a faculdade de arte — Rosanna falou mais uma vez, mas agora não era uma pergunta. — E me deixe contar uma das primeiras coisas que você vai aprender. Você sempre vai ser sua maior crítica. Não fique no seu próprio caminho e você vai fazer coisas incríveis. Ok?

O coração de Hazel encolheu. Rosanna não era sua mãe, mas de repente Hazel percebeu o quão profundamente ainda desejava a aprovação dela. O próprio fato de que ela estava se dando ao trabalho de lhe dar conselhos, e levando Hazel a sério, a fazia sentir como se pudesse voar.

Rosanna alongou o pescoço de um lado para o outro, e fechou os olhos. Ela parecia cansada. Era difícil para Hazel se lembrar do quão doente Rosanna estava. Em parte porque fazia um trabalho muito bom em esconder isso, e em parte porque Hazel sabia que ela ainda teria muitos anos pela frente. Mas havia certos momentos em que Rosanna baixava a guarda, e Hazel precisava se segurar para não estender a mão e pegar a dela, e dizer que tudo ficaria bem.

— Como está Jaime? — perguntou Rosanna abruptamente, seus olhos ainda fechados, o sol permeando as rugas superficiais ao redor de suas têmporas. — Mal tenho conseguido vê-la. Ela tem passado muito tempo com aquele garoto do iate clube de novo, hein?

— Reid. — Hazel assentiu. — Costumam estar sempre juntos.

— O que você acha dele? — perguntou Rosanna. — Honestamente. Eu só o vi uma vez, e não consigo ter um tempo sozinha com ela há semanas. Mas ela parece, eu não sei, diferente ultimamente. Está tudo bem?

O coração de Hazel pulou uma batida enquanto ela procurava as palavras certas. Jaime ainda não contara a Rosanna sobre o bebê, e apesar de Rosanna levar Jaime com ela para a Califórnia ser a última coisa que Hazel queria, ela não conseguia deixar de pensar que era hora de Rosanna saber o que estava acontecendo. Hazel estava fazendo tudo o que podia para ser prestativa, lendo todos os livros em que conseguia pôr as mãos, mas estava começando a sentir que talvez Jaime precisasse ouvir alguns conselhos de alguém mais velho.

E Rosanna não era a única que ainda não sabia das coisas. Jaime também ainda não contara a Reid. Ultimamente, Hazel vinha fazendo algumas alusões sutis, na tentativa de descobrir o que Jaime estava planejando. Quando ela pretendia contar? E como? Ela e Reid pareciam tão perfeitos juntos, e o coração de Hazel saltava a cada vez que imaginava como sua vida teria sido diferente se ao menos ela tivesse crescido com eles como seus pais.

Mas primeiro Reid teria que descobrir que ele *era* pai.

— Está tudo ótimo — Hazel finalmente conseguiu dizer. Não importava o quanto ela quisesse acelerar o processo, sabia que a decisão não ela dela. Nem a de contar a Rosanna. — Reid é adorável, e Jaime anda muito mais feliz desde que ele apareceu.

Rosanna sorriu, uma calma suave se instalando novamente em seus olhos verdes e límpidos.

— Isso é bom — disse ela. — Acho que é tudo o que importa.

Hazel engoliu em seco. Sempre imaginara como seria ter de mentir para um adulto. Ela costumava entreouvir conversas de garotas no banheiro da escola, colocando a maquiagem que as mães as tinham proibido de usar, e transmitindo em sussurros todas as histórias que contavam para explicar por que haviam chegado em casa depois da hora. Hazel costumava pensar que essa era a única parte de ter pais em que não estava perdendo muita coisa.

Mas agora, sentada de frente para Rosanna, sabia o outro lado de precisar mentir. Significava que havia alguém ali, alguém fazendo perguntas. Alguém que se importava. E, de repente, Hazel sentiu ciúmes de todas aquelas garotas no banheiro. E raiva também. Ficou com raiva por não fazerem ideia de como eram sortudas. Rosanna não era a mãe de Jaime também, mas se importava o suficiente para perguntar. E isso já era alguma coisa.

Hazel se sentiu ainda mais determinada a mudar as coisas. Se ao menos pudesse crescer com uma família, se ao menos todos pudessem ficar juntos na ilha, se ao menos ela pudesse ter uma mãe de verdade para se preocupar com ela, para fazer perguntas, para se certificar de que estaria segura, Hazel sabia que nunca mentiria novamente.

22

— E aí, Annie Leibovitz?

Hazel, que estava agachada na frente do celeiro, olhou para cima. Com a câmera numa das mãos, usou a outra para fazer sombra nos olhos. Luke, sem camisa e com os cabelos adoravelmente emaranhados porque acabara de levantar, estava debruçado na janela do quarto, no fim do corredor do segundo andar.

— Não está meio cedo para tirar closes de mim?

Hazel deu um sorrisinho, levando um dedo até a boca para silenciá-lo. Era muito cedo, e ela estivera tentando tirar algumas fotos do celeiro na luz empoeirada de antes do amanhecer. Ela não achou que alguém estaria acordado e tinha jogado um casaco de moletom por cima do pijama. Uma decisão da qual estava começando a se arrepender.

Luke disse que logo estaria lá embaixo, num tom que imitava um sussurro. Hazel sorriu e virou a câmera de volta para o celeiro. Levou o visor aos olhos, tentando espremer tudo o que pudesse da maciça estrutura vermelha em uma só foto. Gostava da maneira como a tinta vermelha descascando contrastava com o cinza pálido do céu sem sol, mas estava com problemas em resolver como enquadrar.

Tirou alguns instantâneos, então se virou para encarar os penhascos, e o oceano abaixo. Virou-se descrevendo um lento semicírculo, absorvendo a visão panorâmica. Era estonteante, mas de certa forma parecia ser demais. Por onde começar? Que parte de mar e céu caberia a ela congelar no tempo?

Seu dedo voltou ao botão, algumas fotos rápidas, enquanto ela tentava cobrir o máximo de espaço possível. Lembrou-se do que Rosanna dissera sobre ficar fora de seu próprio caminho. Talvez se começasse com *quantidade*, acabasse esbarrando em um pouco de *qualidade* no processo.

— Pronta?

Hazel virou-se e viu Luke de pé na porta do celeiro. Ele estava vestido para o trabalho, em uma camisa polo bem-passada do iate clube, e bermuda cáqui limpa.

— Pronta para quê? — perguntou Hazel, pegando sua pilha crescente de fotografias e jogando-as no bolso externo da sacola.

— Você vai ver — respondeu ele, girando nos calcanhares e seguindo na direção da picape prateada de Craig.

Hazel guardou a câmera lentamente e alongou os pés. Seus joelhos doíam de ficar agachada, e ela caminhou com as pernas dormentes até a picape.

— Rápido — gritou ele do assento do motorista. — Senão vamos perder.

Hazel pulou para o banco ao lado do dele.

— Perder o quê? — perguntou. — Aonde estamos indo? E achei que você gostava de ir andando pra todo lugar. Você ao menos sabe dirigir?

— Muito engraçada. — Luke girou a chave da picape e deu ré para sair da entrada de carros. — E chama-se surpresa, Hazel — disse ele, um brilho em seus grandes olhos castanhos. — A ideia é que você não descubra até chegarmos lá. Consegue aguentar isso?

Hazel revirou os olhos e se viu de relance no retrovisor lateral. Seu cabelo estava uma bagunça, e ainda havia marcas do travesseiro de um dos lados de seu rosto.

— Acho que não tenho escolha. — Ela deu de ombros diante de seu reflexo enquanto o carro dava solavancos pela estrada poeirenta e sinuosa, e recostou-se para aproveitar o passeio.

O céu ainda estava pesado e cinzento quando pararam no estacionamento de empregados do iate clube.

— Vamos, vamos. — Luke empurrou Hazel para fora do carro e correu até o fim do deque. Ele parou em frente de uma fileira de pequenos barcos a motor. Na festa de quatro de julho, Luke explicara que estes eram os barcos que ele usava para levar as pessoas até o porto, onde elas subiam a bordo de seus próprios barcos a vela que estavam atracados e partiam em viagens pela costa que duravam o dia inteiro.

Luke desamarrou rapidamente uma longa corda de um aro de metal enferrujado. Hazel pensou na pintura de Rosanna, o retrato que vira de Luke no estúdio, e procurou a câmera na bolsa. Sem dizer uma palavra, se ajoelhou ao lado da mão de Luke e enquadrou seus dedos no visor, parte da corda envolvendo seu antebraço, a água cintilante refletindo a fria luz cinzenta do fundo.

Luke sorriu, balançando a cabeça enquanto jogava a corda desamarrada para dentro do barco.

— Essa é a última. — Hazel riu enquanto Luke pulava para a proa estreita, estendendo uma das mãos para ajudá-la a pular atrás dele. — Prometo.

Luke girou uma ignição e o motor ligou numa explosão. Hazel se aconchegou em um canto, observando a água vítrea deslizar pelo casco arredondado do barco. O céu se iluminava lentamente em um azul muito, muito claro, e eles navegaram até o laranja eletrizante que esperava no horizonte.

Luke encostou os joelhos nas costas de Hazel, usando uma das mãos para controlar a direção do barco lentamente. Ela se recostou nele, o vento pegando pedaços de seus cabelos e lançando-os em torno de seu rosto.

— É uma boa surpresa — gritou ela por cima do ombro. O motor estava alto e o vento carregava a voz dela pela água.

Luke se inclinou para a frente, seu cabelo, cheirando a uma mistura de sal e xampu, roçando na bochecha de Hazel.

— Ainda não chegamos lá — disse ele.

Hazel olhou para o porto. Eles passaram pelas fileiras espalhadas de gigantescos e brilhantes cascos de barcos a vela que se erguiam altos atrás deles. Finalmente, quando estavam em mar aberto, Luke desligou o motor e foi até o meio do barco com Hazel.

— Lá vamos nós — disse ele, apontando para o horizonte. Ele os tinha posicionado cuidadosamente de maneira que pudessem observar o sol que vinha surgindo aos poucos.

Hazel acomodou a cabeça nos ombros de Luke. O que começou como uma explosão hesitante de amarelo cresceu até virar uma bola confiante, irradiando o céu ao redor e lançando padrões que pareciam joias pela superfície da água.

Ela prendeu o fôlego. Era tão lindo que quase doía.

Luke colocou uma mecha do cabelo dela atrás de uma orelha.

— O que acha? — perguntou ele. — Ainda é uma boa surpresa?

Hazel queria dizer alguma coisa, mas uma tristeza dolorida se instalara ao redor de seu coração. Era mais do que uma boa surpresa. Era a coisa mais legal que alguém já tinha feito por ela. Ela sabia que deveria estar feliz, mas não importava o quão incrível e perfeito Luke fosse, não importava quantas coisas amáveis e atenciosas ele fizesse, nada mudaria o fato de que ela não era quem ele pensava. Ele não tinha ideia do quão complicada era a situação, e as coisas só iam piorar.

— É uma ótima surpresa. — Ela forçou um sorriso triste e se aconchegou ainda mais ao lado dele.

Luke apertou a parte de cima do ombro dela.

— Está vendo aquele barco? — perguntou ele, apontando de volta para o porto. — O que tem uma listra no casco?

Hazel apertou os olhos para distinguir a letra grossa que marcava a base azul-marinho do barco.

— *O Isabella?* — leu ela.

Luke confirmou.

— Esse mesmo — disse ele, quase com orgulho. — O dono dele é um bom amigo da tia Ro. Ele passa os verões aqui no porto, e todo outono sai para navegar pelo mundo. Ano passado chegou até o sul do Pacífico. Eu vivo enchendo o saco dele para me levar junto, mas ele é mesmo um artista solo.

Hazel observou o alto mastro do barco ondular para a frente e para trás, as velas amarradas farfalhando à brisa.

— Ele viaja tudo isso sozinho? — perguntou ela.

— Ele costumava ir com a esposa — respondeu Luke, sua voz mais suave, mais triste.

— Isabella? — chutou Hazel.

Luke confirmou de novo, seus olhos castanhos fixos e sérios.

— Ela morreu em um acidente de avião quando eu era bem pequeno — disse ele. — Tem fotos dela por todo o clube. Eles eram o time mais forte da regata todo ano. Todo mundo adorava ela.

Hazel sentiu as mãos de Luke apertando-a com mais força em torno da cintura.

— Acho que ele não quer muita companhia desde então — disse ele, triste.

Hazel apoiou a bochecha contra o ombro de Luke.

— Às vezes as pessoas não sabem o que querem até o momento em que conseguem — disse ela, baixinho, como se estivesse falando consigo mesma.

Luke sorriu, fazendo cócegas nela.

— Então acho que é uma coisa boa eu não ser um cara que desiste facilmente — disse ele, enquanto Hazel se contorcia em seus braços. — E além disso, tenho um plano.

— Ah, é? — Hazel sorriu. — E qual é?

— Bem — disse ele, se reclinando para esticar seus longos braços acima da cabeça. — Uma vez que eu consiga um jeito de entrar naquele barco, posso pensar em um jeito de fazê-la subir a bordo também.

— Subir a bordo de quê? — perguntou Hazel, se afastando para olhá-lo diretamente nos olhos.

— Do *Isabella* — disse ele. — Você poderia vir conosco.

A voz dele era suave e brincalhona, mas Hazel pôde ver que havia uma parte de Luke que estava falando sério. A pressão em seu peito voltou de repente, um aperto insuportável em suas costelas.

— Por que não? — insistiu Luke. — Já tem grandes planos para quando acabar o verão?

Hazel encarou uma poça turva que se formara no canto do barco.

— Não cheguei a pensar muito nisso — disse ela baixinho, quando a verdade era que ela nem sequer chegara a pensar a respeito. Tinha conseguido colocar um bloqueio temporário nas considerações sobre o futuro. Entre lidar com Jaime e a gravidez, estar com Luke e trabalhar para Rosanna, não tinha sido difícil. Mal havia tempo para pensar sobre a semana seguinte, que dirá pensar no outono. Mas o futuro estava sempre ali, gritando das sombras de sua mente. Não fazia ideia do que faria depois. Não fazia ideia sequer do que era *possível*. Se seu plano funcionasse, e Jaime e Reid decidissem criar o bebê juntos, se resolvessem ficar com *ela*, aqui na ilha, o que aconteceria com a vida de Hazel como ela a conhecia?

Mas esse não era o tipo de resposta que Luke estava procurando. Hazel pigarreou, enfiando as pontas loiras e salgadas de seus cabelos atrás de uma das orelhas.

— Eu não sei — começou ela mais uma vez. — Passei para essa faculdade de fotografia em Nova York, mas...

— Passou? — perguntou Luke, movendo um dos ombros de Hazel para olhá-la nos olhos. — Isso é incrível! Quando começam as aulas?

Hazel virou-se para o outro lado, voltando a olhar para a cobertura infinita do oceano.

— Eu não sei — respondeu ela. — Não tenho sentido muita vontade de pensar a respeito.

— Por que não? — perguntou Luke. — Por que a ideia de ficar longe de mim é simplesmente terrível demais?

Ele fez cócegas nela de novo, e desta vez Hazel se libertou de seus braços. Ela não vinha pensando sobre o futuro, e agora sabia por quê. Porque se as coisas dessem certo, e ela conseguisse o que queria, teria uma chance de recomeçar sua vida. Poderia usar seu último vestido e desejar voltar no tempo e reviver sua infância, desta vez com pais felizes e amorosos cuidando dela. Mas começar de novo significaria dizer adeus a tudo o que conhecera antes — não poderia sequer manter as lembranças —, assim como à vida que estava vivendo agora. E isso incluía Luke.

— Só estou brincando — provocou Luke, puxando-a de volta para um abraço. — Você não precisa pensar nisso se não quiser. Na verdade, mais nenhum pensamento será permitido.

Luke pegou o queixo de Hazel e o virou para seu rosto. Ela sentiu uma ardência atrás de seus olhos e desviou-os rapidamente para a poça no barco.

— Ei — disse ele, suavemente. — Qual é o problema?

Hazel balançou a cabeça.

— Nada — respondeu ela. Hazel queria contar para ele no que estava pensando, explicar como se sentia, mas não havia como fazê-lo entender. Nunca poderiam ficar juntos. Não de verdade.

— O que quer que aconteça, vamos ficar bem — disse Luke. — Vamos descobrir um jeito de fazer dar certo. Tá?

Hazel engoliu um nó que se formara em sua garganta. Não queria mentir, mas precisava. Não tinha outra escolha.

— Tá — conseguiu dizer.

Ele a trouxe mais para perto, e brincou com alguns fios de seu cabelo, antes de erguer seu queixo até o dele. Pressionou seus lábios gentilmente contra os dela, e Hazel fechou os olhos, tentando se perder no beijo. Desejou poder ficar ali, com o sol congelado bem baixo no céu, e nunca precisar pensar no que viria em seguida. Desejou poder viver para sempre naquele momento.

23

— Isto é um desastre completo.

Jaime sacudiu a cabeça, se abaixando entre duas fileiras de morangueiros enquanto Hazel entrava na horta. Era fim de tarde. Ela vinha do escritório, onde estava empacotando caixas, quando viu Jaime ajoelhada, arrancando montes de ervas daninhas emaranhadas e grossas e jogando-as em uma pilha.

— Não faço ideia do que Maura fica fazendo aqui o dia inteiro — suspirou Jaime quando Hazel se abaixou ao seu lado. — Posso jurar que a ouvi conversando com as alfaces outro dia. Como é que ela conseguiu não notar que estes pobrezinhos estão sendo completamente estrangulados?

Era a primeira vez que Hazel entrava pela cerca de arame da horta. Havia fileiras e fileiras de alface e abobrinha, tomateiros, que estavam ficando mais altos do que Hazel, amarrados em estacas de madeira, e pés de feijão, compridos e fininhos, lançando sombras oscilantes no caminho. A parte dos morangos estava restrita a um pedacinho ensolarado num extremo da horta, e estava tão entremeado de ervas daninhas e vinhas que era difícil entrever alguma das delicadas frutas vermelhas.

— Como você sabe qual é a erva daninha? — perguntou Hazel, cutucando gentilmente um pedaço fibroso de um verde de aparência indesejável. Seus dedos estavam rígidos de passar o dia inteiro rasgando fita adesiva para a mudança, mas a sensação de trabalhar ao ar livre era boa.

— O que sai com facilidade, provavelmente não deveria estar ali — explicou Jaime, enfiando as mãos na terra macia e tirando dedos repletos de pequenos trevos verdes. — As raízes do que não é erva daninha vão resistir se você as puxar com força.

Hazel encontrou um emaranhado de ervas meio soltas, e as arrancou com facilidade da terra.

— Ervas? — perguntou ela, incerta.

— Isso — confirmou Jaime, jogando-as na pilha crescente. — Mas fique de olho nos brotos. Os morangos são esquisitos. Soltam esses longos talos, e voltam a criar raízes a alguns centímetros de distância. Está vendo?

Jaime pegou uma raiz longa e grossa, e a seguiu até um outro grupo menor de plantas, mais perto da cerca.

— É assim que temos as mães e as filhas. As que plantamos são as mães, e as que nascem onde os brotos voltam a formar raízes são as filhas. E então as filhas lançam brotos elas mesmas. É como uma procriação só de garotas. Sinistro, né?

Hazel sorriu para si mesma, mexendo cuidadosamente em torno de uma das plantas aos seus pés. Havia certa satisfação em arrancar ervas daninhas. Era quase como se ela pudesse sentir as plantas respirando com mais facilidade conforme ia limpando o espaço abarrotado ao redor delas.

— Vou contar a ele amanhã — disse Jaime, de repente. Hazel ainda não tinha se acostumado com o jeito como Jaime simplesmente entrava no meio de um raciocínio. Ou ela não estava no clima para conversar, ou corria direto para o fim de uma conversa. Nunca havia um meio-termo.

— Reid — continuou Jaime, confundindo o silêncio de Hazel com confusão. — Vou contar a ele sobre o bebê.

— Uau. — Hazel engoliu em seco, seu coração pulando para a garganta. — Isso é... grande.

Hazel respirou fundo, tentando ficar calma, mas sua pulsação corria em um ritmo insistente em suas veias. Ela havia esperado por este momento desde que desejara que Reid voltasse. Estava sendo quase insuportável, e nas últimas vezes em que Reid fora até a casa de hóspedes, Hazel precisara se forçar para ela mesma não deixar escapar o segredo "sem querer". Mal podia esperar até que a verdade fosse dita e todos pudessem começar a planejar o que aconteceria em seguida. Era como se estivesse dentro de uma corrida; dava para ver a linha de chegada, e tudo em que conseguia pensar era em alcançá-la.

Jaime espanou a parte de baixo de um nó de raízes. Estava batendo obsessivamente na terra que envolvia a base da planta, como se estivesse adiando alguma coisa.

— Acho que vou contar a ele na Noite da Iluminação — disse ela, com a voz firme. — Parece apropriado, não acha?

Durante toda a semana houvera conversas sobre a Noite da Iluminação. Hazel ainda não tinha certeza do que isso era, além de ser uma tradição de fim de verão na cidade, que envolvia música ao vivo, mais fogos de artifício e várias lanternas. Luke a convidara para ir com ele, como se ela pudesse ir com outra pessoa. Ele ainda ficava todo nervoso e tímido com coisas assim, de um jeito que fazia Hazel se apaixonar ainda mais.

Agora a Noite da Iluminação seria importante por dois motivos. Um encontro especial com Luke, antes que o verão acabasse, e a noite em que Reid descobriria que ia ser pai.

— Como você acha que ele vai receber a notícia? — perguntou Hazel, forçando mais respirações para acalmar os tremores em sua voz.

Jaime parou de tirar as ervas e desviou o olhar para os campos abertos.

— Eu não sei — disse ela. Hazel pôde ver que Jaime também estava dando seu melhor para ficar calma. — Realmente espero que ele não fique bravo comigo por ter escondido dele tanto tempo.

Hazel fez que sim. Ela imaginou o rosto de Reid, o jeito carinhoso como ele olhava para Jaime, sempre perguntando para se certificar de que ela estava bem. Não conseguia imaginá-lo ficando zangado.

— E ele vai embora para a faculdade logo, logo — acrescentou Jaime, enterrando as mãos de volta no chão. — Tenho que dizer alguma coisa se eu quiser ir com ele.

As mãos de Hazel se congelaram no ar, um emaranhado nodoso de ervas daninhas apertado entre seus dedos.

— Ir com ele? — perguntou ela, sem inflexão na voz.

Sabia que Reid ia para Dartmouth no outono. Mas imaginava que, uma vez que Jaime lhe dissesse que estava grávida, ele mudaria de ideia e ficaria com ela na ilha. Hazel nunca havia considerado seriamente a possibilidade de que eles iriam juntos para algum outro lugar.

— É — disse Jaime. — Não posso pedir a ele para não ir para a faculdade. Não seria justo. E nós já meio que falamos sobre encontrar um apartamento para morarmos juntos. Dizem que Dartmouth é uma cidade muito legal. Várias pessoas da nossa idade, milhares de coisas para fazer, e fica perto das montanhas.

Hazel sentou-se sobre os calcanhares. Seus joelhos estavam começando a doer de ficar abaixada por tanto tempo, e a ponta de seus dedos formigava. New Hampshire não seria horrível, imaginou ela. Não seria tão confortável quanto a ilha, uma vez que não conheceriam ninguém, mas Reid teria seus amigos da faculdade. Seria legal crescer com pais jovens em uma cidade universitária e moderna. E onde quer que estivessem, ficariam todos juntos, e essa era a parte importante. Nada mais de famílias adotivas que nunca pareciam ter espaço o suficiente, ou de idas e vindas com Roy.

Hazel encarou suas unhas sujas, sua visão se embaçando quando imaginou como seria sua vida. Se Jaime ficasse com ela, e ela e Reid a criassem juntos, quando fizesse o desejo final de voltar para casa, como seria a "casa"?

Ela teria tudo o que sempre quisera. Pais que a amavam, que se preocupavam com ela, que perguntavam como fora seu dia no jantar à noite. Uma casa de verdade. Uma cama de verdade. Amigos com os quais cresceria e que não precisaria deixar para trás antes de realmente chegar a conhecê-los.

Como seria isso? Como ela seria? Será que se interessaria pelas mesmas coisas? Ainda gostaria de tirar fotos?

Ou seria uma pessoa totalmente diferente? E se ela virasse outra pessoa? E se virasse uma daquelas garotas ingratas que reclamavam o tempo todo e mentiam para os pais? Sem nenhuma ideia de como sua vida poderia ter sido, será que ainda daria valor ao que tivesse?

Sim, decidiu ela. Com uma mãe como Jaime, e um pai como Reid, é claro que ela seria grata. Eles três seriam a família que ela sempre quis, e ela nunca mais precisaria fazer outro desejo.

— Parece perfeito — disse ela, virando-se para Jaime com um sorriso.

— Eu também acho — concordou Jaime, apesar de haver alguma coisinha em sua voz. Suas sobrancelhas grossas estavam bem próximas de tão franzidas, e os cantos de sua boca, revirados para baixo.

— O que você acha que faria por lá? — perguntou Hazel, esticando suas longas pernas à frente para deixá-las descansar. Estivera tão preocupada pensando em como a própria vida mudaria, que nem uma vez se perguntou o que tudo isso significaria para Jaime.

Jaime deu de ombros e pegou mais um monte de ervas daninhas no chão entre seus pés descalços.

— Não tenho certeza — disse ela. — Acho que eu poderia assistir a algumas aulas ou algo assim. Talvez assim não me sentisse tão mal por ter recusado a bolsa de estudos.

Hazel parou no meio do alongamento, e se virou para olhar Jaime.

— Bolsa de estudos? — perguntou ela. — Que bolsa de estudos?

Jaime enfiou a mão no bolso e tirou um pedaço amassado de papel, entregando-o a Hazel.

— Há um tempo, antes de... tudo isto... eu me inscrevi nesse programa que organiza escavações no Peru — disse ela. — Você sabe, tipo, civilizações perdidas, ruínas antigas, esse tipo de coisa. Nada importante.

— Nada importante? — repetiu Hazel. A carta tinha sido escrita num papel grosso com algum tipo de selo do governo, e várias palavras em uma língua que parecia muito com espanhol, mas não era. — Há quanto tempo você sabe disto?

Jaime deu de ombros novamente, pegando o papel de volta e dobrando-o ao meio.

— Umas duas semanas — disse ela. — Mas não tem nada que eu possa fazer. O timing não poderia ter sido pior.

Jaime se inclinou para frente e alisou o solo onde estivera cavando, enfiando a planta de volta na terra sólida e macia.

— Além disso — prosseguiu ela —, quando eu me inscrevi, não tinha ideia de que seria aceita. Simplesmente não parece tão importante agora que eu tenho uma família na qual pensar. Tudo o que importa é ficarmos juntos.

Lágrimas quentes arderam nos cantos dos olhos de Hazel, e ela se inclinou para a frente para esconder o rosto. Era exatamente o que ela queria ouvir. Hazel enfiou as mãos de volta no chão, puxando uma vinha grossa e teimosa. Ela se partiu em sua mão, e Hazel caiu para trás, segurando uma bola de raízes quebradas.

— Boa — riu Jaime, fingindo estar decepcionada, fazendo o caminho da raiz até a planta-mãe. — Acabou com a filha.

Hazel olhou para as raízes machucadas caindo aos pedaços em suas mãos e inspirou profundamente, pedindo desculpas em silêncio à planta que arrancara. Ela estivera ali. E o que quer que isso quisesse dizer, o que quer que precisasse fazer, as coisas seriam diferentes agora. Ela nunca precisaria se sentir tão sozinha novamente.

24

Hazel deveria ter imaginado que os planos envolveriam caminhar.

Em primeiro lugar, tinham que andar até *a cidade*, depois de encontrar o que deveria ser a última vaga de estacionamento disponível em toda a ilha. Para a Noite da Iluminação, todas as estradas que davam em Oak Bluffs estavam repletas de carros encostados uns nos outros, sem falar nos campos de futebol lotados de picapes e sedãs estacionados de qualquer forma. Reid, que se voluntariara para levá-los no BMW do pai, eventualmente encontrou uma vaga perto do posto de gasolina, e Luke anunciou alegremente que teriam que andar um pouco até a cidade.

Em seguida veio a caminhada *na* cidade, que até Jaime concordou que era a única maneira de desfrutar adequadamente do espetáculo de lanternas resplandecentes que era o centro das festividades da noite. Fileiras de lanternas de papel coloridas pendiam delicadamente de varandas e atravessavam janelas de cada uma das casas que tinham cor de biscoito caseiro.

Luke os guiou por vielas secundárias, fechadas para o trânsito e fervilhantes de visitantes que seguiam a pé. Fileiras e fileiras de casas brilhantes se estendiam para além deles, até o oceano. Casais mais velhos se balançavam em cadeiras nas varandas, de mãos dadas e admirando a vista. De vez em quando, Luke acenava e gritava um "oi".

— Tem alguém nessa ilha que não conheça você? — perguntou Reid, enquanto atravessavam a rua até a longa área verde do Parque Oceânico.

— Claro — disse Luke, e sorriu, seus olhos castanhos se franzindo nas pontas. — Mas isso não quer dizer que eu não os conheça.

No meio do parque, uma banda de jazz estava tocando no palco de madeira montado dentro de um gazebo, e um pequeno aglomerado se formara para dançar de pés descalços na grama. O sol começava a se pôr, e criancinhas agitando bastões fluorescentes corriam por cima de cobertores emaranhados e pulavam as pernas dos pais. Adultos bebiam vinho em copos de plástico e brindavam ao fim próximo de mais um verão.

Luke foi na frente para encontrar um lugar na grama, enquanto Reid e Jaime se deixaram ficar para trás, na beira da calçada.

— Encontramos com vocês mais tarde — gritou Reid, agarrando a mão de Jaime.

Hazel captou o olhar de Jaime por cima do ombro e lançou-lhe um sorriso encorajador. Ela estava bonita em seu vestido de verão branco e simples, mas Hazel sabia que estava nervosa. Essa era a noite em que ela contaria a Reid sobre o bebê. Hazel queria abraçá-la, mas sabia que isso seria suspeito, então acenou com uma das mãos e desejou *boa sorte* mexendo os lábios sem emitir som depois que Reid se virara para atravessar a rua.

— Para onde eles vão fugir? — perguntou Luke, balançando os ombros para se livrar da mochila. Ele tirou um lençol de listras vermelhas e brancas, que Hazel reconheceu vir do armário de roupas de cama e mesa da casa de Rosanna, e o estendeu na grama.

— Acho que querem ficar sozinhos — disse Hazel, sentando-se ao lado dele. Seu estômago estava um nó, e ela mal conseguia prestar atenção em qualquer coisa ao redor. Mas Luke tinha se esforçado tanto para que a noite fosse especial. Ele começou a tirar surpresas da bolsa: um pote de plástico cheio das últimas investidas de Emmett no mundo dos cookies (com gotas de chocolate, nozes e amoras secas), uma garrafa térmica de vinho tinto surrupiado, e dois copos descartáveis.

Hazel cruzou as pernas, a grama fria e suave sob a fina camada de algodão desbotado. Ela sofreu na hora de escolher o que vestir. Sabia que precisava guardar o último vestido de Posey para mais tarde, quando Reid e Jaime tivessem um plano e ela pudesse desejar começar tudo de novo com eles. Sendo assim, tinha acabado por decidir usar uma calça de linho cor de chocolate que havia sido de Rosanna, com uma linda camiseta com suaves flores azuis nas alcinhas. Enquanto tentava se acomodar, ficou aliviada por não ter optado pela seleção de saias que Rosanna descarregara nela pela manhã. (Os últimos dias antes da mudança para a Califórnia deixaram Hazel com mais roupas do que se achava capaz de lidar.)

Luke serviu pequenas doses de vinho nos copos, e entregou um a Hazel, junto com o maior biscoito do pote.

Ele pegou o próprio biscoito e o bateu contra o dela, um brinde bobo e esfarelado.

— A um verão perfeito — disse ele, tentando soar formal enquanto mordia uma pontinha borrachuda. Hazel sorriu e fez o mesmo. O cookie estava, de alguma maneira, ainda quente, e numa combinação perfeita entre macio e substancial.

Mas ela mal podia aguentar mais que uma mordida. Seu estômago dava cambalhotas, e seu coração estava pesado e cheio. Ela se perguntou onde estariam Reid e Jaime nesse instante. Como ela daria a notícia? O que ele diria?

Ela devia estar inquieta ou com alguma expressão de desconforto, porque de repente Luke colocou a cabeça bem na frente de sua linha de visão, suas sobrancelhas franzidas e preocupadas.

— Que foi? — perguntou ele, antes de olhar para baixo, para o copo de vinho de Hazel, ainda intocado. — Você não precisa beber se não quiser. Não faço a menor ideia de se esse vinho é bom ou não... foi tudo o que consegui encontrar sobrando no clube.

Hazel balançou a cabeça e pegou o copo.

— Não, está ótimo — disse ela, tomando um golinho. Não era lá muito bom, para falar a verdade, mas ela mal percebeu quando engoliu a pequena quantidade.

Os sons abafados da banda flutuavam até eles através das plantas enquanto Luke estendia suas longas pernas.

— Hazel — disse ele —, tem uma coisa que preciso dizer a você.

Hazel levantou o queixo para olhar para ele. Suas covinhas não estavam mais ali, e a voz parecia diferente. Quase trêmula, e como se estivesse vindo de algum lugar mais profundo dentro dele.

— O quê? — perguntou Hazel, tentando se lembrar quantas vezes em sua vida boas notícias haviam sido a sequência dessa frase.

No passado, *Tem uma coisa que preciso dizer a você* frequentemente era o antecedente direto do anúncio: *Está na hora de nos mudarmos de novo*. Ou a alternativa, que era mais comum e ainda pior: *Está na hora de você se mudar de novo*.

O que quer que viesse depois disso não podia ser bom, e Hazel sentiu seu corpo parando de funcionar.

— Fala logo — disse ela, a voz dura e fechada. Ficou chocada com o quão rapidamente conseguia mudar de volta para o jeito como costumava ser. Para o jeito como precisava ser em casa, sempre esperando ser decepcionada, sempre preparada para o pior.

— Não é nada importante — disse Luke, mexendo nas articulações dos dedos e olhando para suas mãos fortes e nodosas. — Eu só queria que você soubesse o quanto tenho me divertido. Sabe, desde que você chegou aqui. Desde que eu te vi na cidade naquela manhã, soube que queria conhecer você. Sabia que não seria fácil, mas tive a sensação de que valeria a pena. E eu estava certo.

Hazel sentiu o sangue correr para suas bochechas e olhou para o outro lado.

— E eu acho que só queria dizer, enquanto ainda tenho a oportunidade...

Hazel sentiu que Luke se aproximava dela e olhou para cima. Sua boca estava fazendo aquele movimento nervoso e trêmulo, e seus olhos estavam meio apertados, como se ele estivesse olhando para o sol.

Ele inspirou profundamente, e deixou-se dizer, trêmulo:

— Eu amo você, Hazel. Amo você e sei que o verão está acabando e todas as coisas vão mudar, mas eu espero... acho que espero que a gente não precise...

Hazel sustentou o olhar dele pelo que pareceu uma eternidade. Seus olhos castanho-claros estavam quietos e focados, implorando que ela o ouvisse, implorando que dissesse *alguma coisa*... mas ela não conseguia falar.

— Isso é tudo — disse ele, um sorriso hesitante tentando aparecer em seus lábios.

Ela engoliu em seco, sua pulsação um estrondo, ecoando em suas orelhas, e então tomou um bom gole de vinho. Sua mão estava começando a tremer. Ela apoiou o copo na grama ao seu lado, com medo de derramar alguma coisa no lençol. Ouvira que manchas de vinho tinto eram impossíveis de tirar, provavelmente num comercial para algum tipo de spray mágico ou bastão para lavar roupa que você esfrega em círculos na camisa.

Seu pescoço estava quente, as veiazinhas na clavícula latejavam. Por que ela estava pensando em bastões para roupa? Luke acabara de dizer que a amava. Ele a *amava*! Ninguém nunca dissera aquilo para ela antes. Ninguém nunca chegara nem perto.

Ela precisava pensar em alguma coisa melhor que spray tira-manchas.

— Luke — disse ela, suavemente, olhando para um ponto entre as listras vermelhas do lençol. Seus olhos estavam embaçados, e as linhas brancas bem-marcadas ficaram cor-de-rosa.

Ela podia sentir o corpo de Luke se movendo na grama quando ele cruzava e descruzava os tornozelos, limpando a garganta.

— Qual é o problema? — perguntou ele, baixinho.

Qual era o problema? Ela mal sabia por onde começar. É claro que ela o amava. Ao menos achava que sim. Desde aquele primeiro dia na sorveteria, havia alguma coisa tão fácil em ficar perto dele. Ele era tão atencioso. Tão aberto e descomplicado. E ele sempre estava lá. Não desaparecia sem mais nem menos. Nunca a decepcionara. Era mais do que o que ela podia dizer de qualquer outra pessoa que já conhecera na vida.

Então qual era o *problema*? Ela iria embora. Tudo estava prestes a mudar. Naquele mesmo momento, em algum lugar não tão distante, Jaime contava para Reid que eles teriam um bebê. Planos estavam sendo traçados. A história sendo reescrita. Uma vida completamente nova estava a um desejo de distância. E Hazel teria de começar a vivê-la.

Sem Luke.

Não havia nada que pudesse dizer para fazê-lo compreender. Como ela poderia dizer que o amava e deixá-lo acreditar que tinham um futuro juntos, que as coisas não iam mudar? Como ela poderia deixá-lo pensar que isto era apenas o começo, quando na verdade estava mais para o fim? Não seria nada além de um monte de mentiras.

Luke se sentou com as costas mais eretas, e se virou para encará-la novamente. Hazel olhou para cima e imediatamente viu o garoto que tinha visto do outro lado da sorveteria, seu príncipe encantado. O jeito como ele havia sorrido sem nem saber quem ela era, tão pronto para lhe dar uma chance, sem fazer nenhuma distinção entre desconhecido e amigo.

Ela não podia dizer a verdade. Mas também não podia mentir.

Ficando de pé desajeitadamente, Hazel limpou as laterais da calça, sabendo que precisaria se afastar, e subitamente foi tomada por pensamentos a respeito de farelos e manchas de umidade.

— Desculpa — disse ela, encarando fixamente a grama. — Eu não posso.

— Não pode? — perguntou Luke, ficando de joelhos. — O que quer dizer com não poder? Não estou pedindo para você fazer nada. Só estou dizendo que amo você.

Ele estendeu a mão para pegar a dela, e Hazel puxou a sua. Ela passou o peso de um pé para o outro. Lágrimas se formavam nos cantos de seus olhos.

— Qual é o seu problema? — perguntou ele mais uma vez. Algo áspero se infiltrara em sua voz, e ela soube sem olhar que seus olhos estavam estreitados. — Do que você tem tanto medo? Eu sei que você me ama. Por que é tão difícil para você dizer? Por que é tão impossível para você deixar as pessoas se aproximarem?

As bochechas de Hazel estavam molhadas, e seus pulmões pareciam estar sendo prensados por um torno. Ela queria estar em qualquer outro lugar. Era como se ele a estivesse despedaçando, estendendo a mão para expor toda a escuridão que havia dentro dela, como um rolo de filme deixado ao sol. Ela inspirou profundamente e olhou para ele, seus olhos duros e frios.

— Luke — disse ela, com a voz forte. — O verão acabou. Você mesmo disse. Todo mundo está indo embora. Qual é o sentido?

Luke ficou de pé lentamente, e estendeu as mãos para pegar as dela de novo. Ela não conseguia continuar olhando para ele. Ele estava muito ferido, muito suscetível.

— O sentido? — perguntou ele, a decepção clara na voz. — Às vezes não tem sentido. Nem tudo tem a ver com chegar a algum lugar, Hazel. Nem tudo tem que ser uma corrida. O sentido é que eu amo você. Isso não é o suficiente?

Um nó do tamanho de uma bola de tênis se formara na garganta de Hazel, e ela sabia que precisava ir embora. Era mais do que o suficiente. Tudo o que ela sempre quisera estava bem à sua frente, seu príncipe encantado, implorando que ela o deixasse se aproximar.

Mas ela não podia.

— Sinto muito — disse ela, se libertando das mãos dele. — Sinto muito.

Enquanto andava até a estrada, sentiu os olhos dele observando-a se afastar, como ímãs atraindo-a de volta para perto dele. A cabeça de Hazel latejava, e seu coração doía.

Ela precisou de todas as forças que tinha para não voltar atrás.

25

Hazel não sabia há quanto tempo estivera andando quando uma picape familiar parou a seu lado. Eram Maura e Craig. Eles já tinham tido a sua cota de multidão na cidade e estavam indo embora cedo para não pegar trânsito. Foi quando viram Hazel no acostamento. Ela entrou e tentou ser educada, mantendo conversas sobre assuntos gerais, os planos para a festa de Rosanna no fim de semana, mas na verdade tudo o que ela queria era se encolher no canto e chorar.

Quando finalmente chegou à casa de hóspedes, seus olhos estavam quase explodindo de tanto conter as lágrimas. Ela esperava que Jaime ainda estivesse fora, com Reid. Hazel queria saber o que tinha acontecido, mas não tinha certeza de que teria forças para fingir que não tinha nada errado.

Ela escovou os dentes, olhando rapidamente para seu reflexo no espelho. Seu cabelo estava mais longo do que jamais chegara a ficar, e as pontas pintadas de loiro tinham crescido quase completamente, deixando-a com o castanho-avermelhado natural. Seus olhos estavam injetados e vazios.

A voz de Luke ecoava em sua cabeça. Ele não sabia toda a história, mas isso não significava que não estava certo. *Era difícil para ela deixar as pessoas se aproximarem.* Mas será que era culpa dela? Ninguém nunca havia tentado de verdade antes. Ela passara dezoito anos fazendo todo o possível para não se apegar a nada nem a ninguém. Para que deixar alguém se aproximar se esse alguém vai abandonar você?

Hazel jogou água fria no rosto e seguiu pelo corredor. Estava abrindo a porta quando ouviu um som de respiração entrecortada vindo do interior do quarto. Ela rapidamente secou os olhos e tentou se recompor.

Mas Jaime não estava em condições de reparar em muita coisa. Ela estava encurvada contra a janela, os joelhos encolhidos sob o corpo, e encarava o lado de fora. Não estava chorando, mas era óbvio que tinha chorado. Seu rosto estava molhado e vermelho, seus olhos escuros inchados nos cantos.

— Jaime? — perguntou Hazel baixinho, enquanto fechava a porta.

Jaime não se moveu, e por um segundo Hazel se perguntou se ela estava dormindo. Seus olhos estavam abertos, mas tão inexpressivos e imóveis que não parecia possível que estivesse acordada. Ela parecia simplesmente... entorpecida.

Hazel sentou-se no canto da cama de Jaime, seus dedos agarrando com ansiedade as pontas do cobertor de retalhos desbotado da avó de Jaime. O tecido estava gasto, e o enchimento tão esparso que o fazia parecer leve como um lençol, mas de alguma forma tinha exatamente o peso suficiente para ser substancial.

— O que houve? — perguntou Hazel, se aproximando um pouco de Jaime na cama. A outra se encolheu contra a janela, como se houvesse uma linha, um limite do quão perto suportava ficar de outra pessoa. E Hazel tinha passado da linha.

Hazel se recostou e cruzou as pernas na cama, seus pés descalços balançando para fora do colchão.

— Jaime — disse ela mais uma vez. — Você precisa me contar o que está havendo. Não vou me mexer até você falar alguma coisa.

— Não há nada a dizer — sussurrou Jaime. Sua voz estava baixa e vazia, e Hazel sentiu um calafrio que arrepiou os pelinhos de sua nuca, como se uma janela tivesse sido aberta de repente. — Acabou — disse ela. — Eu disse a ele. Acabou.

Hazel sentiu sua garganta se apertando quando tentou aproximar-se mais uma vez. Não se importava se Jaime ficasse grudada no vidro da janela; ia ficar ao lado dela. Não fazia ideia do que dizer, ou do que perguntar, mas sabia que podia estar ali para ela. Que precisava estar.

— O que foi que ele disse? — perguntou. Jaime se encolheu, como se a pergunta doesse, e Hazel desejou não tê-la feito.

— O que foi que ele *não* disse? — suspirou Jaime, finalmente piscando e se encostando na parede. — No começo ele só ficou bravo. Com raiva por eu não ter dito nada mais cedo. Dava para ver só pelo olhar que Reid estava apavorado. Só ficava perguntando para quem mais eu tinha contado, quem sabia, se os pais dele iam descobrir...

Jaime deu de ombros e tentou rir, mas em pouco tempo o que começara como uma gargalhada alta e áspera foi se recortando até se transformar em pequenos soluços trêmulos.

— É simplesmente tão *idiota* — gritou ela, batendo nas pontas ossudas de seus joelhos com os pequeninhos punhos fechados. — Eu não faço nem ideia do que estou fazendo mais. Ficamos sentados no carro, e ele estava falando e falando, sobre como éramos jovens, e sobre como isso mudaria tudo, e sobre como tínhamos uma vida inteira pela frente. Era como se eu estivesse presa em algum filme de televisão sobre problemas adolescentes. E eu fiquei só encarando o para-brisa e pensando, como foi que eu *cheguei* aqui? Não era para minha vida ser assim.

Jaime agarrou os dois lados da cabeça com as mãos, e de repente seus olhos ficaram arregalados e ela piscou furiosamente. Parecia que ela estava sendo caçada por alguma coisa horrível e que de repente percebera que não tinha mais onde se esconder.

Hazel não conseguia mais aguentar. Envolveu o tronco de Jaime com os braços, pegando uma combinação de ombro e cotovelo, e apertou com força. Era inacreditável o quão rígida Jaime estava, os membros duros e tensos, como se cada músculo de seu corpo estivesse contraído e agarrado ao osso mais próximo.

— Você vai ficar bem — disse Hazel. Ela mal conseguia ouvir a própria voz acima da respiração áspera de Jaime, seus soluços abafados no pescoço de Hazel. Mas ela torceu para que tivesse soado como se acreditasse no que tinha dito. Não fazia ideia se acreditava mesmo — Vai ficar tudo bem — disse mais uma vez. Jaime se afastou e secou as bochechas com as costas das mãos. — Talvez ele só precise de um tempo. É coisa demais para assimilar, sabe, e talvez ele...

— Eu não acho que consigo fazer isto — interrompeu Jaime. Ela estava olhando diretamente para Hazel, seus olhos castanhos percorrendo de um lado para o outro o rosto dela. Como se a resposta estivesse ali, em algum lugar. Como se tudo o que ela precisasse fazer fosse olhar bem de perto, ou por tempo o suficiente, e saberia o que fazer.

Hazel podia sentir todos os músculos de seu corpo perdendo a rigidez.

— Como assim? — perguntou ela. — É claro que você consegue. Talvez as coisas não sejam como esperávamos, talvez Reid não fique por aqui, mas...

Jaime olhou para Hazel como se ela fosse uma estrangeira, ou deficiente. Uma combinação de pena, frustração e desdém.

— Você não entende — disse Jaime, lentamente. — Eu sei que *consigo* fazer. Só não sei se eu *quero*.

Hazel estendeu a mão e apertou com força o ombro de Jaime.

— É claro que você quer — disse Hazel. — Este é o seu bebê. *Seu* bebê. Vocês são uma família agora, lembra?

Jaime se balançava para a frente e para trás contra a parede enquanto falava, o queixo batendo nos joelhos. Ela parecia determinada, ou como se tentasse parecer determinada. Mas Hazel podia ver alguma coisa em seus olhos, e ela sabia disso. Jaime já tinha tomado sua decisão.

— Vou dá-lo para adoção — disse ela, a voz fria e distante. — Preciso fazer isso.

Um zumbido invadiu os ouvidos de Hazel e por um momento ela pensou que se apertasse a cabeça entre as mãos, ele pararia.

É isto, pensou ela. *É assim que começa.*

Sentiu os joelhos cederem, e antes que soubesse o que estava acontecendo, já estava escorregando pela beirada da cama para o chão, aterrissando com as pernas dobradas contra o peito.

— Hazel? — perguntou Jaime. — Você está bem?

O quarto girou enquanto Hazel sacudia a cabeça furiosamente. Isto não podia estar acontecendo. Era tudo culpa dela. Ela ganhara uma segunda chance, e a perdera. Fora mandada de volta ao passado para acertar as coisas, para fazer Jaime ver que deveria ficar na ilha e com o bebê. E não tinha dado certo. As coisas estavam tão erradas quanto sempre haviam estado.

— Não — Hazel se ouviu repetindo, como um mantra. — Não. Não. Não. Não.

— Hazel! — Jaime estava debruçada na ponta da cama, seu rosto a centímetros do de Hazel. — Qual é o problema com você?

Levou alguns minutos para as palavras se organizarem no cérebro de Hazel, e quando aconteceu, ela conseguiu focar os olhos em Jaime. Ela se virou e agarrou os ombros da amiga.

— Você não pode fazer isto — sussurrou ela, sua voz áspera e rouca. — Simplesmente não pode.

Jaime revirou os olhos, amarrando um fio solto do cobertor na ponta de um dos dedos.

— Quais são minhas opções? — perguntou ela. — Não posso criar um bebê sozinha. Não seria justo. Eu ainda nem sei quem eu sou.

Hazel jogou as mãos para o alto.

— Como assim você não sabe quem é? É claro que sabe. Você é Jaime. É a pessoa mais forte que conheço — Hazel tentou reassegurá-la. — Você pode fazer qualquer coisa.

Jaime olhou de volta para Hazel com os olhos tristes.

— É aí que está — disse ela, suavemente. — Posso fazer qualquer coisa, e mal cheguei a sair desta ilha. Eu nunca nem andei de avião. Não estou pronta, Hazel. Você sabe que não estou.

A testa de Jaime se franziu conforme ela apertava o fio com cada vez mais força em torno do dedo. Parecia que estava começando a machucar.

— Reid estava certo — sussurrou ela, tão baixo que se Hazel não estivesse observando os lábios de Jaime, poderia não ter entendido nada. — Nós dois somos muito jovens. Preciso pensar no que é melhor para mim. Para o meu futuro.

Jaime inspirou profundamente e olhou Hazel bem nos olhos.

— Vou aceitar a bolsa de estudos para o Peru — disse ela.

Hazel sentiu as sobrancelhas se levantarem até o meio de sua testa.

— *Peru*? — repetiu ela. Sua cabeça estava girando, e ela sentia como se estivesse presa no pesadelo de outra pessoa. Abriu os olhos rapidamente, e os fechou só para ter certeza.

— Você vai dar seu bebê para adoção só para poder ir ao Peru? — perguntou ela, depois de confirmar que estava realmente acordada e vivendo este momento. — Escavar uns ossos ou... ou dentes de tubarão ou coisa parecida?

O dedo de Jaime estava passando do vermelho-vivo para um branco intenso, e ela finalmente soltou o fio, encarando o padrão entrecruzado de linhas que marcavam o dedo logo acima da articulação.

— Não é só o Peru — disse Jaime, sua voz ficando mais forte. Ela voltou a olhar para Hazel. — É tudo. Eu quero minha vida de volta. Não quero que esta seja a última vez em que eu posso fazer o que quiser, sem precisar me preocupar com outra pessoa. Quero explorar. Quero ser normal. Por que é tão difícil para você entender? Por que você se importa tanto com o que eu faço? Estamos falando da *minha* vida aqui. Não da sua!

Hazel teve a sensação de ter tomado um tapa na cara, e olhou de volta para o chão. Se colocou de pé lentamente, o rimbombar em seus ouvidos tão alto que estava certa de que Jaime podia ouvi-lo. Ela andou lentamente até a porta, então girou nos calcanhares e apontou um longo dedo para o outro lado do quarto.

— Você não faz ideia do que está dizendo — sibilou ela. — Eu não *entendo*? Eu entendo perfeitamente. *Você* entende o tipo de vida que seu bebê vai ter depois que você o der para adoção? Tem alguma noção de como é crescer sem pais? Nunca saber de quem ou de onde você veio? Estar completamente sozinho?

Tudo ao seu redor pulsava, tudo parecia frio e estranho. O quarto parecia completamente diferente daquele onde vivera pelos dois últimos meses. Parecia uma cela.

— Você sempre teve esta ilha, sua avó, Rosanna. Não tem como você ser capaz de entender isso — disse ela. — Mas eu sei. Eu menti quando falei que meus pais estavam viajando. Eu não tenho pais. Cresci em casas adotivas. Me mudei mais vezes do que consigo me lembrar. É isso que você quer para o seu bebê?

Ela encarou Jaime, que estava abraçando os joelhos ossudos e olhando fixamente para a parede.

— É? — exigiu Hazel. — É isso o que você quer que aconteça com o bebê do qual você vai desistir? Enquanto você está por aí *explorando*? Enquanto está vivendo sua vida e sendo *normal*?

Hazel estava gritando agora, mas não se importava. Ficou esperando Jaime dizer alguma coisa. Qualquer coisa. Que ela retirasse o que tinha dito. Que chorasse. Que piscasse.

Mas Jaime não se moveu. De repente, as paredes pareciam estar se movendo sobre trilhos, se aproximando e ameaçando amassar Hazel como se ela fosse uma boneca de papel entre elas. Ela tateou à procura da maçaneta, e correu para o corredor, seus pés esbarrando um no outro conforme descia as escadas aos tropeços e saía para a noite.

26

O oceano estava feroz e estridente, exatamente do que Hazel precisava. O sol já tinha se posto, e grossas nuvens de mosquitos zumbiam em torno de sua cabeça enquanto ela descia a escada de madeira até a praia. Parou no meio do caminho e se empoleirou na beira de uma pedra de superfície lisa, o som das batidas das ondas afogando seus soluços recortados.

Parte dela queria pular. Deixar a maré carregá-la. Ela queria ser lavada de todos os pensamentos que gritavam em sua cabeça. Tudo isso era demais. Primeiro, ela estragara tudo com Luke, e agora Jaime decidira não ficar com o bebê. Ela decidira fazer a única coisa que Hazel tinha sido enviada de volta no tempo para convencê-la a não fazer.

O estômago de Hazel se contorceu. Se não estivesse tão vazio, ela sabia que teria passado mal.

Qual era o sentido nisso tudo? O que ela estivera fazendo aqui? Que tipo de fada madrinha a mandaria de volta no tempo só para lhe mostrar todas as coisas que ela ainda não poderia ter? Já não era ruim o suficiente que sua vida tivesse sido uma decepção tão grande da primeira vez? Ela realmente precisava ver tudo se desdobrar desde o início?

Hazel mordeu a parte de dentro dos lábios até sentir gosto de sangue. Seus olhos ardiam. Ela não conseguia se lembrar de já ter se sentindo tão repleta de alguma coisa. A raiva corria em suas veias, suas mãos trincadas em punhos, as articulações brancas e expostas.

Parou na beira do precipício e gritou. O vento engoliu sua voz, carregando-a para transformá-la em ecos de gritos que as ondas revolviam contra a praia.

Ela se sentou em uma pedra e enfiou a cabeça entre as mãos. O que deveria fazer agora? Pensou no último vestido de Posey pendurado em seu armário. Ela ainda tinha um desejo sobrando. Mas pensar em uma nova ideia para usá-lo era exaustiva. Ela estava cansada de tentar consertar as coisas, depois que nenhum de seus desejos fora capaz de melhorar algo.

Hazel ouviu um farfalhar atrás de si e se virou para ver um garotinho no caminho. Ele estava voltando do laguinho, uma vara de pescar balançando em um dos ombros. Era difícil dizer a idade dele, mas pelo jeito como lutava contra a longa haste e uma caixa de metal de aparência pesada, Hazel imaginou que em torno de 11 ou 12.

— Você está bem? — perguntou o menininho. Seu rosto redondo estava todo contorcido de preocupação. — Achei ter ouvido alguém gritar.

Hazel forçou um sorriso e limpou rapidamente os traços molhados em suas bochechas.

— Estou bem — respondeu ela. — Obrigada.

O menino deu de ombros, já tendo perdido o interesse, e virando-se nos calcanhares, continuou a seguir até o estacionamento.

Hazel o observou afastar-se, lembrando-se da única vez em que Roy a levara para pescar. Apesar de ter feito o melhor para não demonstrar, ela ficara animada com a ideia de pegar um peixe. Isto é, até que realmente pegou um. Ainda se lembrava de como o puxão na linha a tinha tracionado para a frente, e do som assustado da própria voz enquanto tentava pedir a ajuda de Roy.

Ele havia permanecido de pé logo atrás dela, e assim que viu a vara se inclinar na direção da água, estendera as mãos e prendera os pequenos pulsos de Hazel, ajudando-a a segurar firme. Ela se lembrava da sensação, de estar ali de pé com os grandes braços de Roy envolvendo seus ombros. De repente, não sentia mais medo. Pela primeira vez, tinha um suporte.

Foi o mais próximo que os dois já tinham chegado de um abraço.

Observando o garoto desaparecer, se embrenhando na floresta, Hazel pensou em Roy. Onde ele estaria agora? O que estaria fazendo? Será que estava preocupado com ela? Era mais provável que estivesse ocupado demais ficando furioso. Ele provavelmente estaria achando que ela tinha desistido do acordo deles, largado a escola e se mudado de volta para a cidade. Ela não tinha sido exatamente discreta quanto a querer ir embora de San Rafael.

Ela nunca pensara muito em como deveria ter sido a vida de Roy, se não fosse por ela. E se Wendy nunca a tivesse adotado? Talvez ela não tivesse precisado trabalhar tanto. Talvez não tivesse estado no restaurante na noite em que ele pegou fogo.

Talvez Wendy e Roy tivessem vivido felizes para sempre.

Do outro lado das árvores, o garoto começou a assobiar, uma melodia simples e nítida, carregada pela brisa para além dos penhascos. Hazel se perguntou como Roy deveria ter sido quando tinha essa idade. Como ele imaginava que seria o seu futuro? Com certeza ele esperava mais do que o que tinha conseguido: um amor perdido, e a responsabilidade indesejada de uma filha que nunca pedira. Não era à toa que ele tinha tanta dificuldade em manter o prumo.

Ele realmente amara Wendy. Disso Hazel sabia. Em algum lugar no fundo de um emaranhado de memórias enterradas, Hazel conseguia se lembrar dos sons de choro abafados que costumava ouvir vindo do quarto de Roy, naqueles primeiros anos instáveis após a morte de Wendy. Ela não conseguia imaginar perder alguém que amasse daquela maneira.

Não conseguia imaginar perder Luke.

Luke a amava. Ela sentia isso, com mais certeza do que jamais sentira qualquer coisa em sua vida. Talvez ela não tivesse sido mandada de volta no tempo apenas para conhecer a mãe. Talvez tivesse sido enviada para conhecer Luke também. Ela nunca conseguira se aproximar tanto de alguém antes. É claro que isso a havia assustado, mas ele entenderia, eventualmente. Ele entendia todo o resto a respeito dela. Como ela poderia deixá-lo para trás?

E o que estaria esperando por ela em casa, se o deixasse? O que era tão incrível quanto ao futuro que fazia com que ela precisasse voltar? Roy era um coitado. Ela não tinha amigos. E que bem poderia vir da outra vida que ela começara? Uma vida de memórias fragmentadas, de decepções. Uma vida em que lembrava a Roy o que ele havia perdido.

Uma vida sendo um fardo.

Hazel deu um suspiro breve e trêmulo. Aquilo definitivamente não era o que ela queria. O que ela queria estava aqui, ao seu redor. Este lugar, este lugar lindo, e todas as pessoas que encontrara nele. Rosanna, Jaime, Luke.

Ela desejara conhecer a mãe, mas tinha conseguido tantas outras coisas.

Encontrara sua família. E não estava pronta para deixá-los para trás.

Pensou mais uma vez no terceiro vestido, e de repente soube o que tinha de fazer. Não sabia como ia funcionar, não sabia o que isso significaria.

Mas sabia que tinha encontrado seu lar, e que precisava arrumar um jeito de ficar nele.

27

— Cuidado com isso — gritou Rosanna da porta do estúdio. Era o dia da festa de despedida, e Hazel a estava ajudando a organizar as pinturas em cavaletes do lado de fora.

Hazel olhou para baixo, descobrindo que estivera de pé no estúdio com um quadro precariamente equilibrado contra os joelhos, perdida em mais um devaneio.

Não era a primeira vez que Rosanna a interrompia no meio de um pensamento distante. Mais cedo na mesma tarde, Hazel arrastara um dos cavaletes feitos à mão por cima de uma poça, deixando um rastro de lama através do piso do pátio. Ela passara vinte minutos esfregando as pedras manchadas, e apesar de Rosanna não ter dito nada, Hazel tinha certeza de que ela sabia que havia algo errado.

— Desculpe — disse Hazel ao pegar o quadro e continuar a carregá-lo para o lado de fora. — Acho que estou meio distraída.

Rosanna estava supervisionando o lugar, aproximando os cavaletes alguns centímetros uns dos outros e considerando a nova disposição. Deu um sorriso caloroso para Hazel e assentiu.

— Percebi — disse ela. — Está tudo bem?

Hazel rapidamente ergueu o quadro em suas mãos. Ela o apoiou num cavalete vazio e rezou para que ele escondesse qualquer mudança no seu rosto que indicasse a mentira. Como poderia explicar a Rosanna as coisas que ocupavam a sua mente? Que toda vez que via de relance o teto do celeiro e pensava em Jaime, sentia uma pontada de culpa? Ela sabia que Jaime precisava de ajuda para fechar o escritório e terminar de empacotar as coisas da casa, mas não conseguia imaginar passar o dia inteiro junto dela. Não depois da maneira como haviam deixado as coisas na noite anterior.

E não tinha como Hazel conseguir contar a Rosanna o que decidira na noite anterior quando se sentara sozinha nas falésias. Como poderia revelar que planejava usar seu último desejo para ficar no passado? Especialmente agora que, na clara luz da manhã, sequer tinha certeza de que isso era possível. O que quer que Jaime decidisse fazer com o bebê, Hazel teria de nascer. Não podia continuar vivendo no passado depois que ele se tornasse seu presente de fato, poderia?

— Vamos fazer uma pausa — disse Rosanna, mais uma vez interrompendo seus pensamentos distantes.

Ela ajeitou o quadro e fez um gesto para que Hazel a seguisse de volta para o estúdio. Os braços de Hazel estavam começando a doer de arrastar os quadros pesados de um lado para o outro pela grama, e ela ficou aliviada de poder descansar por um instante.

Rosanna ficou de pé no meio do amplo aposento, que parecia grande e claro agora que mal havia objetos lá dentro.

Ela apontou para a parede do outro lado, vazia a não ser por uma estante na quina.

— Eu estava pensando em colocarmos suas fotografias ali — disse ela. — O que você acha?

Hazel engoliu em seco. Com todo o drama dos últimos dias, tinha se esquecido das fotos. Não escolhera quais queria mostrar, nem fizera nada para organizá-las de alguma maneira interessante. Na verdade, ela nem tinha certeza se sabia onde estavam.

— Rosanna — disse ela, os ombros tensos. — Não sei se ainda é uma boa ideia.

Mas Rosanna apenas fez um gesto, descartando a ideia, e se inclinou sobre a mesa. Ela abriu uma gaveta e tirou um arquivo grosso, abrindo-o em cima da mesa.

— Dê uma olhada — disse ela, esticando um dedo por cima do ombro e sinalizando para Hazel se aproximar.

Hazel olhou para baixo e viu que Rosanna tinha escolhido algumas de suas fotos e as enquadrara com uma espuma branca e viva. Arrumadas daquele jeito, Hazel mal as reconhecia como suas. Pareciam quase profissionais. Estavam boas.

— Uau — disse Hazel, num arquejo. — Eu... eu não sei o que dizer...

— Vi que deixou estas aqui, outro dia, e eu sabia que você estava com dificuldade para decidir, então escolhi as minhas favoritas. É só me dizer onde quer que fiquem — disse Rosanna, virando-se para a parede. Passei o dia inteiro te dando ordens. Agora é a sua vez de me mostrar.

Rosanna andou até a parede com várias fotografias apoiadas no braço, levantando algumas em alguns ângulos diferentes. Hazel a observou, esta mulher que a acolhera, sem perguntar nada, quando ela aparecera no estúdio há menos de dois meses. Esta mulher que acreditara nela, por motivos que Hazel ainda não compreendia inteiramente. Esta mulher que estava prestes a deixar a casa e as pessoas que amava para lutar contra uma doença que ela não merecia ter, e que não passara um instante sentindo pena de si mesma por causa disso.

As lágrimas começaram a correr pelas bochechas de Hazel antes que ela soubesse que estavam vindo. Ela fungou, e Rosanna se virou, seus olhos de repente arregalados e preocupados.

— Oh, meu Deus — disse ela, deixando as fotografias caírem e correndo para o lado de Hazel. — Qual é o problema? Fui longe demais? Eu deveria ter perguntando antes. Me desculpe. Se você realmente não quiser expor as fotos, não precisamos.

Hazel balançou a cabeça e tentou falar, mas os soluços a estavam sufocando agora, presos na base de sua garganta. Rosanna a levou até a poltrona perto da janela e a acomodou, esfregando suas costas em movimentos circulares curtos e reconfortantes.

— Eu sempre faço isso — recriminou-se Rosanna, pegando um lenço de uma caixa em cima da mesa. — É que fico tão animada quando vejo alguma coisa de que gosto. Quero que as outras pessoas vejam também. Mas depende completamente de você, Hazel. Eu juro.

Hazel sorriu e encostou o lenço nos olhos.

— Não é isso — soluçou ela. — De verdade. Estou feliz por você querer mostrá-las, estou mesmo.

Rosanna lançou a Hazel um olhar cético.

— Você parece mesmo animada — disse ela, antes de dar um sorriso e abraçar os ombros de Hazel.

— É só que... — começou Hazel, inspirando fundo e deixando cair as mãos em cima do colo, impotente. — Eu não quero que o verão acabe. É só isso.

Rosanna fez que sim e apertou o braço de Hazel.

— Eu sei — disse ela.

— E eu me sinto terrível reclamando disso com você — prosseguiu Hazel. — Porque não faço ideia de como você consegue lidar com tudo isso tão bem. Quer dizer, você vai embora amanhã. Está vendendo a fazenda. Você... — Hazel se interrompeu e olhou para o chão.

— Estou doente — disse Rosanna, sentando-se no braço da poltrona. — Pode dizer. E você não precisa se sentir mal por nada. É claro que você está triste por ter de ir embora. Olhe aqui. — Ela apontou pela janela para a grama aberta, a silhueta irregular dos penhascos e o azul do oceano e do céu além deles. — Quem não acharia difícil ir embora deste lugar?

Hazel cutucou uma cutícula solta e ficou olhando para os seus dedos.

— Não é só isso — sussurrou ela. — É... é para onde vou ter de voltar.

Rosanna se afastou e olhou para Hazel, seus olhos verdes receptivos, incentivando-a a continuar.

— Meus pais... — começou Hazel, e parou. O que poderia dizer? Era muita coisa, era demais pedir a Rosanna que compreendesse.

— Seus pais não estão viajando pela Europa — disse Rosanna simplesmente.

Hazel se libertou do abraço de Rosanna e virou para cima para olhá-la.

— Você sabia?

Rosanna assentiu solenemente.

— Eu tive um pressentimento. — Ela encolheu os ombros. — Dá pra ver que você estava se escondendo de alguém. Um passado que você não queria que te definisse — disse ela, baixinho. — Vejo isso o tempo todo.

Rosanna ficou de pé e andou até o corredor vazio, se abaixando sobre as fotografias de Hazel.

— Mas o que eu *não* vejo o tempo todo — prosseguiu ela — *é isto*.

Rosanna ergueu uma polaroide emoldurada, e fez um gesto para que Hazel se juntasse a ela. A menina apertou os olhos do outro lado do aposento, tentando reconhecer a imagem na moldura. Era uma foto que ela tirara da horta, isso dava para ver. No fim de uma noite, depois que ela e Jaime haviam tirado as ervas daninhas. Ela ficara tão chateada por ter arrancado sem querer um morangueiro que voltara para tirar aquela foto.

— Olhe para isto — disse Rosanna, aproximando a fotografia de Hazel e colocando-a em seu colo. As bordas eram embaçadas, mas o centro era verde e focado, e a única planta de cabeça para baixo, suas raízes cobertas de terra se estendendo na direção do céu, tinha um lugar proeminente no canto inferior do enquadramento. Pareciam braços se esticando para um abraço, ou uma boca bem aberta, vermelha e ferida de tanto gritar.

— Você vê coisas que a maioria das pessoas não vê — prosseguiu Rosanna, se ajoelhando diante de Hazel. —

Coisas pequenas. Histórias que não costumam ser contadas, histórias que precisam que você as conte.

Hazel olhou a fotografia mais de perto, tentando vê-la através dos olhos de Rosanna.

— Você se lembra do que me disse na exposição? — disse Rosanna. — Estava falando do meu retrato de Adele. Você disse que viu uma história ali. Mas não era a história dela. E não era a minha. Era a sua.

Hazel se lembrou da expressão que ela reconhecera nos olhos da mulher, e de como o quadro a fazia sentir.

— É a mesma história que vejo aqui, nesta fotografia — disse Rosanna, balançando a polaroide na mão. — E o único motivo pelo qual você é capaz de contar esta história é por causa de quem você é. E de onde você esteve.

Hazel olhou de volta para a planta na foto. Ela não percebera antes, mas *havia* alguma coisa ali. Algo além de um mero monte de terra. Era uma história. A história de Hazel. E talvez valesse a pena contá-la.

— Todos passamos por buracos na estrada que nos leva para onde estamos indo — disse Rosanna. — Mas isso não significa que pegamos a estrada errada.

Hazel olhou para Rosanna. Estendeu os braços para o pescoço dela e a abraçou com força. De repente, não queria nada além de contar tudo a Rosanna, nem que fosse para que ela parasse de se preocupar com quanto tempo ainda tinha.

Mas talvez fosse esse o objetivo, pensou Hazel, seus olhos fechados com força, e seu rosto enterrado no calor dos longos cabelos de Rosanna. Rosanna tinha que trilhar seu próprio caminho, e Hazel, o dela.

Hazel se recostou e enxugou as lágrimas dos olhos.

— Obrigada — disse ela. — Por tudo.

Rosanna sorriu e assentiu, antes de ficar de pé com cuidado e andar até a porta.

— Que tal eu deixar você pendurar o restante? — disse ela. — Billy vai ter um treco se eu não me deitar um pouco antes de todo mundo chegar aqui.

Hazel ficou de pé e observou Rosanna se afastar.

— Rosanna? — chamou ela, logo antes de a porta se fechar.

Rosanna se virou.

— Sim?

— Eu só quero que você saiba — disse Hazel — que eu tenho esta sensação... uma sensação de que a estrada à sua frente é mais longa do que você imagina.

Rosanna ficou de pé, enquadrada pela porta de tela, encarando Hazel. Seus olhos brilharam, e pareceu que ela tinha alguma coisa a dizer, mas em vez disso, ela apenas fez que sim e ergueu a mão num aceno, antes de fechar delicadamente a porta e continuar pelo gramado.

Hazel inspirou profundamente e observou Rosanna desaparecer. Ela se virou de volta para a parede vazia e olhou as fotografias emolduradas no arquivo. Pela primeira vez, reparou em uma pilha solta de fotos, e se inclinou para observá-las. Eram as que não tinham sido emolduradas. Todas as suas tentativas frustradas de retratos e as belas panorâmicas que havia tirado ao redor da propriedade.

Rosanna não escolhera nenhuma dessas para emoldurar.

Hazel olhou novamente para as fotografias em quadros no chão. Eram todas de coisas aparentemente cotidianas. O cadarço de Jaime, na manhã em que voltaram de barco da clínica. Os dedos de Luke enquanto desamarravam a corda desgastada. O dente de tubarão na palma da mão aberta de Jaime. Pequeno, como Rosanna dissera, e focado.

Ela passara tanto tempo tentando ser como as outras pessoas que não percebera que tinha seu próprio estilo o tempo todo.

Hazel voltou a pensar no último dia que passara em São Francisco. Na foto que tirara dos livros desgastados à beira da estrada. De repente, lembrou-se de Jasper. Viu o rosto dele admirando sua foto. Ela se lembrou do que ele dissera sobre a srta. Lew. Eles acreditaram nela desde o início. Ela é que não tinha acreditado em si mesma.

Hazel voltou a olhar para a pilha descartada a seus pés. As paisagens eram lindas, mas não eram dela. Não contavam sua história, não como as outras contavam. As outras eram menos glamourosas e mais contidas, mas juntas, eram pedaços de alguma coisa. Eram pedaços de Hazel, de onde ela estivera, do que tinha visto e de quem havia se tornado.

Ela pensou em sua casa, nos fragmentos da vida que deixara para trás. Pensou em Roy e no apartamento do qual ele não se mudara só para que ela tivesse um lugar para onde voltar. Ele se esforçara tanto, e ela nem lhe dera uma chance.

Ela voltou a pensar em Jasper. Na maneira como ele sempre aparecia do nada, convidando-a para os lugares. Em como ele se recusava a desistir, mesmo quando ela não lhe dava nada além de razões para fazê-lo.

Ela pensou na srta. Lew, que fizera tudo o que podia para se certificar de que Hazel não perderia a oportunidade de ir atrás de seu sonho. Mesmo antes de Hazel perceber que tinha um sonho a perseguir.

Todos eram parte de Hazel, pedaços de sua vida. E talvez fossem os pedaços certos, no fim das contas.

Hazel estendeu a mão para pegar a fotografia do morangueiro arrancado e a colocou no meio da parede. Ela pegou um martelo na mesa e pregou o cartão de espuma. Mas só quando se inclinou por cima da fotografia, para centralizá-la no meio dos painéis de madeira, que percebeu a raiz no canto.

Enquanto a maior parte da cena era selvagem e caótica, as raízes emaranhadas espalhadas e abandonadas sobre a terra, no cantinho uma raiz já conseguira encontrar o caminho de volta ao solo. Ainda parecia delicada e ferida, como se partes dela fossem continuar quebradas para sempre. Mas não havia mais dúvida na cabeça de Hazel de que, ali no cantinho, sozinha, uma raiz teimosa estava silenciosamente recomeçando tudo de novo.

28

Hazel estava dando a volta em pela casa principal quando viu Jaime na varanda. Estava precariamente equilibrada, com cada pé em um braço de uma cadeira de jardim, esticando os braços para pendurar um longo fio de luzinhas brancas.

Ela não tinha visto Hazel, que por um instante se perguntou se deveria simplesmente seguir em frente. A conversa com Rosanna a tinha feito se sentir sólida e preparada, mas ela ainda não sabia ao certo para quê.

Quando ela estava pronta para se afastar em silêncio, Jaime se virou para pegar uma pilha enrolada de fios em cima da mesa.

— Oh — disse Jaime, surpresa. — Você me assustou.

Hazel pigarreou e saiu da sombra da casa. O sol era como um banho quente em sua pele, sem fazê-la arder como nos outros dias.

— Desculpe — respondeu ela. — Quer ajuda?

Hazel pegou outro fio das luzinhas e os passou para Jaime, que já estava com a mão esticada para pegá-los.

— Obrigada — disse Jaime, estudando os fios por alguns segundos desnecessários, antes de estender as mãos de novo para a estrutura arqueada de madeira.

Hazel remexeu as luzes nas mãos. Um silêncio pesado se instalou entre elas.

— Jaime — começou Hazel, abaixando-se para sentar em uma das cadeiras. Era feita de metal retorcido e espetava a parte sensível embaixo de suas pernas. Ela se moveu para a frente, apoiando-se no tecido de seus shorts jeans, e firmou as mãos nos joelhos descobertos. — Eu só queria dizer...

— Você estava certa — interrompeu Jaime, fazendo a última volta de luzinhas em torno de uma viga e descendo da cadeira. Ela bateu as mãos uma na outra, soltando um imenso suspiro, e ficou parada, as mãos na base das costas.

Sentada, Hazel encarava diretamente a barriga de Jaime, que finalmente havia começado a despontar um pouco, arredondando a parte da frente de sua estrutura minúscula.

— Você não precisa dizer nada — continuou Jaime. — Você estava certa. Eu estava errada. Fim de papo.

Hazel olhou para cima, da saliência na barriga de Jaime para a sombra de seu rosto. Seus braços estavam cruzados sob o peito, e ela estava encarando fixamente as tábuas de madeira da varanda. Seus olhos escuros não piscavam e sua boca pequena estava retesada e severa.

Hazel sorriu. Jaime estava se esforçando tanto que quase doía olhar para ela.

— Jaime — disse Hazel. — Você não precisa fazer isso. Eu...

Jaime agitou as mãos no espaço entre elas e lentamente se instalou no chão, sentando-se de pernas cruzadas.

— Pare — disse ela. — Está feito. Eu não sei no que eu estava pensando antes. Não posso fazer isso. Você está certa, não seria justo.

Hazel balançou a cabeça, pronta para interromper, mas sentiu a própria respiração ficar curta de novo. Ela sabia que não era certo, o que Jaime estava sugerindo, mas ouvi-la dizer essas palavras em voz alta ainda fazia seu coração doer com a possibilidade.

— Pensei a respeito na noite passada — continuou Jaime. — Pensei sobre o que você disse. Sobre como eu nunca soube de verdade de onde você veio ou quem você é. Não posso ser responsável por alguém se sentir desse jeito. Pensei que podia fazer isso. Achei que ia ficar bem. Mas não vou. Não posso. Simplesmente não posso.

Hazel engoliu o nó que reaparecera em sua garganta.

— E quanto à bolsa de estudos? — conseguiu perguntar, baixinho.

Jaime deu de ombros.

— Posso tentar de novo mais tarde. Só porque vou ter um bebê não quer dizer que minha vida vai acabar.

Hazel observou enquanto Jaime puxava distraidamente os grossos tufos de grama que cresciam em meio às tábuas no chão. Suas sobrancelhas formavam um ângulo agudo uma contra a outra, seus lábios ainda apertados e puxados para baixo. Ela parecia anos mais velha, como se a ideia de ficar na ilha, a ideia de se acomodar antes que sua vida sequer tivesse começado, a tivesse feito envelhecer da noite para o dia.

Era culpa de Hazel. Ela nunca deveria ter desejado que Reid voltasse. Ele ia embora agora, isso se não já tivesse ido, porque era o que ele sempre deveria ter feito. Isso não o tornava uma pessoa terrível — apenas alguém que não estava pronto para ser pai.

Exatamente como Jaime não estava preparada para ser mãe. Hazel olhou nos olhos da amiga, e de repente viu o futuro de Jaime, passando como um filme acelerado nos traços de seu rosto. Era uma vida cheia de aventura e viagens, e de seguir seu próprio caminho.

Não importava o que isso significaria para Hazel, ela não podia pedir a Jaime para desistir de tudo isso.

— Jaime — começou Hazel. — Eu vim aqui para me desculpar, porque o que fiz foi errado.

Jaime sacudiu a cabeça teimosamente, e começou a interromper, mas Hazel ergueu uma das mãos.

— Você foi a primeira pessoa que já foi uma amiga de verdade para mim, e na noite passada, eu não fui isso para você. — Hazel suspirou. — Eu estava pensando em mim mesma. E não pensei no que é melhor para você. E eu sinto muito.

Jaime não se moveu de imediato, mas Hazel pôde ver o alívio se instalando na curvatura dos ombros estreitos da amiga. Ela parou de arrancar a grama, seus olhos parados e calmos enquanto ela encarava um painel de madeira desbotado, com círculos nodosos parecendo alvos em sua superfície.

— Você precisa fazer isso — disse Hazel. — Precisa aceitar a bolsa de estudos. É o que você tem de fazer.

Jaime colocou as mãos de volta no colo, seus ombros baixos e encurvados. Hazel pensou ter visto um breve tremor no lábio inferior de Jaime, e se sentou na varanda ao lado dela.

— Você está fazendo a coisa certa — disse Hazel. — Está mesmo.

— E quanto ao bebê? — sussurrou Jaime para as mãos em seu colo. — Como ele vai saber...? — A voz de Jaime ficou rouca e foi se apagando enquanto ela sacudia a cabeça.

— Saber o quê? — pressionou Hazel, pousando uma das mãos no ombro de Jaime.

— Como vai saber quão difícil foi tudo isto? E se ele simplesmente pensar que eu não me importei? — perguntou Jaime, olhando para cima e encontrando o olhar de Hazel. Uma lágrima perfeita estava presa entre os longos cílios escuros de Jaime, e ela piscou para deixá-la cair. — Como esse bebê vai ter alguma ideia do quanto eu já o amo?

A mandíbula de Hazel ficou tensa enquanto ela tentava combater as lágrimas. Ela se aproximou de Jaime e a puxou para perto. Jaime desmoronou nos braços de Hazel, pesada e soluçando, e Hazel a balançou gentilmente, para a frente para trás.

— Acredite em mim — disse Hazel, encostando a cabeça na de Jaime. — Ela vai saber.

29

Estava tudo errado com o terceiro vestido de Posey.

Hazel ficou parada na frente do saco para roupas, aberto, mordendo o lábio inferior e sacudindo a cabeça. De alguma forma, no passado, Posey conseguira acertar tão em cheio nos modelos, mas agora tinha errado completamente.

O vestido era lindo, é claro, e Hazel conseguia ver que ficaria perfeito assim que o passasse pela cabeça. Esse não era o problema.

O problema é que ele era... demais. Era fluido, preto e muito sofisticado, com elegantes flores douradas bordadas no corpete e na cintura. As alças eram finas e se acomodavam gentilmente em seus ombros, e a saia era longa e justa.

Ela deu uma olhada em si mesma no espelho e ficou sem ar. Definitivamente não teria sido sua primeira escolha para uma coisinha de fim de verão ao ar livre, mas uma coisa estava mais do que aparente: ela estava linda.

Ainda estava encarando, muda de espanto, seu próprio reflexo, quando Jaime voltou do banho, o cabelo enrolado em um turbante de toalha e seu único vestido branco de verão grudado nas pernas.

— Uaau — disse Jaime, boquiaberta. — Você fica bem, arrumadinha assim.

Hazel corou e se virou.

— Mas é demais, você não acha? — perguntou, incerta. — Quer dizer, para esta noite?

Jaime jogou a cabeça para a frente e esfregou vigorosamente seus cachinhos com a toalha.

— Eu não sei — murmurou ela. — Eu diria vai em frente, dê um motivo para Luke se lembrar de você.

Hazel olhou de esguelha para Jaime e mordeu o lábio.

— Eu só não sei se vou conseguir fazer isso — disse ela, cutucando a ponta da saia. — É tão não... eu.

Jaime jogou a toalha no chão e apertou os cachinhos molhados com as mãos.

— Bobagem — disse Jaime — funciona. Mas olha só, tenho uma ideia.

Jaime puxou uma de suas gavetas na cômoda e tirou uma bolsinha de camurça, enfiada lá no fundo. Afrouxou a cordinha que fechava a bolsa e enfiou os dedos lá dentro.

— Isso deve ajudar a amenizar um pouco — disse ela, tirando uma longa corrente prateada, e passando-a pelo pescoço de Hazel. Na ponta da corrente havia uma suave conchinha lilás, no formato de um feijão, uma meia-lua assimétrica.

Jaime prendeu o fecho e deu um passo para trás para admirar o resultado final.

— Perfeito.

Hazel tocou a concha com seus dedos. Era lisa como vidro de um dos lados, e áspera e rígida do outro.

— É tão linda — sussurrou Hazel, revirando a concha na mão.

— Era da minha avó — disse Jaime, se abaixando para procurar os sapatos no chão do armário. — Ela usou no dia do casamento. Teoricamente traz sorte em tempos de mudança, ou algo assim. — Jaime jogou tênis e botas para fora do caminho, resmungando enquanto remexia no fundo.

— Jaime, não posso aceitar — começou Hazel, mas Jaime fez um movimento com a mão para dispensá-la sem nem olhar para cima, finalmente se sentando com um par de chinelos pretos.

— É seu — disse Jaime. — Além disso, eu tenho uma centena de outros iguais. Ela era obcecada por colecionar coisas. Acho que é de família.

Hazel sorriu, olhando de volta para seu reflexo. Quando olhou com mais cuidado, pôde ver que o interior da concha não era simplesmente lilás, tinha camadas e camadas de todos os tons de roxo possíveis, enfraquecendo gradualmente até chegar a um branco suave.

Por um momento, ela poderia jurar que já vira o colar antes. Mas não conseguia se lembrar de onde. Talvez na praia. Ou no caminho pavimentado cheio de conchas lá fora.

O que quer que fosse, ela se sentia mais forte usando-o. Como o cobertor de Jaime, que era um pedaço de sua família, e Hazel sabia que carregaria o colar consigo para sempre.

— Ei — disse Jaime, de repente. — O que houve com seu cabelo?

Ela estava encarando o reflexo de Hazel no espelho do armário. Hazel sorriu e jogou dramaticamente seu longo cabelo castanho-avermelhado por cima de um dos ombros.

— Ele cresceu — disse Hazel. — Acho que não sou mais a loirinha, hein?

Jaime lançou para ela um enorme sorriso brincalhão.

— Oh, você sempre será a loirinha para mim.

Hazel riu e olhou de volta para sua imagem no espelho, o cordão brilhando à luz do fim da tarde. Ela não o reconhecera a princípio, mas com todos os ingredientes corretos — seu cabelo, seu sorriso, o cordão, e até o vestido de Posey — no lugar certo, agora não tinha dúvidas.

Finalmente, estava olhando para si mesma.

Quando Hazel chegou ao estúdio, já havia um grupo de pessoas lá dentro.

Ela deixara Jaime e os outros na tenda branca que ondulava ao vento e seguiu o caminho de cascalho, iluminado por uma fileira de lanterninhas brancas. Ficou do lado de fora da porta do estúdio, inspirando profundamente e se preparando para entrar.

Era a primeira vez que via as próprias fotografias em algum lugar além de presas com fita adesiva numa parede de sala de aula. E apesar de já tê-las visto no estúdio mais cedo no mesmo dia, havia algo a respeito do quarto estar cheio de desconhecidos que fez as fotografias na parede parecerem diferentes. Era quase como se ela pudesse ver as fotos pelo que realmente eram. Não eram apenas maneiras peculiares de passar o tempo. Não eram apenas apoios ou amparos que a ajudavam a ver o mundo.

Eram fotografias, e eram boas pra caramba.

Mas só acreditou cem por cento naquilo quando um completo desconhecido lhe disse. Ela estava voltando para a grama, anônima em meio ao grupo de amigos de Rosanna e Billy, quando ouviu fragmentos de uma conversa atrás de si.

— Você sabe de quem é esse trabalho? — perguntou uma mulher. Hazel congelou, os ouvidos se aguçando para pegar a resposta. Era a primeira vez que ficava ansiosa por ouvir o que estavam falando dela.

— É uma amiga de Rosanna, eu acho — respondeu outra mulher. — Uma jovem que mora aqui. São adoráveis, não são?

— Sim — concordou a primeira. — Quem quer que seja, tem muito talento. E estou surpresa de ouvir que seja tão jovem. Tem uma maturidade de verdade ali, não acha?

As bochechas de Hazel coraram. Ela abriu caminho silenciosamente para fora e andou até a tenda, um sorriso irreprimível iluminando seu rosto. Ela estava quase no longo bufê quando uma voz familiar a chamou por cima do ombro.

— Olhe só para este vestido!

Antes que ela soubesse o que estava acontecendo, Rosanna estava ao seu lado, fazendo-a rodopiar.

— Você está totalmente maravilhosa — disse ela quando Billy rapidamente apareceu a seu lado. Eles haviam passado a noite inteira de braços dados, e Hazel os observara passar de um grupo de convidados ao outro, com expressões corajosas, enquanto faziam planos de voltar e visitar a ilha em breve.

— Obrigada — disse Hazel, baixinho, enquanto Rosanna esticava o braço para tocar as flores douradas. Hazel ainda estava constrangida, e se sentia bem-vestida demais em meio ao grupo em roupas de verão.

— Só tem um problema com ele — disse Rosanna, seguindo a linha da gola com um dos dedos, e dando um tapinha no ombro de Hazel. — Pode ser lindo, mas é um vestido urbano.

Rosanna piscou para Hazel e voltou a se recostar contra Billy. Maura e Craig se juntaram a eles no bufê, e a conversa mudou de rumo para planos para o outono, a viagem de Maura para a Nova Zelândia, que se aproximava, e o sonho de Craig de um dia ter sua própria fazenda. Mas tudo o que Hazel conseguia ouvir eram as palavras de Rosanna se repetindo em sua mente:

Um vestido urbano.

Rosanna estava certa. Aquele vestido era exatamente isso. Não fora feito para a ilha, nem para a vida de Hazel em San Rafael. Será que Posey sabia o que ela ia fazer afinal de contas?

Hazel tentou se imaginar em Nova York, se arrumando para sair para algum restaurante pretensioso, talvez com velas nas mesas, pesados menus e obras de arte interessantes nas paredes. Ou talvez ela estivesse a caminho de um vernissage em alguma galeria, uma exposição do trabalho de algum novo fotógrafo. Ou talvez, só talvez, fosse sua própria exposição, suas próprias fotografias penduradas nas paredes, para todo o mundo ver...

— O que houve com todos os bolinhos?

Hazel virou-se para ver Jaime a seu lado no bufê. Ela estava supervisionando a seleção de aperitivos meticulosamente escolhidos, seu prato já repleto de palitinhos de dente e forminhas de papel. Os desejos da gravidez finalmente haviam começado, e o bufê de repente se tornara o melhor amigo de Jaime.

— Eu sei, eu sei — suspirou Jaime, afastando um pouco mais o vestido largo da saliência escondida de sua barriga. — Estou enorme.

Hazel riu e sacudiu a cabeça.

— Você não está — decretou ela. — Você está ótima.

Jaime cruzou os braços por cima da barriga e suspirou.

— Vou precisar contar a Rosanna logo — sussurrou ela. — Eles vão embora amanhã.

Hazel olhou de relance para o lugar onde Rosanna e Billy estavam, através da grama, conversando com um comprador interessado em uma das maiores pinturas.

— Não é tarde demais para ir com eles, você sabe — murmurou Hazel em voz baixinha. — Tenho certeza de que Rosanna gostaria de tê-la por perto.

Hazel observou Jaime morder nervosamente o interior da boca.

— Eu não sei... — começou Jaime. — Ela já tem coisa demais com que lidar. Não quero ser um fardo.

Hazel sacudiu a cabeça.

— Você não vai ser um fardo — disse ela. — Vocês podiam se ajudar.

Assim que as palavras deixaram sua boca, ela soube que seriam verdade. Jaime iria com Rosanna e moraria com ela em São Francisco até ter o bebê. Rosanna a ajudaria a acertar tudo para a adoção. E Jaime auxiliaria Rosanna durante o tratamento, ajudando-a a se recuperar antes de partir em quaisquer aventuras que o restante de sua vida lhe reservava.

Era isso o que deveria acontecer, o tempo todo.

Ela se virou para Jaime e a abraçou com força. Mal podia esperar até que Jaime descobrisse as coisas que ela já sabia, o quão feliz ela seria, quão plena sua vida se tornaria.

— Vocês poderiam cuidar uma da outra — acrescentou ela.

— Ok, ok — disse Jaime, afastando os braços de Hazel do seu pescoço. — Eu diria que já tivemos momentos melosos para uma vida inteira.

Hazel deu um sorriso triste. Ela esperou que Jaime estivesse errada. Será que poderiam se encontrar de novo durante a vida de Hazel?

— De qualquer forma, acho que tem uma outra pessoa que quer dar uma palavrinha com você — disse Jaime, erguendo o queixo na direção do outro canto da tenda. Hazel seguiu seu olhar e viu Luke, sentado sozinho em uma das mesas de jantar redondas, cuidadosamente arrumadas. Ele parecia infeliz, olhando sem expressão para um alegre arranjo central de altas dálias roxas.

— Não sei o que você fez com ele — disse Jaime, balançando a cabeça lentamente. — Mas não o vejo tão caidinho assim desde o verão do grande furacão, quando ele não pôde velejar por semanas.

O coração de Hazel despencou, e ela olhou para as próprias mãos.

— O que você está esperando? — disse Jaime, cutucando o Hazel com a ponta do cotovelo. — Vai lá dar um jeito nisso.

30

— Está a fim de andar um pouco?

Hazel estava atrás de Luke, observando-o traçar círculos desanimados na toalha de mesa com a ponta de um pesado garfo de prata.

— O quê? — Ele deu um pulo e se virou. Seus olhos castanhos pareciam desanimados e tristes, mas se iluminaram um pouco quando a viu de pé atrás dele. — Ah, acho que sim — disse, arrastando a cadeira para trás e seguindo-a para fora da tenda.

Eles andaram em silêncio pela grama, ouvindo pedaços de conversas amigáveis dos convidados que perambulavam por ali, amontoando-se em torno dos quadros de Rosanna. Hazel os estava levando de volta ao caminho e até a praia, o mesmo percurso que haviam feito nas noites de fogueira. Ela se lembrou da primeira ocasião, quando achava que ela e Luke eram parentes e o tinha deixado na areia sem falar nada. Ela não podia imaginar como ele se sentira na época, ou como se sentia agora. Como se nada do que Luke fizesse nunca fosse bom o bastante. Como se fosse culpa dele Hazel ser incapaz de deixá-lo se aproximar.

Eles chegaram à base da escadaria torta e escolheram um pedaço de areia para se sentar, ainda quente com o sol que se punha. Era o fim da tarde e o céu estava tão claro que a lua já aparecia, mesmo com o sol ainda preso no horizonte.

Hazel ajeitou a saia do vestido sob suas coxas.

— É um vestido e tanto — murmurou Luke, sem olhar para ela. — Eu queria te dizer antes, mas não sabia se ainda estava falando comigo.

Hazel olhou para baixo, para o material escorregadio da saia. Não importava quão bonito ou sofisticado fosse, naquele momento ela daria qualquer coisa para estar vestindo calças de moletom no lugar dele. Ela estava num humor que pedia calças de moletom.

— Obrigada — disse baixinho, tremendo e enterrando os pés descalços na areia.

Luke livrou os braços do paletó cor de pele e o estendeu por cima dos braços de Hazel.

— Você parece estar com frio — disse ele. Agora estava usando apenas uma fina camiseta azul-clara de botões, as mangas enrugadas e puxadas para cima até os cotovelos. O resquício de um bronzeado de fim de verão aparecia na base de seu pescoço.

Hazel apertou mais o paletó embaixo do queixo e confirmou.

— Obrigada — disse ela. — Acho que eu estava.

Hazel ficou com o olhar fixo na água. Como sempre, ela não sabia por onde começar. Sabia que Luke estava chateado e confuso. Ele tinha todo o direito de estar. Ela queria dar um jeito nisso, como Jaime dissera. O único problema é que não sabia como.

— Eu sinto muito, Hazel — disse Luke, de repente, as palavras saindo em uma torrente, como se tivessem ficado presas por tempo demais.

Hazel virou-se para ele rapidamente.

— Você sente muito? — perguntou ela. — Do que você tem que se desculpar?

Luke arrastou a mão pela areia, traçando linhas ao lado de seus joelhos.

— Eu não deveria ter jogado tudo aquilo em cima de você antes — disse ele, suavemente. — Não foi justo. Você tem todo o direito de não estar pronta, ou de não sentir a mesma coisa que eu...

— Luke, para com isso — disse Hazel, colocando a mão sobre a dele na areia, deslizando os dedos para os espaços entre os dele. — Eu sinto a mesma coisa. Sempre senti. Desde aquela primeira noite, em que nos sentamos bem aqui.

— Está falando da noite em que você saiu correndo como se eu tivesse uma doença contagiosa? — riu Luke.

Hazel sorriu e inspirou para se acalmar.

— Sim — disse ela. — E eu sinto muito. Sinto muito por ter fugido o tempo todo. E sinto muito por tornar tudo tão difícil. Mas a verdade é que...

Ela apertou a mão dele e olhou em seus olhos.

— A verdade é que eu amo você — disse ela, encolhendo os ombros. — Isso é tudo.

Luke sustentou o olhar dela, a escuridão em seus olhos se esvanecendo aos poucos. Ele sorriu e se inclinou para perto, encontrando os lábios dela e beijando-a, suave e docemente.

— Muito melhor — disse ele, se recostando de volta na areia e chutando seus mocassins marrons para fora dos pés. Ele deu uma batidinha na areia ao seu lado e fez um gesto para que ela se recostasse. Ela se enfiou no vão de seu braço e olhou para o céu que escurecia.

— Só tem um pequeno problema — disse ele, descansando o queixo no topo da cabeça dela.

— Qual é? — perguntou ela, encontrando a mão dele novamente e envolvendo-a em torno da própria cintura.

— O problema é... — Ele inspirou profundamente e expirou lentamente entre os dentes cerrados. — Eu finalmente consigo a garota e tenho que subir num barco e navegar ao redor do mundo.

Hazel se levantou de um pulo, praticamente derrubando Luke de lado e se colocando bem de frente para ele.

— Você vai? — perguntou ela, um sorriso tomando seu rosto. — No *Isabella*? Ele vai deixar você ir?

Luke sorriu e a puxou de volta para perto.

— Partimos em duas semanas — disse ele, incapaz de esconder a animação na voz.

Hazel se virou e deu um beijo em sua bochecha quente e áspera.

— Esse foi pelo quê?

Hazel deu de ombros e olhou de volta para a água tranquila e límpida.

— Por não desistir — disse ela.

Luke cruzou um calcanhar por cima do outro e se recostou, afundando mais na areia.

— Sabe, eu meio que esperava que você ao menos fingisse ficar brava...

Hazel o cutucou com o cotovelo e sorriu.

— Não posso ficar brava — suspirou ela. — Não quando sou eu que vou embora primeiro, para Nova York.

Agora foi a vez de Luke ficar surpreso.

— Eu sabia! — exclamou ele, apertando a cintura dela com as mãos. — Sabia que você acabaria indo. Você estava planejando me trocar pela cidade grande o tempo todo.

Hazel balançou a cabeça vigorosamente, um sorriso brincalhão nos lábios.

— Estava, com certeza — continuou ele. — Largue o menino do interior para trás. Siga em frente e procure coisa melhor.

Hazel descansou a cabeça no peito de Luke, ouvindo o palpitar constante das batidas do seu coração ecoando profundamente contra sua orelha. Ela sentiu o nó crescer em sua garganta de novo, e engoliu com dificuldade.

— Luke — disse ela, se afastando para olhá-lo bem nos olhos. — Eu posso estar indo embora, e você pode estar indo também — falou aquilo lentamente, sua voz agora forte e clara —, mas nunca vai existir nada melhor do que isto.

Ela encarou os olhos dele, observando-os lutar heroicamente para afastar os primeiros sinais de lágrimas.

— É — disse ele, suavemente. — Acho que algumas pessoas simplesmente se encontram no lugar errado, na hora errada.

O sorriso dele se desmanchou e sua boca começou a tremer, os lábios se contraindo conforme ele lutava para se ater a uma respiração calma e constante.

— Ei. — Hazel o cutucou gentilmente. — Eu tenho uma ideia. Todo mundo ainda está na festa, certo?

Luke limpou a garganta e fez que sim, seus olhos ainda embaçados e desfocados.

— Sim — disse ele, com a voz trêmula. — Sim, por quê?

Hazel lhe lançou um sorriso travesso e ficou de pé. Ela deu uma rápida olhada para o oceano, que estava mais calmo agora, lambendo a praia com o suave bater das ondas, antes de olhar de volta para Luke, uma sobrancelha bem erguida, um desafio.

— Quer entrar? — perguntou Luke, incerto.

Hazel deu mais alguns passos na direção da água, sentindo o ar fresco da noite sob a bainha de seu vestido. Ela esticou o braço para baixo e ergueu a bainha da saia, lançando a Luke um olhar rápido e furtivo por cima do ombro.

— Ah, cara — disse Luke, ficando de pé, desabotoando a camisa e se livrando da gravata.

Hazel riu enquanto jogava o vestido para cima e o tirava por cima da cabeça, dando mais alguns passos bem calculados na direção do oceano. Ela podia ouvir o farfalhar de Luke atrás dela, chutando as roupas para longe e correndo para encontrá-la. Mas ela não esperou até que ele a alcançasse. Olhou para o oceano, se alongando como se nunca fosse terminar, como se ela pudesse começar a nadar e simplesmente continuar nadando. E de repente, ela tinha seis anos de novo, no deque do lago, mas não havia ninguém atrás dela. Ninguém a pressionando para pular. Era apenas Hazel e o mar, o mar infinito. Assustador, aberto e cheio de possibilidades.

Tudo o que restava a fazer era mergulhar de cabeça.

Depois de nadar, eles dormiram. Luke foi correndo buscar um saco de dormir, e eles o abriram na base dos degraus de madeira. Ele se enfiou lá dentro primeiro, levantando um dos lados para Hazel entrar, seus braços e pernas molhados se entrelaçando enquanto eles se aproximavam mais para ficar aquecidos.

Ficaram acordados até tarde, conversando, contando as estrelas, sonhando em voz alta, e fazendo planos para o futuro.

Ele a fez prometer que escreveria. Ela disse que sim. Ela achou que seria difícil mentir, mas não parecia que estava mentindo.

Ela disse que nunca o esqueceria, e falou de coração. Sabia que era verdade.

Hazel acordou com o primeiro canto de pássaro, seus olhos piscando diante do céu do início da manhã. Os penhascos ainda estavam cobertos de escuridão, o sol mal tingindo o horizonte de cinza e cor-de-rosa.

Ela não fazia ideia de que horas eram, ou de quanto tempo tinham dormido. Luke roncava suavemente ao seu lado, seu cabelo cor de avelã salpicado de areia. Suas pálpebras tremiam no sono, e Hazel pensou que devia estar sonhando.

Não queria acordá-lo. Lentamente, com cuidado, se arrastou para fora do saco de dormir. No meio da noite, Luke a enrolara de novo em seu paletó. Sem querer colocar de volta o vestido, ela apertou bem o paletó em torno da cintura.

Achou o vestido e o embolou nas mãos, pegando seus chinelos entre dois dedos. Depois de uma longa olhada pela praia, as falésias, e a fazenda distante, ela se abaixou ao lado da cabeça de Luke.

Deu um beijo delicado em sua testa, suave e rápido.

— Adeus, Luke — sussurrou ela nos cabelos dele. — Espero que todos os seus sonhos se realizem.

Os movimentos dos olhos dele ficaram mais rápidos, e ele se contorceu no saco de dormir. O coração de Hazel parou. Por um instante, pareceu que ele ia acordar.

Mas ele afundou mais dentro do saco, puxando-o mais para perto do queixo. Seus olhos pararam de se mexer, e uma calma pacífica se instalou em seu rosto.

Hazel sorriu e se virou na areia. Em algum lugar nas árvores, o pássaro que a acordara tinha encontrado um amigo, e juntos eles cantavam um agradável dueto enquanto ela cuidadosamente subia as escadas, deixando a praia — e Luke — para trás, para sempre.

31

O plano era sair de fininho enquanto todos ainda dormiam.

No andar de baixo, sobre a mesa da cozinha, havia um cronograma dobrado com os horários de saída da barca, e Hazel decidiu que pegaria a primeira. Isso lhe dava exatamente o tempo de que precisava para pegar a bolsa e começar a andar. Se conseguisse uma carona no caminho, melhor ainda, mas se precisasse andar, conseguiria chegar se saísse imediatamente.

Ela subiu os degraus da casa de hóspedes tomando o cuidado de pular os que rangiam mais. A pálida luz do sol brilhava através das minúsculas janelas do banheiro quando ela se trocou rapidamente, colocando o vestido de volta. Os únicos sons eram o correr da água nos canos, o grito ocasional de uma gaivota que voava por ali. Era incrível pensar que em apenas algumas horas, o lugar estaria vivo com todo mundo terminando de fazer as malas e começando a se despedir.

Hazel sabia que não aguentaria ficar ali. Fazer promessas sobre manter contato que sabia que não poderia cumprir. Era melhor simplesmente desaparecer. Deixaria um recado. Eles entenderiam.

Na porta do quarto, Hazel parou, uma das mãos envolvendo a maçaneta de madeira. Como conseguiria ir embora sem se despedir de Jaime? Seus olhos ardiam e ela os apertou com força para não chorar.

Não tinha escolha. Sabia o que precisava fazer. Era melhor fazê-lo rápido.

Hazel abriu a porta sem emitir nem um ruído e avistou sua bolsa, um montinho na ponta da cama. Ela a havia arrumado no dia anterior. Tudo o que continha eram os três vestidos — o original, ainda rasgado e que ela nunca usara, o que a trouxera à ilha e o que trouxera Reid de volta —, a coleção de fotografias e a câmera. A bolsa pareceu algo frágil quando Hazel a ergueu e a colocou no ombro, e ela se perguntou por um instante se deveria ter se incomodado em ir pegá-la.

Era hora de ir. Hazel deu alguns passos cuidadosos até a porta, parando para olhar Jaime pela última vez. Ela ainda estava dormindo, mas havia tirado o cobertor de cima da cabeça. Estava virada para a parede, os olhos fechados, o cabelo ainda selvagem e despenteado.

Assim que Hazel chegou à porta, ouviu um farfalhar na cama.

— Hazel? — gritou Jaime, bem quando a porta começou a fechar.

Hazel esperou um instante. Provavelmente seria melhor simplesmente ir embora. Fingir que nunca estivera ali. Talvez Jaime pensasse que tinha imaginado.

— Hazel, dá pra ver seus pés.

Hazel olhou para a abertura sob a porta e riu.

— Ei — sussurrou ela, enfiando a cabeça de volta. — Desculpe, eu não queria ter acordado você.

Jaime se apoiou nos cotovelos e apertou os olhos na direção de Hazel, os traços de seu rosto amassados e confusos.

— Eu estava tendo o sonho mais esquisito de todos — divagou ela, antes de sacudir a cabeça. — Que horas são?

— Cedo — disse Hazel. — Vou tentar pegar a primeira barca.

Jaime se sentou completamente e inclinou-se para a frente, seu cabelo caindo em torno de seus joelhos, ainda enrolados nos cobertores.

— Você está indo embora? — perguntou ela.

Hazel fechou a porta atrás de si e sentou-se na frente de Jaime em sua cama. Então fez que sim lentamente.

— Preciso voltar para casa — explicou ela. — Vão começar as aulas e...

— Também odeio despedidas — interrompeu Jaime. — Eu também estava planejando sair escondida de você.

— Estava? — Hazel sorriu.

Jaime confirmou e puxou a colcha para envolver os próprios ombros.

— Eu disse a Rosanna na noite passada — disse ela suavemente — que vou com eles para a Califórnia.

Hazel sorriu, a calma se instalando nela. Colocou uma das mãos sobre o ombro de Jaime, a colcha quente e macia em sua pele. Imaginou Jaime levando a colcha para a Califórnia, e depois talvez para o Peru, um pedaço de casa que sempre carregaria consigo, aonde quer que fosse. Hazel estava feliz por saber que Jaime não estaria sozinha.

Sem mais nenhuma palavra, Jaime se jogou para a frente e envolveu Hazel num abraço. Seu corpo ainda estava pesado de sono, e tinha o cheiro doce de um bebê. Hazel a abraçou forte, lutando contra as lágrimas que se juntavam em seus olhos. Ela queria contar tudo. Como conhecer Jaime transformara todos os seus desejos em realidade. Até os que ela não sabia que tinha feito.

Mas ela sabia que não podia. Se soltou dos braços de Jaime e forçou um sorriso; então se levantou e foi até a porta.

— Então vejo você quando chegarmos lá? — perguntou Jaime, esperançosa, esticando os braços e caindo de volta nos travesseiros. — À Califórnia?

Hazel parou no corredor. Não podia mentir de novo. Sabia que não podia contar a verdade a Jaime, mas também não podia mais mentir. Ela se virou para olhar para Jaime por cima do ombro.

— Me conta sobre o seu sonho — disse Hazel. Jaime já estava enfiada debaixo da colcha, enrolada como uma bolinha perto da beirada da cama. Ela fechou os olhos e sorriu.

— Ontem — começou ela, sonolenta —, quando estávamos pendurando as luzes para a festa, você estava falando do bebê, e disse que era "ela". E desde então, eu tenho essa sensação de que você estava certa. Não sei explicar, eu apenas sei.

Jaime tirou o braço de baixo das cobertas e coçou a ponta do nariz com uma das mãos. Com os olhos ainda fechados, ela prosseguiu:

— E na noite passada, sonhei que tinha tido o bebê — disse ela. Estava sorrindo agora, um sorriso pequeno, doce, e sua voz estava mais suave, suas palavras mais lentas e espaçadas. — Eu a vi. Eu consegui segurá-la. Ela era tão linda. O bebê mais lindo do mundo. E eu dei o nome dela de Hazel. Em sua homenagem.

Hazel ficou congelada no corredor, calafrios percorrendo seus braços. A respiração ficou mais profunda, e ela ainda estava murmurando quando Hazel começou a fechar a porta.

— Eu amo você, Hazel — ouviu Jaime dizer, logo antes de a porta se fechar completamente.

Hazel fechou a porta e ficou ao lado dela, uma das mãos pressionando o portal.

— Também amo você — sussurrou ela.

32

A barca estava quase vazia quando Hazel embarcou. Nos bancos do andar inferior, algumas pessoas que trabalhavam longe de casa já dormiam ao lado de suas marmitas. Hazel sentiu uma breve onda de inveja ao passar por eles. Como tinham sorte, pensou ela, de poder voltar para casa no fim do dia. De voltar para cá.

Hazel silenciosamente subiu as escadas e passou ao lado da lanchonete, sorrindo para a mulher atrás das fileiras de bules fumegantes de café. A mulher usava um uniforme de camisa e viseira do mesmo tom de cor-de-rosa, e remexia nas migalhas de um pão doce enrolado em plástico. Hazel pensou em comer. Sabe-se lá quando seria a próxima oportunidade. Mas algo lhe dizia que estava ansiosa demais para conseguir colocar qualquer coisa para dentro.

Ela estava ali por um motivo.

Hazel empurrou a pesada porta de aço, uma rajada de vento forçando-a a dar passos largos, do tipo que se dá quando os pés estão mergulhados na água, para atravessar o convés.

A maior parte das cadeiras azuis de plástico na frente do barco estavam vazias. Bem no canto, um homem com um boné dos Boston Red Sox levantava um menininho e o inclinava por cima da amurada. O garotinho tinha um emaranhado de cabelos escuros e estava com um dedinho gordo esticado, um pedaço de pão bem apertado entre seus dedos. De vez em quando, uma gaivota dava um voo rasante para tentar pegar o pão, e o garoto soltava um gritinho, puxando a mão rapidamente de volta. Finalmente, o homem pegou ele mesmo o pão, segurando-o bem longe da cabeça do menino. O garotinho bateu palmas quando a gaivota finalmente pegou o pão. Ele na verdade só queria olhar, desde o começo.

Hazel sorriu para si mesma enquanto seguia pelo corredor lateral, passando pela fileira de janelas e encontrando um cantinho quieto a meio caminho entre a proa e a popa. Era uma rara manhã clara, quase sem neblina, e ela tinha a sensação de que conseguiria ver todo o caminho até a propriedade de Rosanna se olhasse por tempo suficiente. A cidade à beira do píer estava sonolenta e quieta, a praia vazia, as estradas longas e tortuosas com apenas um ou dois carros à vista.

Hazel balançou a bolsa até apoiá-la na amurada e pegou a câmera. Ela a ergueu e enquadrou o máximo que podia da ilha no visor, tirando uma foto. Quando a fotografia saiu, Hazel a agitou à brisa.

Estava surpreendentemente quente para aquela hora, apesar de se sentir contente de ainda estar usando o paletó de Luke. Ela pensara em deixá-lo sobre a cama dele no celeiro antes de ir embora — junto com a foto dela, a que Reid tirara na praia —, mas saíra com tanta pressa que se esquecera.

E estava feliz por ter alguma coisa para cobrir o vestido. Não era bem um traje de viagem, ainda mais a essa hora do dia.

Hazel observou a imagem embaçada na foto ficar nítida. Ela ouviu vozes gritando nas docas, cordas sendo desamarradas e o ranger do maquinário, o motor rugindo sob seus pés. Olhou para cima e viu a quantidade de água entre o barco e as docas aumentando. Por um momento, pareceu que era a ilha que se afastava, deslizando para o oceano, flutuando na direção do horizonte.

Ela deu uma última olhada na ilha, comparando-a com a imagem em sua mão, antes de enfiar a foto com cuidado junto às outras na bolsa. Pousou a bolsa no chão ao lado dos pés e se livrou do paletó de Luke. Dobrou-o duas vezes, colocou-o em cima da bolsa, e se virou para a amurada.

A ilha era apenas uma faixa de terra agora, grama e areia e casas minúsculas, cintilando, parada calmamente acima das águas. Hazel fechou os olhos e suspirou profundamente, o ar salgado e doce enchendo seus pulmões, fazendo cócegas em seu nariz, e secando os cantos úmidos e grudentos de seus olhos.

Ela pensou em Luke, provavelmente ainda dormindo na areia. E em Rosanna e Billy, acordando, curtindo a última manhã na casa. Ela pensou em Maura e Craig, se levantando para alimentar os animais no celeiro.

Pensou em Jaime, e instintivamente tocou a concha em seu pescoço.

Ela desejara conhecer a mãe. E tinha conseguido. Não importava o que viesse a acontecer, sempre teria isso. Foi um presente, que ela nunca imaginara ganhar. Ela talvez nunca mais visse a ilha, ou Jaime, de novo, mas não era isso que importava. O importante era que estivera ali. Ela conhecera todos eles por um tempo.

E agora era hora de ir para casa.

— Estou pronta — disse Hazel, num sussurro. — Sem mais desculpas. Nada de olhar para trás. Desejo voltar para minha vida, aonde quer que ela me leve, e quem quer que eu me torne.

O coração de Hazel estava acelerado quando ela abriu os olhos num movimento rápido, esperando que seus pulmões voltassem a se encher.

Por um instante, nada aconteceu.

E aí, exatamente como das outras duas vezes, o esvoaçar. O bater suave do tecido da bainha. Ela olhou para baixo, sob o tecido, para onde a etiqueta dourada lutava para se desgrudar.

Lentamente a borboleta, que ficava cada vez maior, se soltou, pairando perto do rosto de Hazel, suas asas batendo no ar. Ela sorriu, lembrando-se da primeira vez em que vira uma. Como pensara que estava perdendo o juízo. Quando, na verdade, estava começando a encontrá-lo.

A borboleta ainda pairava no ar quando uma intensa rajada de vento soprou os tornozelos de Hazel, levantando grãos de areia no convés e chicoteando seu cabelo contra o rosto. A borboleta parecia presa, e Hazel quase quis esticar o braço para salvá-la, mas o vento estava forte demais. Cresceu até se transformar num uivo, pegando o inseto e carregando-o para longe, até que não passasse de uma luzinha fraca, cintilando bem acima das espumas a distância.

O vento voltou ainda mais forte, e Hazel cobriu os olhos com o braço. Ela lutou para continuar de pé, para permanecer ao lado da amurada, mas o vento a estava empurrando para trás. Ela cambaleou até a janela, pressionando o rosto contra o vidro, sentindo o gosto dos respingos do oceano em seus lábios. Apertou bem os olhos, as pancadas do coração em seus ouvidos enquanto o vento chiava a seu redor.

Uma ofuscante luz branca lampejou contra a parte interna de suas pálpebras, e Hazel sentiu que caía no chão, apertando a cabeça entre as mãos, e torcendo para que acabasse logo.

E então acabou.

33

Mesmo de olhos bem fechados, Hazel pôde sentir a escuridão.

Piscou lentamente ao abri-los. O vento tinha sumido, deixando um estranho silêncio, e a toda sua volta havia escuridão, mais de um azul-tinteiro que negra.

Conforme seus olhos se ajustavam, ela viu uma fraca luz brilhante, e pensou por um instante que era a borboleta, ainda presa em algum lugar no espaço. Lentamente, percebeu que era o brilho de uma estrela, conforme centenas de outras apareciam, amontoadas contra o imenso céu.

Ela ficou de pé com cuidado, e andou até a amurada. Ainda estava a um dos lados da embarcação, e teve de esticar o pescoço para um lado e para o outro na tentativa de ver o que havia além. Ela olhou para trás primeiro e sentiu o estômago dar uma cambalhota.

As montanhas de Marin desapareciam na escuridão, as pontes se erguendo altas e brilhantes de ambos os lados.

Lentamente, sem respirar, ela se virou para o outro lado, a superfície lisa do oceano deslizando pelo casco. À frente, pôde ver as luzes de São Francisco, a silhueta familiar, o porto aberto.

Era sua casa, e ela estava indo para lá.

Hazel olhou de volta pela janela, agora reconhecendo a embarcação como a barca que levava a Larkspur. Aquela em que entrara aos prantos, na noite depois de descobrir que a mãe — ou a mulher que achava que era sua mãe — estava morta.

Rosanna. O coração de Hazel doeu quando ela pensou no evento, Billy lá dentro, no bar. Ainda assim, Rosanna teria partido. Nada poderia mudar isso.

Na verdade, absolutamente nada havia mudado. Hazel olhou o relógio. Eram 9h42. E o dia, sem que os meses tivessem passado, era o mesmo em que embarcara. Apenas algumas poucas horas depois de ter subido a bordo.

O que isso significava?, Hazel se perguntou enquanto observava o barco à procura de pistas. Será que fora tudo um sonho?

O coração de Hazel estava martelando quando ela se abaixou ao lado da janela, abrindo a bolsa com um movimento rápido. As fotos! Ela havia guardado as polaroides, todas as fotografias que tirara na ilha, e dos amigos, as que Rosanna não emoldurara. Eram reais. Tinham que ser.

Hazel revirou a parte interna da bolsa, procurando freneticamente o envelope. Virou a bolsa de cabeça para baixo, esvaziando-a no chão de grades de metal.

Tudo o que caiu foi um único vestido. O que ela mesma havia comprado. O que encontrara na loja de caridade, com o rasgo que se recusava a ser consertado.

Hazel sentiu os olhos se encherem de lágrimas raivosas. Isso não podia estar acontecendo. Abriu mais a bolsa e olhou lá dentro. Mas estava vazia.

Hazel se recostou contra a janela, lutando para conter os soluços na garganta. Sua respiração estava irregular e frenética, e ela foi tomada por um enjoo repentino. Fechou bem os olhos e tentou estabilizar a pulsação, inspirando e expirando lentamente.

— Desejo voltar para a ilha — disse ela em voz alta, sem se importar com quem poderia estar por perto ouvindo. — Mudei de ideia. Quero voltar para a ilha.

Mas quando ela abriu os olhos, soube que não funcionaria. O bordado sumira. A última borboleta brilhante voara para longe.

Hazel sentiu um desconforto de dor na lateral do corpo e percebeu que estava esmagada em algo contra o chão. Esticou a mão atrás das costas e sentiu um familiar tecido áspero.

O paletó de Luke. Ela se lembrou de tê-lo tirado antes de fazer o desejo, e de alguma forma, ele continuava ali. Ela o apertou com força ao seu redor, pressionando o rosto contra a gola e inspirando a fragrância dele.

Fora real. Tudo. Luke, Jaime, a ilha... todos eram reais e faziam parte dela agora.

Hazel pensou em alguma coisa e revirou o paletó em seu colo. Ela percorreu um bolso e depois o outro, seus dedos encontrando a fotografia fria e escorregadia, e puxando-a para fora.

A foto que Reid — seu pai — tirara dela na praia, o vento em seu cabelo, o olhar distante em seus olhos. Isso era real também.

Ela encarou a fotografia fixamente e por bastante tempo, se perguntando por que fora a única que restara. Mas era alguma coisa. Uma lembrança de onde estivera, de quem fora, antes do verão que mudara sua vida.

Ela enfiou a foto de volta no bolso e sentiu o solavanco familiar do barco contra as docas. Olhou para cima, para o Ferry Building, se erguendo acima.

Estava de volta ao início.

Correu para a saída, seus pés a carregando para fora do barco antes que tivesse decidido se isso era a coisa certa a fazer. O condutor se posicionou de um dos lados, anunciando que aquela seria a última viagem de volta para Lakspur. Ela deveria simplesmente continuar ali, sabia disso. Deveria simplesmente ir para casa.

Nas não podia ir embora sem saber. Será que nada realmente mudara? O que ela ia encontrar naquele restaurante? Será que Luke estaria lá? Será que Jaime estaria?

Hazel correu rampa abaixo e através das docas, ainda cheias de turistas tirando fotos. Ela ficou na frente da porta do restaurante, espiando para dentro do vidro, a mesma janela pela qual olhara mais cedo.

O cavalete estava lá, e sobre ele, a mesma fotografia de Rosanna. A mulher de cabelo escuro e curto e seu companheiro, que tinham dado a notícia a Hazel perto do bufê, estavam dançando, balançando gentilmente lado a lado. E do outro lado do salão, ainda no bar, ainda sozinho, estava Billy.

Hazel engoliu em seco. Ela queria entrar. Ir até Billy. Abraçá-lo e dizer que tudo ficaria bem. Ela queria procurar os outros Como estariam agora? Onde tinham acabado? A única coisa que impedia Hazel de descobrir era uma porta, uma janela, uma única peça de vidro.

Mas e se não se lembrassem dela? E se lembrassem? Como se sentiriam, vendo alguém que conheceram tantos anos atrás? Alguém que não mudara nada, enquanto todos eles haviam envelhecido. Enquanto todos seguiram em frente e viveram suas vidas.

Seria confuso, no mínimo.

E essa não era a hora ou o lugar de explicar. Não era a noite dela. Era a noite de Rosanna. Além disso, havia uma parte de Hazel que não queria saber se, de alguma maneira, o que acontecera para ela e tudo o que isso significava podia não ter significado a mesma coisa para todos os outros.

Ela deu uma última olhada no retrato de Rosanna através do vidro.

— Adeus, Rosanna — sussurrou ela, e se virou para ir embora.

Estava a meio caminho do ônibus quando percebeu que não estava com a bolsa.

Correu de volta para o restaurante, pensando que talvez a tivesse deixado cair, mas logo se lembrou de que não a via desde que a esvaziara, virando-a de cabeça para baixo na barca. Ela a deixara lá, no convés, com o vestido da loja de caridade dentro.

Hazel correu de volta para as docas. A barca ainda estava lá, e Hazel correu até ela, forçando seus pés a irem mais rápido.

Mas bem na hora em que alcançou a cabine de passagens, o sinal soou. As cordas foram lançadas e a barca se afastou, deslizando pela água.

O coração de Hazel afundou. Ela nunca mais veria aquele vestido.

Estava prestes a se virar quando algo chamou sua atenção no barco. Era uma sombra, uma pessoa segurando uma criança, e num primeiro momento, Hazel pensou que fosse o homem com o garotinho de Vineyard, dando pão para as gaivotas.

Mas a pessoa se virou e Hazel pôde ver que era uma mulher com longos cabelos loiros e uma garotinha. Hazel deu alguns passos para a frente, protegendo os olhos das luzes fortes das docas, tentando ver melhor.

A garotinha estava com os dois braços esticados por cima da amurada, e Hazel reconheceu os prendedores de cabelo floridos que brilhavam em seu cabelo. A garotinha do banheiro. A que ela vira lavando as mãos. O vento ficou mais forte e Hazel pôde ouvir a garota dando gritinhos de alegria, repetindo a mesma coisa inúmeras vezes. Ela estava acenando, e parecia estar dizendo "Tchau, tchau. Tchau, tchau. Tchau, tchau."

Sem pensar, Hazel esticou a mão também, acenando de volta para a garota e a mãe conforme a barca as levava embora.

A mulher equilibrou a filha num dos lados da cintura, libertando o braço do xale e erguendo-o para acenar também. Houve um rápido lampejo, as luzes refletindo do píer batendo num pingente prateado em torno do pescoço da mulher. Hazel sentiu a pulsação acelerar quando se inclinou sobre a amurada de madeira, apertando os olhos, seus dedos congelados no meio do aceno.

Era uma concha lilás. O cordão. Sua mão viajou rapidamente para a garganta, e ela sentiu o frio da corrente que Jaime lhe dera, a suavidade da concha contra sua pele.

A mulher que Hazel vira no banheiro. A que estava com a filha.

Seu cabelo estava pintado de loiro, mas ainda era longo e cacheado, e os pequenos olhos negros eram inconfundíveis.

Jaime.

Hazel levantou a mão de novo, acenando, acenos curtos a princípio, e então mais amplos, descrevendo grandes círculos com o braço. Ela queria gritar. Falar para Jaime voltar. Implorar ao condutor que desse meia-volta.

Mas estava sem palavras.

A mulher na barca pôs o braço de volta no xale e apertou a filha contra o peito. Elas se viraram e entraram, as formas de seus corpos unidas enquanto desapareciam para a suave luz amarela da cabine.

34

Na manhã seguinte, Hazel acordou lentamente.

Ela precisou de alguns instantes para se lembrar de onde estava. Um quadrado de luz claro e matizado marcava o chão ao lado de sua cama, e ela pôde ver através da janela que o sol brilhava, atravessando as camadas de cortina verde e branca. Ela estava em sua cama, no velho futon irregular, em San Rafael.

Estava em casa. Era primavera. E a chuva finalmente havia parado.

Ela continuou deitada e fechou os olhos de novo, repassando a noite anterior. A bolsa no barco. Billy no bar. O retrato emoldurado de Rosanna.

Jaime.

Ela se sentou de um pulo. Realmente vira Jaime no barco? Estava tão escuro, e ela, tão longe. Poderia ter sido qualquer cordão.

Mas não. *Tinha* de ser ela. Estava igual, a não ser pelo cabelo. Hazel sorriu. Jaime era a loirinha agora. Ela parecia mais velha, é claro, e mais feliz. Exatamente do jeito que Hazel a vira quando imaginara o futuro que a esperava. Pleno e com a certeza de onde estivera e aonde estava indo.

Aonde Jaime estava indo?, Hazel se perguntou. Será que morava ali perto? Aquela barca era a única que servia Marin County. Ela poderia estar indo para qualquer lugar. Mas seria possível que tivessem sido vizinhas o tempo todo?

Hazel lembrou-se da garotinha, a que ela vira no banheiro, e de novo no barco. A outra filha de Jaime. Meia-irmã de Hazel.

Antes, a ideia de sua mãe biológica ter outra filha — e resolver ficar com ela — provavelmente teria deixado Hazel com raiva, cheia da inveja violenta que sentia sempre que pensava em tudo o que tinha perdido.

Mas agora, enquanto se levantava da cama, pronta para começar o dia, não sentia nada disso. Estivera exatamente onde deveria, fizera exatamente o que precisava. E era ela mesma por causa disso. Não perdera nada.

Hazel se vestiu. Ela se perguntou o que Jaime estaria fazendo naquele mesmo instante. Sabia que não seria impossível encontrá-la. Imaginou-se no computador na escola. Tudo o que teria de fazer era digitar o nome de Jaime, Marin County, talvez tentar cada uma das cidades. Com algumas pesquisas rápidas e o apertar de um botão, Hazel poderia estar junto com a mãe antes que o dia terminasse.

Mas não parecia certo. Ela não sabia o que era, e não sabia explicar quanto tempo duraria, mas sentia, lá no fundo, que não deveria procurar Jaime de novo. Ainda não.

Talvez, mais tarde, Hazel quisesse procurar a mãe. Ou talvez aquele verão juntas fosse tudo o que teriam.

De uma forma ou de outra, ela sabia que ficaria bem. Sabia que as coisas acabavam dando certo, mesmo que não fosse do jeito ou na hora em que achava que deveriam.

Hazel se vestiu e foi para o banheiro escovar os dentes. Libertou o cabelo do rabo de cavalo que fizera antes de ir para a cama. Não tinha crescido um centímetro, e ainda estava pintado de loiro platinado. Ela mal podia esperar até que crescesse.

Quando se virou para sair do quarto, seus olhos caíram na polaroide no canto. A fotografia de Wendy segurando-a contra o quadril. Ela nunca reparara no quão feliz Wendy parecia. Ela queria ser mãe, e conseguira transformar esse sonho em realidade, ainda que apenas por um curto período de tempo.

Ela ouviu as vozes familiares dos apresentadores esportivos favoritos de Roy na TV, vindas do andar de baixo. Ele estava dormindo quando ela chegou no dia anterior. Hazel não tinha certeza de que conseguiria suportar nenhum tipo de conversa quando entrou em casa, e ficou aliviada por não precisar.

Mas havia alguma coisa quase parecida com um sorriso em seu rosto quando ela fez a curva para entrar na sala de estar. Ali estava ele, como sempre, recostado contra um canto do sofá, os olhos fixos na televisão e uma tigela de cereal nos joelhos.

— Bom dia — disse ele, limpando os cantos da boca e verificando se não havia gotas desgarradas de leite na barba. Ele catou o controle remoto e abaixou o volume.

— Bom dia — respondeu ela. Mal podia acreditar, mas meio que queria abraçá-lo. E se tivesse conseguido pensar em ao menos uma boa desculpa, ou qualquer coisa aceitável para dizer depois, provavelmente o teria feito.

Em vez disso, ela sorriu e foi até a cozinha. A caixa de cereal a estava esperando em cima da mesa, ao lado de uma tigela e uma colher. Ela encontrou o leite e encheu a tigela, ficando parada por um instante perto da pia, antes de levar o café da manhã de volta para a sala e se instalar do outro lado do sofá.

Pôde sentir que Roy a observava comer. Ele parecia ter medo de dizer alguma coisa, medo de afastá-la. Os olhos dela estavam fixos na tela, que piscava, uma estática sem significado algum rolando pela base da tela, imagens extremamente desconexas dos dez melhores do fim de semana.

— Dizem que o tempo vai ficar bom hoje — disse Roy, olhando para a janela e franzindo o olho diante do sol. — Você acha que a chuva vai embora de vez?

Hazel seguiu o olhar dele para a rua e fez que sim.

— Tenho a sensação de que o pior já passou — disse ela, e então deu uma colherada barulhenta. Ela não conseguia se lembrar da última vez em que dissera tantas palavras para ele ao mesmo tempo.

Se ele percebeu, fez o melhor que pôde para não demonstrar, apenas pegando o resto do cereal e dando batidinhas no braço do sofá.

— Ok, ok, então — disse ele, se levantando e indo deixar a tigela na pia.

Hazel procurou o controle remoto e desligou a TV quando Roy colocou o chapéu e se posicionou ao lado da porta.

— Imagino que você não queira uma carona — disse ele, mas pareceu uma pergunta.

— Não, obrigada. — Ela deu de ombros. — Eu posso pegar o ônibus.

Ela tentou dizer isso com um sorriso e torceu para que ele soubesse que não era com ele. Tinha algumas coisas para resolver antes de chegar à escola. Tinha sido um longo fim de semana.

— Ok, ok. — Roy assentiu, girando a maçaneta e começando a sair.

— Ei, Roy. — Hazel ficou de pé, batendo a perna na mesinha de centro.

Roy parou e olhou por cima do ombro.

— Sim?

Hazel puxou as mangas do suéter para cima dos polegares.

— Eu só queria dizer, sabe... — balbuciou ela, o coração dando saltos, as palmas das mãos ficando úmidas.

Ainda havia todo tipo de coisa que queria dizer, só que elas se empilhavam uma em cima da outra, e ela não tinha certeza se conseguiria separá-las e transformá-las em pensamentos coerentes, transmissíveis.

— Eu só queria dizer — recomeçou ela, inspirando profundamente e expirando. — Para você manter a barba. Eu gosto dela.

Roy mexeu no queixo, amaciando o cabelo cor de ferrugem ao longo da mandíbula.

— Você acha?

Hazel assentiu uma vez, formal.

— Sem dúvida.

Roy deu um breve sorriso, batendo os joelhos na lateral da porta.

— Ok, ok — disse ele finalmente, e fechou a porta.

Hazel terminou o resto do cereal e lavou primeiro a sua tigela, em seguida a de Roy, e pôs as duas no escorredor. Ela pegou uma das mochilas velhas que guardava no armário, encontrou seus livros perto da escada e correu para fora, para pegar o ônibus.

Correu até o fim do quarteirão, mas seus ombros despencaram quando ela viu o ônibus serpentear três quarteirões adiante, as luzes vermelhas e empoeiradas do freio desaparecendo em meio ao trânsito.

— Ei — Hazel ouviu uma voz chamar vinda de trás dela. — Espera!

Ela parou no meio-fio e se virou para ver Jasper Greene correndo pela calçada.

— Jasper?

Ele começou a parar antes de alcançá-la, seu sorriso travesso em forma de coração tremendo no lugar.

— Já tentando escapar de mim? — perguntou ele.

— Escapar? — repetiu Hazel. Num lampejo, ela se lembrou de vê-lo na cidade. Os livros. A foto. Ela até se lembrou que ele dissera algo que a tinha feito ficar vermelha. O que era?

— É segunda, não é? — perguntou Jasper. Ele vestia jeans escuro e uma velha camisa de cowboy, com botões brilhantes e costura externa nos bolsos. Hazel olhou para ele, seus grandes olhos castanhos e o cabelo esquisito, e percebeu que nunca realmente o vira antes.

— Não é? — perguntou ele mais uma vez, e dessa vez soou como se pudesse estar errado. Ela observou seu sorriso se apagar só um pouco, os cantos de seus lábios se comprimindo, exatamente do jeito que acontecia com Luke quando de repente ela fazia ou dizia alguma coisa que o deixava nervoso.

— Achei que podíamos pegar o ônibus juntos.

Hazel inspirou fundo e colocou um pouco de cabelo atrás da orelha. Ela olhou para os dois lados da rua. Perdera o primeiro ônibus, e se esperassem pelo próximo, se atrasariam para a primeira aula.

— Não — disse ela, sacudindo a cabeça. Jasper olhou para a calçada e chutou o meio-fio com o sapato de couro. Ele deixou escapar um longo e pesado suspiro, e Hazel percebeu o que acabara de dizer.

— Não, quer dizer, não podemos pegar o ônibus! — Ela riu. — Já perdemos. Vamos ter que ir andando.

Jasper também riu, seu sorriso voltando ao lugar.

— Legal — disse ele. — Não me importo de andar.

Hazel sentiu um aperto familiar no coração e percebeu que também não se importava.

Eles ficaram de pé na calçada, olhando para o sinal vermelho que piscava. Quando ficou verde, Jasper olhou de lado para ela.

— Pronta? — perguntou ele.

— Estou pronta — respondeu Hazel, e juntos eles desceram do meio-fio para a rua.

Epílogo

A barca para a cidade deslizou para longe de Marin, levando trabalhadores para o emprego, estudantes para as aulas.

Num canto, perto da porta, uma bolsa de lona preta estava jogada contra uma parede. Saindo da bolsa, havia um vestido: vertiginosas espirais brilhantes no delicado cetim. Ao longo da costura lateral havia um único rasgo teimoso, e presa à gola a etiqueta:

Mariposa Missionária

Era um vestido que fora perdido por aquelas que não precisavam mais dele, e que esperava para ser encontrado por uma garota que precisasse. Uma que necessitasse de uma segunda chance, ou da coragem para transformar seus sonhos em realidade. Uma garota com um desejo em seu coração.

Agradecimentos

Muito obrigada a muitas pessoas:

Às garotas da Alloy, especialmente Sara Shandler e Joelle Hobeika, que têm sido, desde o início, as mais inacreditáveis editoras, professoras e amigas. Também a Kristin Marang, que pacientemente me apresentou à Internet. É uma honra tê-las todas ao meu lado.

Às senhoritas da Scholastic, especialmente Aimee Friedman, Abby McAden, e Sheila Marie Everett, por suas orientações brilhantes e seu apoio irresistível. (E pelos conselhos, por me convencerem a desistir de partes ruins, e pelos lembretes para que eu não perdesse minhas credenciais nas conferências. Vou me esforçar mais, prometo.)

Ao extraordinário David Levithan e sua maravilhosa comunidade de escritores de Young Adult, por terem me recebido na família do YA. Mais especialmente a Francisco X. Stork, por seus belíssimos livros, e por me mostrar o caminho das pedras.

Às pessoas de Martha's Vineyard: ambientar este livro em sua ilha foi um privilégio. Um agradecimento especial a Madi e Bob Coutts, Erin Haggerty, Dana Inglehart, Nelia Decker e à biblioteca de West Tisbury, Kristin Maloney e à biblioteca de Chilmark, Cynthia Wolfson, e Zoe na Riley's Reads.

À minha família de amigos, Courtney Messinger e Alex Epton (por ser minha pousada no Brooklin), Hannah Kim, Katie Greisch, Jenna Bonistalli, Leah Tepper-Byrne, e Lauren O'Rourke. Obrigada por me manter por perto por tanto tempo.

A Eliot, por ler um livro sobre vestidos em público, e por me tirar de casa.

Como sempre, à minha família: minha mãe, Maria Krokidas, por aplicar o "teste do choro" em inúmeros manuscritos, e por ler meus contratos para que eu não precise fazê-lo. Ao meu pai, Bruce Bullen, que dá os melhores conselhos. E aos meus irmãos, George e John, por me fazer rir, mesmo quando não estou com vontade.

Este livro é dedicado às minhas avós, que moraram de frente uma para a outra por todo o tempo em que as conheci, que sempre colocavam a família em primeiro lugar, e que são uma parte enorme do que escrevo e da pessoa em que acabei me transformando.

Obrigada, obrigada, obrigada a todos.

Este livro foi composto na tipologia Sabon LT
Std, em corpo 11/16, e impresso em
papel off-white no Sistema Cameron da
Divisão Gráfica da Distribuidora Record.